CW01647761

to

to

MEINIR
PIERCE
JONES

bwthyn
GWASG Y BWTHYN

to

ISBN: 978-1-917006-37-8

Dymuna'r cyhoeddwyr gydnabod cymorth ariannol Cyngor Llyfrau Cymru

Clawr a dylunio mewnol: Almon

bwthyn
GWASG Y BWTHYN

Cyhoeddwyd gan
Gwasg y Bwthyn, 36 Y Maes, Caernarfon,
Gwynedd LL55 2NN

post@gwasgybwthyn.cymru
www.gwasgybwthyn.cymru

I Iola gyda diolch a chariad
ac i gofio'n annwyl am Gary

Diolch

Diolch i Marred, Gwyneth a Casia am ddarllen fersiynau cynnar o'r nofel hon a chynnig awgrymiadau a sylwadau arni. Dwi'n gwerthfawrogi eich crebwyll, eich craffter a'ch gonestrwydd chi.

Diolch i Rhian Cadwaladr am ddarllen y nofel, am ei sylwadau caredig a'r dyfyniad ar gyfer y clawr cefn.

Diolch i Bedwyr ab Iestyn o gwmni Almon am y clawr trawiadol a'r dylunio.

Diolch i staff Gwasg y Bwthyn am eu cefnogaeth, ac i Fiona'n benodol am y gwaith cyhoeddusrwydd a marchnata ardderchog. Diolch arbennig i Gerwyn am waith golygu manwl a meddylgar ac am gydweithio rhwydd a hwyliog.

Diolch i Magda ap Robert am gywiro'r Bwyleg.

Diolch i Geraint am ei gefnogaeth fel bob amser a'i lygad hebog wrth brawfddarllen.

Diolch i'r Cyngor Llyfrau am eu nawdd.

Dychmygol yw holl gymeriadau
a digwyddiadau'r nofel hon.

Byddi'n ailadeiladu'r hen furddunod
ac yn codi ar yr hen sylfeini;
fe'th elwir yn gaewr bylchau,
ac yn adferwr tai adfeiliedig.

Eseia 58:12

Rhan 1

1

Dwi ddim yn gweithio ar ddydd Gwener, ac eto yma ydw i. Does 'na ddim hanas o fawr o neb arall. Ddaw yna neb bellach chwaith, mae 'mhell wedi amsar cychwyn. Felly mae'n fi, ac wedyn arweinydd gweithredol y prosiect treftadaeth Gwireddu'r Freuddwyd, Gwil Alwyn (un o'r bobol Cyngor 'ma sy'n medru siarad drwy'i geg a'i din), y ddynas bach 'na o Bermo sy'n dod i bob cwarfod, a'r boi cyllid. Yn ista draw oddi wrthan ni a'i laptop o'i flaen. Ac ar hwnnw mae o'n sbio.

Pwyllgora 'de, pwy sgin fynadd? Pobol gydwybodol. Pobol sgin ddim dewis. Pobol sgin ormod o amsar ar 'u dwylo. Sycars. A phobol fatha fi. Ond wythnos gwas newydd ydi hi o hyd i mi yndê, ddo i i ddallt sut mae petha'n gweithio toc. Ddysga i. Weithia mae rhywun yn gorfod mynd i'r petha 'ma, a dyna hi. A weithia mae'n well i ti beidio. A weithia mi fasa well gin ti beidio.

Trwy'r ffenast does yna ddim byd ond wal goncrit a chloman. Fel sbio drwy ffenast jêl, ar 'y marw. Y peth nesa dafna o law ar y gwydr. Mae'n mynd o ddrwg i waeth yma. Cha i ddim hyd yn oed tro ar y traeth ar y ffordd adra, beryg.

Daw llais pwysig Gwil Alwyn ar draws fy meddylia crwydrol i:

'Kelfin, tybad fasat ti yn lecio deud rhywbath wrthan ni am y sefylla o ran hawlio grantia? Diolch o galon i ti, boi.' Mae o'n gofyn mor neis, mae'n mynd ar 'n blydi nyrfs i.

'Wnawn ni yrru e-bost i bawb wrth gwrs, ond gweld bod chi'ch dwy yma, ac wedi gneud yr ymdrech. 'Dan ni wir yn gwerthfawrogi'ch bod chi wedi troi fyny bore 'ma eich dwy, tydan Kelfin. Trwpars. A does 'na ddim byd fel cael y neges o lygad y ffynnon. Taro'r haearn tra bo'n boeth, 'te genod!'

Mae'r ddwy ohonan ni'n sbio ar ein gilydd. A fynta, macnabs, wnaeth o sylwi tybad, yn dechra codi sbîd, yn mynd drwy'i bregath yn gynt ac yn gynt i drio'n cadw ni efo fo:

''Dan ni'n ymrwymedig i gael y prosiect 'ma yn gwbwl weithredol, rŵan, gyntad ag y gallwn ni. Dyna ydi'r genadwri yn y bôn. Mae'r ffenast amser yn weddol dynn, mae o'n brosiect amser penodol o ddwy flynadd, felly allwn ni ddim fforddio loetran. Mi fydd angen i bob dim fod yn bang-on o ran y gwaith papur ac ati, mae'n fwy anodd cadw rheolaeth efo tîm allanol, bob amser ...'

Mae Gwil Alwyn yn edrach yn benodol ar Miss Bermo rŵan ac wedyn arna fi. Dwi inna wedi sylwi'i bod hi wedi estyn 'i chrosio o'i handbag.

'Ia, 'dan ni angan dechra hawlio'r arian grant cyn diwadd y flwyddyn ariannol bresennol.' Mae Kelfin Cyllid Strong wedi deffro o'r diwadd; mae o'n sythu ac yn chwara efo'i fwstásh melyn. 'Mae hi'n drydydd o Fawrth heddiw, dydi. Deud gwir 'de, dwi'n edrach i gael y clêms cynta i mewn erbyn Pasg. Dydi tîm Port ddim yma heddiw, ond maen nhw mor-o-lès wedi cael eu clêm nhw at 'i gilydd, ac mae criw dre yn eitha sortyd.'

Mae o'n sbio arnon ni'n dwy wedyn. Ond mae'r Bermo Bêb yn barod amdano fo:

''Dan ni am ei neud o mewn dau glêm. Y clêm cynta. Ac wedyn yr ail. Medi yma a Septembyr nesa. Mae Rob Ainsworth yn mynd i ffonio chi ddechra'r wsnos. Fo sy'n mynd i neud y gwaith papur. Mae o off i Tenerife wsnos yma.'

Dydi Kelfin ddim am gymryd hyn yn ista i lawr:

'Fasan ni'n lecio i chi glêmio mesul chwartar, rîli. Mae o'n daclusach i ni yn acownts, ylwch.'

Ond joban wirfoddol ydi hon i Miss Bermo. Does yna neb yn mynd i'w gwneud hi ond y hi. Roedd yn rhaid cael Bermo yn y prosiect i dicio'r bocsys. Heb Bermo, fasa'r cais Gwireddu'r Freuddwyd byth bythoedd wedi cael y gola gwyrdd. Bermo fel petai oedd y *secret weapon.* Tre yng ngwaelod y sir – mewn ardal dena'i phoblogaeth oedd yn sgrechian am ddatblygiad newydd deinamig ac atyniadol. A Chymreig. Mae'r ddau ohonyn nhw'n gwybod hynny gystal â'i gilydd.

Unig atab Miss Bermo iddo fo ydi estyn pellan arall o ddafadd fflwffi a chario 'mlaen efo'i siôl babi.

Ac felly mae Kelfin yn troi oddi wrthi hi efo hyff bach ac yn sbio arna i:

'Be amdanach chi?' Mae o'n edrach ar y cofnodion. 'Tonwen.'

A dwi'n teimlo rhyw bowltan bach yn dechra tynhau tu mewn i mi. Pam na faswn i wedi aros adra a llnau car neu rywbath?

2

Os na dwi'n mynd i gael tro i stretjio 'nghoesa, dwi'n mynd i gael tsips. Ar fy ffordd adra dwi'n stopio yn y siop lle bydda bysys tripia'n arfar stopio pan oeddan ni'n blant. Mae'n siŵr mai fi ydi cwsmar cynta'r dydd a bod nhw ar 'i hôl hi achos mae'r boi yn y gôt a het wen yn codi'i ben pan dwi'n cerddad i mewn, ac yn sbio'n hyll arna fi, fel taswn i wedi torri mewn i'w dŷ fo. Ond mae hi newydd droi hannar dydd felly be ddiawl mae o'n ddisgwyl. Dwi'n gofyn am tsips a crocét caws a nionyn, ac mae o'n tuchan wrth fynd am y rhew i nôl un a'i thaflu i'r saim, fel bo fi'n gneud traffarth iddo fo.

Allan â fi o'r siop ar ôl hir aros efo'r bag papur (cwdos am hynna, gymaint gwell na bocs polysteirin) yn gynnas braf yn fy llaw. Dwi'n gyrru'n eitha pell, dros ddwy filltir, cyn cael lle i dynnu i mewn a parcio. Mae hi'n dal i bigo bwrw a dwi'n swatio'n braf i fyta. Dwi'n diffodd y radio achos fedra i ddim risgio cael newyddion drwg yn amharu ar y pleser o fyta'r tsips. Ar y crocét dwi'n dechra ac mae hi'n crispi, ac yn feddal tu mewn. Dwi'n 'i throchi hi mewn sos barbaciw dwi'n 'i gadw yn ffrynt y car – byddwch barod 'de. Ocê, ella bod tatws a tsips yn ormod o garbs efo'i gilydd, ond mae gen i *issues* mwy na hynny, a dwi'n eu gwthio nhw i ben draw fy mhen wrth ddeintio fy ffordd drwy'r crocét.

Ond daw'r gegiad gynta o tsips â fi'n ôl i realiti. Iych! Oer. Calad. Hollol ddi-flas. Dim cnawd meddal tatan ar eu cyfyl nhw. Yr halan a'r finag a'r sos barbaciw heb le i sefyll arnyn nhw, ac mor bigog a stiff â ... Fasai rhywun ddim yn eu rhoi nhw i gi. Dwi'n gytyd. Dwi'n agor y ffenast i'w taflu nhw allan i'r adar. Ond wedyn dwi'n ailfeddwl. Na. Blydi na! Dwi'n eu gosod nhw ar y sêt wrth 'n ymyl, ac yn tanio'r car. Fel dynas mewn rali dwi'n refio, yn troi yn f'unfan bron ac yn gyrru'n ôl drwy'r glaw – trwm erbyn hyn – am y siop tsips. Dwi'n gwybod 'mod i'n gneud ymhell dros igian milltir yr awr drwy'r pentra, ond ddiawl o ots gen i ... Parcio ar ddwy lein felyn efo goleuada hasard yn fflachio ...

Erbyn hyn mae yna giw reit rownd wal fewnol y siop. Dwi'n brasgamu heibio i'r hogia yn eu *high viz* leim ac orenj, hen bobol syn mewn anoracs a hogan tua deunaw efo babi'n goitsh a todlar blin. Pasio pawb ac wedyn taflu fy mhacad tsips ar y cowntar yn ddramatig. Ac mae pawb fel un yn stopio sbio ar eu ffôns a siarad.

'Fedra i helpu chdi?'

'Mae'r tsips 'ma'n anfwytadwy.'

'Yyy?'

'Oer. Calad. Dim posib eu cnoi nhw. Afiach!'

'Ti eisio wbath arall yn lle nhw?'

'Tsips neithiwr ydyn nhw?'

Dydi o ddim yn atab. Ond mae hynny'n atab ynddo'i hun, dydi? Deffo, tsips neithiwr. Be oedd o'n feddwl, bod nhw'n ddigon da i rywun fatha fi, 'ta na faswn i'm yn gallu deud y gwahaniaeth? Wel, driodd o hynna ar yr un rong. Dwi'n *connoisseur* tsips.

'Pam bod siop gwerthu bwyd yn gwerthu bwyd hollol anfwytadwy i rywun, dyna dwi eisio wybod.' Dwi'n ymwybodol 'mod i'n codi fy llais a'i fod o'n crynu. Dim ond bagiad o tsips oeddan nhw yn y diwadd, 'de?

'Gynno fi sosej yn barod?'

'Dwi eisio 'mhres yn ôl.'

'Gei di'r pres am y tsips, ond oedd 'na rywbath arall hefyd, doedd. Crocét, ia?' Mae o'n edrach yn y bag. 'Lle mae hwnnw?'

'Dwi 'di byta hi.'

Mae o'n agor y til.

'Felly fedra i jest reimbyrsio chdi am y tsips. Tair punt pum deg.'

Dwi'n cymryd y pres ac yn gwneud sioe fawr o'u rhoi nhw yn y bocs Ambiwlans Awyr er bod 'y mhwrs i'n wag. Ac wrth i mi gerddad allan dwi'n disgwyl i o leia hannar cwsmeriaid y siop roi clap mawr i mi. Neu well byth fy nilyn i allan mewn protest.

Ond ailddechra siarad mae'r bobol, a does 'na neb yn dŵad ar f'ôl i. Ond wedyn, mae'n amser cinio, dydi? Pawb ar lwgu. A does 'na ddim siop tsips arall yn agorad amsar cinio am filltiroedd o gwmpas.

3

Mae'n siŵr y dylwn i fynd i siopa bwyd. Mi fydd Ows yn gorffan yn gynnar ar ddydd Gwenar ac yn 'i nelu hi am y Fuwch Goch tua amsar te. Gweld 'i hun yn dipyn o rebal wicénd. Weithia mi a 'i ar 'i ôl o, ond reit amal mi a 'i i'r dosbarth aerobics yn y neuadd efo Beca, 'mhartnar rhedag i, cael peint bach efo hi wedyn a dal i fyny efo'r niwsys. Ar ôl swpar mi fydd o'n sbio ar *sci-fis*, ac mi fydda inna'n gwagio'r botal win ac yn sgrolio drwy'n ffôn yn chwilio am rywbath, Duw a ŵyr be. Tecstilia ydi 'mhetha fi ac mae gin i law dda. Ond ar ôl ryw bwynt does 'na ddim pwrpas, achos mi fydd y pwytha'n mynd i bob man ac mi fydd hi'n draed moch pen dim.

Ond i Dyddyn Betw dwi'n troi trwyn y car, dim i dŷ Ows. I lawr Lôn Cefna mae o. Hen fwthyn bach blêr wedi mynd â'i ben iddo na fasa neb byth yn sylwi arno fo o'r lôn. Adfail jest â bod. Mae bob carrag arno fo'n deud: truenus. Ac eto, dyma'n rheswm i dros fynd i bwyllgora ar fy mora rhydd. Dyma fy ffrwd incwm simsan i. Fy rheswm dros godi o 'ngwely amball i fora. Dyma fo – Tyddyn Betw: y peth solat, go-iawn – cerrig, llechi, coed – a'r freuddwyd mewn un. Mae 'na rywbath na fedra i ddim rhoi enw arno fo yn 'y nhynnu fi yno ar fy mhnawn Gwener prin. Mae o fel lastig a weithia mi fydda i'n ei deimlo fo'n pinsio.

Mae goriad clo clap giât y ffens sy o gwmpas y safla yn 'y mag i. Dwi'n parcio ar lain gul fel bod yna jest-abowt digon o le i geir basio ac yn cerddad ar hyd y lôn las at y bwthyn. Fedra i ddim gyrru achos mae 'na hen jac codi baw rhydlyd wedi'i barcio yna, rhag ofn i gampars droi i mewn a dechra smera o gwmpas. Yn yr haf mi fydd y llwybr yma'n cau efo tyfiant ond ddechra Mawrth fel hyn dwi'n gallu brasgamu ar ei hyd o. Mae yna fioleda ac amball glwmp o friallu yn y cloddia bob ochor. Mi ddaw yn Basg ar slap.

Dwi wedi gweld y lle ddega os nad gannoedd o weithia. Dim cweit mor aml ag ydw i wedi gweld fy nghartra bore oes, Llys Hyfryd Guest House, neu Ros Helyg, tŷ Ows, ac eto ... Bob tro y do' i i'w olwg o, neu feddwl amdano fo bron, mae fel rhywbath yn dal ar 'y ngwynt i. Does yna ddim byd – na neb – yn rhoi cweit yr un hit i mi. Hollol afresymol, deud gwir. Hyd yn oed pan fydda i'n deffro yn 'y ngwely ganol nos ac yn meddwl am y lle 'ma, a be ydan ni'n trio'i neud yma, ar y sgrapyn tir sâl yma yng nghanol gwlad, mae 'na ryw ias yn 'y ngherddad i. Mae genod erill 'run oed â fi wrthi ffwl-pelt yn talu morgeisi, neu'n magu plant 'ameising' neu'n cael affêrs, a dwi'n mynd a dŵad fel rhywbath 'di'i weindio i hen fwthyn bach â thwll yn ei do fo.

Biwti y lle ydi na chafodd neb gyfla i'w ddifetha fo. Mi fu farw'r dwaetha i fyw yma, Benjamin neu Ben Lloyd, dros wyth deg mlynedd yn ôl. Ar ddechra'r Ail Ryfel Byd. Roedd yr unig etifedd, hogyn ei chwaer fenga fo, yn byw draw ym mherfadd Surrey. Yn ôl yr hanas, thrafferthodd o ddim dŵad i'r cnebrwng nac i olwg ei etifeddiaeth. Mi gafodd y lle ei selio fel parsel efo goriada, ffensys, giatia a gwe pry cop a'i adael. O leia wedyn, doedd dim peryg iddo fo fynd yn dŷ ha'. A dim ond pan ddaeth i ben etifedd yr etifedd yr etifedd fod angan rom bach o gash arno fo ac y basa gwerthu'r lle 'ma'n syniad da y deffrodd pobol y cylch 'ma o'u trwmgwsg.

Mi werthwyd Tyddyn Betw mewn ocsiwn yn Llundain, ac mi gafodd ei brynu dros 'i ben heb i neb dwllu'r lle. Da ydi JustGiving! Mi grafwyd digon o arian rhwng pawb hyd y patsys 'ma oedd yn malio unrhyw beth am hanes y fro 'ma a'r hen ffordd Gymreig o fyw i dalu amdano fo. Mi roish i bob sentan oedd gin i – pres y dylwn i fod wedi'i wario ar well car neu i gynilo at le i mi fy hun.

Dwi'n cofio diwrnod yr ocsiwn yn iawn – gwta dair blynadd yn ôl.

Mi o'n i yno.

4

Syniad ynfyd oedd rhoi'r gora i job saff yn syrjyri doctor i drio gneud rywbath o'r lle 'ma. Yng ngolwg Ows, hynny ydi. Cymun o bensiwn? Cyflog cachu iâr? Oria hyblyg yn cynnwys penwythnosa, gwylia a gyda'r nosa? Ddeudodd o ddim llawar am y peth, dim ond codi'i aelia, ysgwyd ei ben a rowlio'i llygada.

Yn y cefna oeddwn i yn Eich Meddygfa, ar y gwaith papur, ac yn atab y ffôn. Mi oedd yr holl wahanol glefyda a chwynion yn rhoi amrywiaeth, am wn i. Ac roedd yna griw grêt a nosweithia allan anfarwol nes bod pawb yn hongian. Roedd hi'n ddiawledig o brysur ran amla a doedd 'na ddim cyfla i ddiogi na hel meddylia. Ac eto, ar ryw lefel, ro'n i'n bôrd. Ella basa wedi bod yn wahanol os baswn i'n ddoctor neu nyrs neu glinigydd fy hun. Ro'n i'n gorfod gofyn i bawb be oedd yn bod arnyn nhw, toeddwn, wrth ateb y galwada – er mwyn gwybod efo pa 'arbenigwr' i drefnu apwyntiad – doctor, nyrs, bydwraig, ffisiotherapydd. Ac mewn saith mlynadd mi glywish am bob dim, o byniyns i bigyn clust i donsilitis i trypanoffobia. A gwaeth. Lot fawr gwaeth. Ond hyn oedd o, dwi'n meddwl. Do'n i ddim yn rhan o unrhyw driniaeth na gwellhad, nac oeddwn? Do'n i ddim yn actiwali *gneud* dim byd fy hun. Doedd yna ddim dilyniant a do'n i ddim yn gweld diwadd y stori gan amla. Mae'n siŵr 'mod i'n gòg yn y peiriant ond còg bach iawn. A chòg bach anniddig.

Ro'n i wedi darllen yn un o'r cylchgrona Saesnag fydda

yn y stafall aros cyn Covid mai un o'r petha angenrheidiol i rywun fod yn hapus oedd '*passion*'. Angerdd ydi hwnnw, yndê? Rhywbath i fod ar dân drosto fo, rhywbath i neud i galon rhywun guro'n gynt, rhywbath i roi pwrpas i dy fywyd. Roedd hwnna ar goll o 'mywyd i. Ro'n i'n ddigon parod i roi go ar nofio gwyllt neu redag marathons ond i mi, hobi oedd petha felna. Roedd rhaid cael rhyw fflam i'r tân gynna, doedd. Angerdd? Oedd prosiect bach Tyddyn Betw yn mynd i roi hynna i mi? Ynta perthyn i'n perthynas ni efo pobol mae angerdd? I mi fy hun dwi'n gofyn.

A dwi'n hollol anfoddog i ddeud o. Ond mi wnes i sylweddoli wrth ddarllen yr erthygl yna yn *Cosmo* mai tu cefn i mi roedd yr 'angerdd' yn fy mywyd i. Yn fy ngorffennol i. A be ddigwyddodd mor bell yn ôl. Pan gollon ni Leila Mair. Pan chwalodd bob dim. Ers llawar gormod o amsar mi oeddwn i wedi bod fel peiriant yn rhedeg ar otomatig. Os basa rhywun wedi gneud apwyntiad i mi efo'r seicolegydd oedd yn dod weithia, am fora yn unig, mi fasa hi wedi deud bod angen i mi siarad fy ffordd drwy be oedd wedi digwydd, a'i brosesu i allu symud ymlaen. 'Derbyn' ydi'r term, '*acceptance*' i allu ailafael mewn bywyd. Cau'r drws yn derfynol ar rywbath. Ac mi faswn i wedi deud yn blaen wrthi: 'Not-on-iôr-Neli.' A'i feddwl o. Does yna neb, neb byw bedyddiol, yn cael mynd drwy fy mag mêc-yp i.

A dyna sy mor braf efo Ows. Dydi'r boi ddim eisio drama. Dydi o ddim eisio trio fy sortio fi. Mae o'n eitha lecio fy nghael i yn 'i dŷ. A'i wely. Mae o'n lecio cael cwmni i wylio gema pêl-droed. A ffilmia arswyd. Pan fydd o wedi cael dipyn o ddiod, mi fydd yn chwarae'i gitâr i mi. Iawn, 'de, dydi o ddim yn Eric Clapton ond mae o'n gwybod caneuon gora Jarman i gyd. Gweld 'i hun yn dipyn o hen rocar yn y bôn.

Dydi o ddim eisio plant. Na gwraig, yn bendant. Mae o jest eisio gneud ei job (syrfëwr i gwmni lleol ydi o). Ac wrth lwc mae o'n lecio hi achos mae o'n mynd i fod yn ei gneud hi am hir iawn ar ôl dallt y bydd ei gyn-wraig, Jacqui, yn hawlio hanner ei bensiwn o am y blynyddoedd roedd hi adra'n magu'r mab, Robat Eurwyn. Neu Bobsi fel bydda i'n 'i alw fo yn y syrjyri – jest i gael hwyl efo'r genod, 'de.

Duw, mae Bobsi'n iawn. Sgin i ddim problam efo Bobsi. Nac oes, wir rŵan. Jest ei fod o'n boen yn din. Mae o yn Leeds erbyn hyn, ar ei ail flwyddyn yn y brifysgol yn joio'i hun yn iawn. Ia, cer amdani, Bobsi! Ei fam o sy wedi'i droi o yn 'n erbyn i, 'de, a gneud allan bo fi ryw hoedan beryg bywyd sy'n mynd i wario pres 'i dad o i gyd a'i adael o'n sgint a digartra.

Ar 'y marw! Faswn i ddim wedi rhoi'r gora i fy job mega saff yn Eich Meddygfa i fynd i drio cynnal mentar bach i adfer hen fwthyn mwd, cerrig a sinc, na faswn, os o'n i'n meddwl fod arian mor bwysig â hynny. Ond hyd yn oed a fynta hannar y ffordd drwy'i radd mewn Troseddeg, dydi Bobsi ddim wedi gweithio honna allan. Sbia ar y dystiolaeth sy fel haul mawr melyn o dan dy drwyn di, Bobsi, wash i!

He-lôôô!

5

Y munud dwi i mewn drwy'r ffens ac ar y safla, dwi'n cloi ar fy ôl, rhoi goriad y clo clap yn fy mhwrs ac estyn goriad mawr y bwthyn. Dwi'n sbio o 'nghwmpas. Wrth gwrs, does 'na ddim golwg o'r un enaid. Os ydi'r lle wedi'i adael am ganrif, go brin y bydd neb eisio torri i mewn pnawn 'ma.

Dwi'n sefyll yn ôl ac yn cael golwg iawn arno fo. Bwthyn unllawr, wedi'i wyngalchu ryw oes. Ffenestri bychan bach. Drws ffrynt o goedyn solat a'r paent wedi hen ddarfod. Ar y pen dwyreiniol mae yna benty sigledig; dyma'r stabal mewn dyddia fu. Ac ar y pen arall mae yna furddun – yn ôl un arbenigwr hen adeilada, dyma'r tŷ mwd gwreiddiol oedd yn sefyll yma cynt. (Dwi'n meddwl tybed ai dyma'r gweithdy cyn iddo ddechra gollwng dŵr.) Tŷ unnos oedd fanma, siŵr o fod, er nad oes 'na fawr o draddodiad o godi tai unnos yn yr ardal yma chwaith. Rhyw lobsgows o le ydi Tyddyn Betw, fel llawer o adeilada'r werin – a'r byddigions petai hi'n dŵad i hynny – efo estyniad neu ddarn newydd wedi'i godi yn ôl yr angan. Dyma godi 'ngolygon, er nad oes angan eu codi'n uchel iawn chwaith – at y to. Cael a chael fu hi i brynu'r lle bach yma cyn i'r to roi. Roedd yna lechi wedi disgyn a twll yn bygwth. Gaea arall, storm fawr, gwyntoedd nerthol, ac mi alla'r cyfan fod wedi dod i lawr yn un gachfa. Y peth cynta y bu'n rhaid i ni'i neud ar ôl prynu'r lle oedd cael gosod tarpolin mawr (glas llachar hyll) dros y to i'w gadw fo.

O, a chael pris am ail-doi. Wrth lwc, roedd yna gwmni gweddol leol yn arbenigo mewn toi hen adeilada (y rheini osododd y tarpolin glas – am gash). Dyma fynd ar eu hola nhw eto. A daeth y pen dyn, yr unig ddyn erbyn meddwl, draw i gael golwg – ei wallt o mewn *man bun*, tatŵs hyd at flaena'i fysedd, dangos ei ddannedd ôl wrth chwerthin. Mr Z mae o'n cael ei alw hyd y fan 'ma (teulu wedi mudo yma o Wlad Pwyl adag y rhyfal dwaetha). 'Józzef,' medda fo wrtha i, 'efo z.' 'Iawn,' medda fi. 'Józzef.' Cyn iddo gael cyfla i sbio o'i gwmpas, dyma fi'n deud wrtho fo fod Cadw wedi deud y bydda'n rhaid ailddefnyddio gymaint â phosib o'r llechi gwreiddiol er mwyn cadw integriti'r adeilad. Y ffordd edrychodd o arna fi pan ddeudish i hynna; roedd yn anodd dallt ai Cadw roedd o'n ddirmygu'n llwyr ynta fi am basio'r neges ymlaen. Wnes i ddim gofyn. Mi oeddwn i wedi dod â chopi o adroddiad y swyddog Cadw efo fi, a dyma fi'n ei gynnig o iddo fo. Mi wrthododd o fo, ac ar y pryd mi ro'n i'n ei weld o'n amhroffesiynol na fasa fo wedi mynd â fo adra i'w ddarllen. Er, mi oedd o fel Beibl o dew. Ond mi sbiodd o ddigon ar y to, ac mi ro'n i wedi oeri drwyddaf erbyn iddo fo orffan. Dechra Ionawr oedd hi adag hynny, a finna'n dal yn reit newydd i'r job.

Doedd yna ddim swyddfa ar fy nghyfar i yn fy swydd newydd. Doedd Tyddyn Betw ei hun, heb drydan na gwres, ddim ffit i neb dreulio amsar yno. Mi faswn wedi cael niwmonia. Ond yn bwysicach na hynny roedd y bwthyn yn safle 'gwarchodedig', doedd. Ymhen amsar ella basa modd addasu'r hen dŷ mwd neu'r hen stabal yn swyddfa bach dwt i mi, handi i gadw golwg a chyfarfod ymwelwyr ac ati, ond roedd hynny ymhell yn y dyfodol. A gan 'mod i'n hollol bendant nad o'n i ddim am weithio 'o gartref' – dim ar ôl carchar Covid – mi drefnwyd 'mod i'n cael gweithio yn y llyfrgell, mewn rhyw gwb bach yn y cefn. I fanno y danfonodd y postman bris Józef Zadrozny am ail-doi'r hen le bach. Lwcus 'mod i'n eistadd pan agorish i'r amlen neu dwi'n meddwl y baswn i ar wastad 'y nghefn ar lawr. Roedd unrhyw obaith o fedru crafu digon i neud y gwaith drwy gynnal boreua coffi, gwerthu hen ddillad a rhedeg hanner marathons yn farw yn y fan.

Ond yn nes ymlaen yr wythnos honno mi gofiais i rywbath roedd Ows wedi'i ddeud, ar yr adega prin iawn pan fydda fo'n sôn am waith, am gael mwy nag un pris am joban. Yn enwedig jobsys oedd dros bum mil. Pum mil?! Felly ar ôl i mi sadio mi wnes i gysylltu efo dau gwmni arall oedd yn arbenigo mewn toi hen lefydd i ddŵad i roi pris am y gwaith. Roedd un yn Llandudno. A'r llall ochra Gaer. A phan ddaeth prisia'r rheini – bet bod nhw'n cynnwys costa teithio a hotels, cwrw a coctels – roeddan nhw'n uwch na pris Józef. Felly dyna fi'n ôl yn yr un fan.

Ac felly pan landiodd e-bost gan y Cyngor wythnos wedyn yn deud eu bod nhw'n rhan o raglen o'r enw 'Gwireddu'r Freuddwyd' oedd yn cynnig grantia cyfalaf ar gyfer prosiecta treftadaeth, ar gyfradd wirion bost o 95% o grant a 5% o arian cyfatebol, mi oedd o fath â, wel … fath â breuddwyd yn dod yn wir! Dyma fi'n lawrlwytho'r ffurflan ac yn dechra mynd drwyddi ddela welsoch chi rioed. Ro'n i wedi cael digon o brofiad efo gwaith papur, ylwch, yn Eich Meddygfa. Er, weles i'r un ffurflan cweit cyn hirad â hon.

Wrth i mi sefyll yma rŵan yn cofio'r misoedd cynta yna yn fy swydd – Swyddog Adfer Tyddyn Betw – dwi'n meddwl cymaint sy wedi digwydd mewn byr amsar. A chymaint o ffordd sy eto i fynd. A dwi'n meddwl am jinsan bach. Neu fawr. Ac mae fy ffôn lôn i'n dechra canu. Dwi 'mond wedi cyrraedd yn ôl o'r blydi pwyllgor ers ryw awran, ac mae'n anodd gen i goelio fy llygada ... pwy sy yna ond blydi Kelfs o'r Cyngor.

Dwi'm yn meddwl ddwywaith.

Sgin i'm math o fynadd.

Dwi'n pwyso *decline*.

6

Dwi'n agor y drws ac yn sefyll fel dryw ar y rhiniog. Ofn anadlu bron. Mae hyd yn oed y gwe pry cop yn werthfawr. Yn sanctaidd jest.

Yn y misoedd ers pan wnes i'r llam 'gwallgo' o fod yn admin yn Eich Meddygfa i fod yn ceisio achub fanma, chydig iawn iawn o amsar dwi wedi'i dreulio yn y bwthyn ei hun. Rhywbath at nes ymlaen ydi hynna. Rhywbath i edrych ymlaen ato fo. Y dathliad ar ôl yr holl baratoi. Mae bob dim yma yn union fel ag roedd o pan ddaeth Tomi Evans a finna i mewn am y tro cynta ar ôl prynu'r lle. Ar ôl chwilio a chwalu roedd un o staff cwmni twrneiod yr etifedd gwreiddiol wedi dod o hyd i'r goriad ym mhen draw rhyw ddrôr ac wedi'i anfon o i'r asiant. Ches i rioed mo'r profiad o fod â goriad fy lle fy hun – reit embarysing a deud y gwir i rywun f'oed i – ond nid anarferol y dyddia yma. Dyma'r peth agosa at hynny. Y cwbwl fedra i ddeud ydi – roedd fy nghalon i'n teimlo'n fawr wrth ei ddal o.

Dwi'n estyn fy ffôn o bocad fy nghôt rŵan ac yn tynnu llunia. Mae hi mor dywyll yma, mae'r fflash yn dŵad ymlaen yn otomatig. Unwaith y cawn ni le i storio bob dim yn sych ac yn saff, gawn ni ddechra labelu, pacio a symud y cwbwl i fanno. Dwi wedi cael hanas nunlla hyd yn hyn er holi a holi. Dwi wedi bod rownd y siopa lleol gan ofyn yn glên (yn difaru 'mod i'n siopa gymaint yn Asda) ac yn yr ysgol a'r neuadd. Berig bydd rhaid i mi fynd ar ofyn pobs y capal. Ond cynta peth fydd catalogio bob un dim efo rhif a disgrifiad manwl ac ati. Dwi wedi rhoi fy enw i fynd ar gwrs catalogio yn Aberystwyth ym mis Mai ond fedra i ddim meddwl ei fod o mor wahanol â hynny i gadw cofnodion cleifion, wir. *Rhif. Enw. Lleoliad. Oed. Cyflwr. Triniaeth.* Dwi ddim yn cymryd arna dim chwaith achos mi fydd noson mewn hotel yn Aberystwyth yn nefoedd bach i mi. *Tonwen time.*

Dwi'n gneud rhyw *fact check* bach sydyn rŵan. Fel hyn y bydda i'n dechra fy sbîl pan fydd canghenna Merched y Wawr yn dŵad rownd mewn dwy neu dair blynadd ar eu tripia haf. 'Cyfrwywr oedd Ben Lloyd. Sadlar fasa pobol ffor' hyn wedi'i ddeud.' Dwi'n sniffian ond does yma ddim arogla lledr bellach, mwya'r piti. Mae o wedi hen ddarfod. 'Yr arogla arall fasa wedi bod lond y bwthyn yma ar un adeg fasa ogla cŵyr gwenyn.' Dwi wedi darllan fod prentisiaeth sadlar yn para saith mlynadd. Yr un faint â meddyg teulu! 'Gwaith blwyddyn gynta'r prentis oedd dysgu sut i neud eda efo cywarch a chŵyr gwenyn. Mi fydda'r sadlar yn dewis y cywarch gora, yn eu cydio nhw'n sownd wrth fachyn ar ei fwrdd gwaith' – dwi'n pwyntio at fachyn pres ar y bwrdd gwaith – 'yn eu tynnu allan a'u rhwbio nhw'n erbyn ei ben-glin. Wrth wneud hyn efo digon o gŵyr, roedd yr eda'n cryfhau digon i fedru gwnïo darna o ledr wrth ei gilydd. A dyna fydda'r prentis yn ei neud chwe diwrnod yr wythnos am flwyddyn gron.' Fedra i jest ddim dirnad y mynadd fasa eisio i hynna.

'Mewn traethawd hanes lleol i steddfod y pentra yn 1960, mi sgwennodd y ddiweddar Miss Evans Rhyd Gro ei bod yn cofio Ben Lloyd yn mynd rownd ffermydd ar adega i gyfrwya a thrwsio gêr. Hynny'n egluro'r stabal yn y cefn. Ond ar ôl y Rhyfel Mawr roedd yna lai o geffyla (mi laddwyd dega o filoedd ohonyn nhw ar faes y gad, yn do) ac mi fydda'n cymryd gwaith arall weithia i fedru rhoi torth ar y bwrdd.'

Dyna ddigon am y tro. Fues i rioed yn un am siarad o flaen pobol, ond mae fanma yn lle gwych i ymarfar.

Dwi'n sbio o 'nghwmpas. Dwy stafall sydd yma. Y llawr 'ma (dyna roedd Tomi Evans yn mynnu galw'r gegin) a siambar. Cwt sinc ansad oedd yna yn y cefn fel tŷ bach. Doedd gin yr hen greadur ddim llawar o ran dodrafn yn y llawr – bwrdd, cadar gefn uchel ac un arall, cadar isal, fwy cyffyrddus, o flaen y lle tân. Ond mae'r stof ddu haearn bwrw yn y wal, efo'i dau bopty, pentan a lle i hongian teciall, yn ddodrefnyn ynddi'i hun. Mae hi bron â bod yn gymeriad.

Gyferbyn wedyn mae'r gweithdy. Yn y to, mi wela i amryw o bedola wedi'u hoelio i'r distyn – rhai bychan merlod mynydd a phedola mawr y Clydesdales. Am lwc? Go brin, ia? Mae'r bwrdd gwaith mawr llydan derw wedi'i osod wrth y ffenast – i gael gola naturiol i weithio. Ar y wal mae sgerbyda cyfrwyon metal yn crogi. Penffrwyni'n hongian ar hoelion chwech o'r parad. Harneisi trymion ceffyla gwedd. Coleri mawr – a gwellt i' weld yn pipian allan o dop un – ar hannar ei orffan. Dwi'n mystyn i gyffwrdd y lledr – mae o'n gynnas braf. Croen mochyn fasa fo, dwi'n cofio darllan. Ar silff lydan mae 'na gyfrwyon yn rhes – fel petaen nhw'n aros i farchogion neidio arnyn nhw a reidio i ffwrdd. Strapia a beltia'n hongian yn nhrefn eu maint. Dwi'n cofio Taid Hafod yn deud 'strodur' am y belt i fynd o dan fol ceffyl. Bagia lledr i gludo pacia. Mae bob dim yn andros o drefnus. Oedd Ben Lloyd yn gneud bob dim i ordor, tybad? 'Ta oedd o'n cadw stoc o'i gynnyrch hefyd? Ella ffeindiwn ni'i hen lyfr gwaith o yn rwla. Mae'r tŵls wedi'u cadw yma i gyd. Rhaid fod yna enw i bob un ohonyn nhw. Dacw gyllall ar siâp hannar lleuad i dorri lledr. A be ydi hwnna tybad, efo gwaelod mawr crwn pren a thro fel tafod gwibar yn 'i flaen o?

Ydi, mae'r cyfan yma. Crefftwaith. Cynnyrch llaw. Creiria. Dwi jest angan rhoid yr ogla a'r enwa yn ôl.

7

Erbyn i mi gyrraedd yn ôl i tŷ mae Ows wedi cerddad i pentra. Ac mae'r cap stabal mae o wedi dechra'i wisgo'n ddiweddar (ar ôl gweld un gin Bryn Fôn) wedi mynd odd' ar y seidbord. Dwi ar lwgu ar ôl y cinio gwael 'na ac yn gneud brechdan Marmite i mi fy hun i 'nghadw fi i fynd. Dwi'n gweld mai tsiopan borc a thatws mwtrin 'dan ni'n gael i swpar heno. Efo cabaitsen wen wedi'i sleisio'n dena. (Does 'na byth bwdin. Mor wahanol i Lys Hyfryd, yn enwedig pan fydda Leila adra efo ni. Crymbls, hufen iâ cartra, *mousse* siocled, cacan blât, cwstard cartra ...) Mae'n dŵad drosta fi eto fyth bo fi'n byw efo rhywun sy'n perthyn i genhedlaeth wahanol i mi'n hun. A rhywun sy jest yn cwcio be welodd o'i fam (neu'i nain) yn gwcio. Ond gan 'mod i 'mond yn gneud pasta a phetha ar dost, fedra i ddim cwyno. Fydd blas iawn arno fo ar ôl tri pheint.

Wrth gerddad i lawr, dwi'n trio peidio â gadael i mi'n hun feddwl am Dyddyn Betw. Do'n i ddim yn cael traffarth cynt efo rhoi *switch off*; joban oedd gin i yn Eich Meddygfa, joban brysur mewn swyddfa hectig. Dim amsar i stwnsian hel meddylia. Diffodd y cyfrifiadur oedd diwadd y shifft. Ac awê wedyn i redag, i pyb neu i roi help llaw i Dad a Mam. Ond dwi fel taswn i'n mynd â'r prosiect yma i bob man efo fi. Mae o'n trio fy meddiannu fi. Mae o'n tynnu yna fi.

A dwi'n gwybod pam. Dwi yn gwybod pam.

Dwi'n mynd drwy'r technega yna ddysgwyd i mi mor

bell yn ôl erbyn hyn i symud meddwl. I beidio syrthio i'r trwmbal tywyll yna. Ffefryn y cwnselydd – dwi'n chwerthin yn chwerw wrth feddwl amdano fo rŵan – oedd deud wrtha i am ddychmygu'r hyn oedd yn fy 'mhoeni' fel cwmwl yn hofran o 'mlaen i. Ac yn hytrach na gadael i'r cwmwl ddod i lawr fel niwl drosta fi, ro'n i fod i'w chwifio fo ymaith. Deud wrtho am fynd ar ei hynt. Mynnu ei fod o'n 'y ngadael i a mynd yn ddigon pell i rywla arall. Ffyc-off, gwmwl gofid ...

Doedd o'm yn gweithio, nac oedd. Dim tsians. Na, yr unig beth oedd o unrhyw help, achos na fedrwn i ddim teimlo dim tra o'n i'n 'i neud o – nag yfad os o'n i am 'i neud o'n iawn – oedd pwytho. Gwaith gwnïo manwl, cywrain a gofalus a gorfod canolbwyntio bob gafael ar lle'r oedd y pwyth nesa'n mynd. Ac ar beidio gwneud camgymeriad fasa'n golygu datod a poetsio. Cas betha. Tra o'n i'n gwnïo ro'n i wedi f'insiwleiddio mewn ffor' odd' wrth yr hiraeth a'r holl gowdal teimlada oedd yn bygwth fy llarpio fi. Ro'n i'n saff a'n anadlu fi'n fwy gwastad. Ond doedd y bwganod ddim yn bell byth. Hofran o gwmpas oeddan nhw, yn barod i'n ailfeddiannu fi y munud ro'n i'n cadw 'masgiad wnïo.

Tybed fasa'r dechneg 'cwmwl' 'na'n gweithio i symud Tyddyn Betw o flaen fy meddwl i ryw lecyn cyfleus lle galla i 'i nôl o pan mae'n fy siwtio fi? Fel oria gwaith? Ac yn y cyfamser ei 'barcio' fo, fel y bydda i'n deud wrth Mariel pan fydd hi'n dechra mwydro mewn cylchoedd am ei helyntion efo dêts Tinder. Jest gad hi'n fanna am rŵan, cyw. Yr unig wahaniaeth – ac mae o'n wahaniaeth mawr – ydi mai plesar nid poen ydi 'ngwaith i. Jest 'i fod o ar yr ochor rong o obsesiynol.

Mae 'na griw eitha yma heno wrth fod y rhan fwya o'r

hogia'n gorffan yn gynnar ar ddydd Gwenar. Smociwrs a fepars wrth y drws yn malu awyr. Dwi'n gosod fy hun ar gornal bwrdd y criw pêl-droed. Lerpwl ydi 'nhîm i; mi fydda Dad yn mynd â ni'n dwy i weld gêm yn Anfield weithia. Evertonian ydi Ows ac mae o'n cael ei bryfocio'n ddidrugaradd eu bod nhw'n cael tymor gwael – eto. Ond mae o'n dechra cledu iddi erbyn hyn, achos pryd gawson nhw dymor da, yndê? Pan mae rhywun yn sôn ella byddan nhw'n gorfod mynd i lawr i'r EFL, mae o'n dechra mwytho ci rhyw Sais, a dwi'n prynu peint arall iddo fo.

Mae 'na gêm Arsenal a Barcelona ar Sky Sports. Mae'r lle'n llenwi efo bois local a fisitors i lawr dros y Sul. Dwi, a dwi ddim yr unig un, yn cefnogi Barcelona achos mae hynna'n fwy o sbort, dydi. Ac mae Bale wedi chwarae iddyn nhw, dydi, sy'n rheswm arall. Fydda i wrth 'y modd gweld y bois La Liga 'ma yn chwara, 'sa 'mond i sbio ar 'u coesa nhw. *'El deporte rey!'* Gêm gyfartal ydi yn y diwadd, un yr un, ac erbyn iddi fynd i amsar ychwanegol, ac i ni fynd i siarad wedyn am bob dim dan haul, mae'n mynd yn hwyr arnon ni'n hel i fynd adra. Rydan ni'n pasiad nôl cebab, 'dan ni ar lwgu erbyn hyn, ac yn ei fyta fo wrth gerddad adra. Fel bob amsar efo cebab, mae'i ogla fo'n well na'i flas o. Dwi'n taflu'r deiliach a'r bara pita i'r clawdd ar ôl i mi gael digon ac yn pydru mynd drwy'r twllwch, a gola ffôn Ows tu ôl i mi yn dangos y ffordd.

Mae yna tsians amdani weithia, ar fora Sadwrn, ond dim heddiw 'ma. Felly dwi'n codi ac yn gneud fy hun yn barod, gneud tost ac wy, a'i throi hi am Lys Hyfryd. Mi fyddan nhw wedi gorffen efo brecwast erbyn hyn; fasa 'na ddim croeso i neb ar ganol hwnnw. Ar y ffordd i fyny dwi'n edrach o 'nghwmpas am arwyddion o wanwyn, ond ar wahân i floda drain duon yn ddyrna bach gwyn ar y briga noeth, y cwbwl wela i ydi caea dan ddŵr a brain yn berwi.

Fel dwi'n troi am adra, daw Mam i 'nghwfwr i ar y troad. Mae'n fflashio'i goleuada ac mae 'na chwifio mawr a gwenu. Ond wedyn mae dau gar diarth yn tynnu i fyny reit wrth 'i thin hi, ac mae hi'n tynnu stumia arna i ac yn gyrru yn ei blaen. Mynd ar ras wyllt i nôl negas i Lidl neu Tesco fydd hi; dwi'm yn meddwl ei bod hi'n mynd i fawr o nunlla arall dyddia 'ma. Fasa hi'm yn breuddwydio am ddŵad i edrach amdana i i Ros Helyg; fuo hi a Dad ddim drwy'r drws ar hyd y blynyddoedd. Tecstio ydan ni fwya, jest wedi llithro i ryw batrwm felly. Mae'n bechod ond, a dwi'n teimlo'n ofnadwy wrth gyfadda wrthaf fi'n hun, mae'n haws.

I pictiwrs fyddan ni'n dwy yn lecio mynd efo'n gilydd. Yn y gaea fwya, pan mae yna fwy o amsar. Os byddwn ni'n mynd i'r *matinee* awn ni am dro rownd y siopa cynt neu fel arall am swpar bach cynnar ein dwy ac wedyn pictiwrs nos. Cyrraedd yn ddigon buan i weld y trelyrs i gyd. Ista yn y twllwch efo Maltesers mawr rhyngddan ni ac os bydd 'na ddarn trist yn y ffilm – gafael llaw.

Wrth yrru drwy'r giât dwi'n gweld Dad tu allan i'r sied yn stachu efo'r injan dorri gwellt. Mae'n rhy gynnar i bawb call ddechra arni, ac yn rhy wlyb, ond mae'n debyg fod y gwesteion yn anfodlon os ydi'r gwellt yn uwch na phum centimeter o'r ddaear. Mae'r can petrol allan, a'r can WD40, ac mae'r garddwr yn llewys ei grys a'i wallt o'n wyllt. Pan mae o'n 'y ngweld i mae o'n cynhyrfu'n lân, achos mae o'n gwbod bod gin i fôn braich fel Samson ar ôl bod yn codi pwysa yn y ganolfan hamdden. Nid cryfdar ydi o, chwaith, ond 'i dallt hi. Y *knack*. Plwc nerthol a rhyw dro bach 'run pryd. Dwi'n deud 'Amsar cael reid-on, Dad?'

Dwi'n ei ddeud o bob blwyddyn. Mae 'na ysgwyd pen egnïol. Ildio fasa hynny.

Mae hi'n tanio i mi ar y trydydd cynnig. Ac mae o'n gwirioni'n bot! Mi wnaiff un tymor arall, medda fo. Un dda ydi! Ac i feddwl 'i fod o wedi'i chael hi am nesa peth i ddim ar Porthmadog, sell, swap, give it away. Mae o fel tasa fo'n dandwn hen ferlan, yn rhoi o bach iddi a'i sychu drosti efo clwt sych. Wrth gwrs, rhaid 'i rhedeg hi rŵan ei bod wedi tanio, fiw diffodd, iddi ddod i'w sbîd. Ar ôl gosod y gyllall ar y toriad ucha, bagio ac wedyn 'nôl a 'mlaen dipyn o weithia, codi wib, mae hi'n awê hosê! O dan draed mae'n damp, a'r gwellt glas yn sgleinio'n fflat lle mae Dad wedi dechra torri. Mi fydd gynno fo waith hel dan amsar te. Ond mae o wrth ei fodd, yn joli boi! Dwi'n ei adael o gan neud arwydd 'mod i jest yn picio i'r tŷ.

Dwi wedi cofio fod gen i iPod yn fy llofft. Wel, mae 'ma ddau. Un fi ac un Leila Mair. Maen nhw'n antîcs bron erbyn hyn. Fintej o'n harddega ni. Wedi bod yn meddwl 'u gwerthu nhw ar eBay ydw i i gael rywfaint o gash, achos mae pawb jest ar Spotify erbyn hyn, dydyn. Casglwyr sy eisio ryw hen stwff felna. Ond hannar y ffordd i fyny grisia i'n lle cefn ni, dwi'n colli fy sêl i gyd. A dwi'n sefyll yn f'unfan rhwng dwy ris. Sgin i'm mynadd mynd i dyrchu drwy drugaredda heddiw 'ma. Sgin i'm stumog. Sgin i'm calon. Dwi'n troi ar 'n sawdl a lawr â fi, gneud panad a setlo i'w hyfad yn sŵn yr hen injan dorri gwellt yn tagu a mygu ei ffordd yn arwrol drwy dyfiant y gaeaf.

Anaml y bydda i fy hun yn y gegin yma. Lle byw a lle gweithio fy rhieni ydi fanma. Eu tiriogaeth nhw. Pan maen nhw yma, yn hwylio a chlirio bwyd, llnau, cymryd bwcings ar y ffôn a sgwrsio mae'r stafall yma'n teimlo'n wahanol. A dwi'n cael fy nhynnu i mewn i'w prysurdab cysurus nhw. Ond ar yr adega prin pan dwi yma fy hun, dyna fi'n ôl ar fy mhen i'n plentyndod ni, genod. Chwarae marblis o dan bwrdd. Bachu sbarion. Gwisgo ffedoga Mam. Dyddia diniwad.

A chael fy sgrytio 'mlaen wedyn i'r amser pan ddaeth Leila Mair adra yma o'r ddinas fawr i 'wella'. A dod ag ogla melys ei gyrfa fel *pâtissier* i'w chanlyn oedd yn gryfach rywsut nag arogleuon yr holl geriach meddygol i gyd.

8

Dydi'r llyfrgell ddim yn agor ar fora Llun ac felly dim ond fi sydd 'ma yn fy offis bach dros dro fel twrch mewn twll. Falch o fod allan o'r glaw. Mi fydd yna bwyllgor nos fory a dwi'n trio rhoi trefn at hynny. 'Dan ni wedi'n cofrestru fel elusen ond ar ei hôl hi efo lot o'r stwff swyddogol. 'Dogfennaeth' maen nhw'n ei alw fo yn y Cyngor. Rheola sefydlog ydi hi bora 'ma – wyddwn i rioed be oedd pwynt y fath betha – ond mi fydd yn rhaid eu cael nhw, erbyn gweld. Dwi'n gwglo ac yn dechra darllen. Hmm, dim y tu hwnt i mi, mae'n siŵr y gallwn i neud rhai digon taclus efo help AI ...

Ac wedyn polisïa. Y cais Gwireddu'r Freuddwyd ydi'r un mawr cynta i ni'i gyflwyno, ac mi gesh i lot o help efo fo gan ein Swyddog 'Caru' Cymunedau – yr annwyl, yr alluog, yr hwyliog, y peiriant-trin-ffigyrau ac – yn anffodus i mi – y feichiog Megan Louise Leary. Megi Lŵ – cariad mewn croen! Mae hi newydd fynd ar famolaeth a be dwi'n mynd i neud heb ei chyngor a'i chefnogaeth a'i chomon sens, Duw yn unig a ŵyr. Gin i hiraeth creulon amdani'n barod. Mae hi'n byw ym mhellteroedd Ardudwy, ac wedi diffodd ei chyfri e-bost gwaith a'i ffôn gwaith. Wela i ddim pwt o fai arni. Ond ow! mi fydd gymaint yn fwy heriol hebddi. Maen nhw wedi penodi rhyw foi sy wedi ymddeol yn gynnar o'r banc yn ei lle dros dro – Edryd Ellis, dwi'n meddwl, ydi'i enw fo. Fedra i'm cael y ffycar bach i atab ffôn heb sôn am ddim arall.

Ar fy ffordd o'r gegin ydw i efo coffi cry pan mae rhywun yn cnocio ar y gwydr. Be sy ar bobol nad edrychan nhw ar yr arwydd yn y ffenast?

‘’Dan ni wedi cau dan pnawn!’

Dal i gnocio.

‘Wedi cau. *Closed*!’

Dwi'n digwydd troi 'mhen ac yn stopio yn f'unfan. Yn gneud dybl-têc. Kelfin Strong? Dwi ddim i fod i agor i'r cyhoedd pan dwi yma fy hun (mae llyfra ail-law mor werthfawr) ond fedra i ddim gadael y cradur yn sefyll allan a hitha'n treshio bwrw.

‘Hei, Kelfs, be ti'n da yn fanma? Ti'n bell o'r swyddfa. Chwilio am rywla wyt ti?’

‘Ga i ddŵad i mewn?’

Mae o'n wlyb doman a'i fwstásh o'n dripian. Does dim angan i mi ddeud wrtho fo am dynnu'i gôt, mae o'n ei dal hi i mi ei hongian hi iddo fo. Dwi'n ei thaflu hi ar gefn y gadar agosa.

‘Sgen ti funud i sbario?’

‘Coffi?’

Dwi'n rhoi fy mhanad fy hun iddo fo.

‘Lyfli jybli. Wedi meddwl gneud ymweliad safla oeddwn i,’ medda fo wrth ei osod ei hun tu ôl i ddesg y llyfrgellydd heb gymaint â gofyn. Mae Kelfs yn foi go nobl – o ran maint dwi'n feddwl 'lly. ‘Ond ei bod hi wedi troi'n wlyb. Bechod.’

Dwi'n edrach dan y ddesg.

‘Lle mae'r welingtons?’

Mae o'n cochi ryw fymryn. ‘Yn y car.’

‘Awn ni 'ta,’ medda fi. ‘Mi fydd yn rafu rŵan. Dydi o ddim yn bell. Wna i yrru.’ Well gin i hynny filgwaith na thrafod gwaith papur.

Mae o'n cochi mwy.

'Y, well i mi beidio ... erbyn meddwl ... ryw beswch yn cau clirio ers wythnosa ...'

'O. Bechod.' Mae o'n trio tagu. Ond ar ôl saith mlynadd yn Eich Meddygfa, thwyllith o monaf fi.

'Ond gan bo fi yma rŵan ... ella bod o'n gyfla da i ni gael *chat* bach am y clêm 'ma, ia?' Mae o'n pwyso'n ôl a jest-abowt yn llwyddo i groesi'i goesa. 'Sut mae o'n siapio?'

'O wel, ti'n gwybod ... slo bach 'de. Dim ond job ran-amsar ydi hon, sti, a gin i lwyth o waith ...'

'Ia, dwi'n gwbod. Dwi'n siŵr bod o'n job ffitio bob dim i mewn.' Ac wedyn, heb sychu'i geg, 'Fedra i ddisgwyl dy fform di i mewn erbyn yr undeg nawfed?' Mae o'n edrach ar ei wats fawr. 'Mae hynna'n rhoi, wel, jest i dair wsnos i ti, dydi.' Mae'n siŵr ei fod o wedi gweld 'y ngwynab i. 'Ocê, pythefnos hir. Caerdydd sy'n swnian, sti. Eisio cael y project 'ma *off the ground and runnin'* maen nhw, 'de. Dangos fod y pres yn cael ei wario. Fel Cyngor, dydan ni ddim eisio cael ein gweld yn llusgo'n traed.'

'O, dwi'n gweld.'

'Mae yna bwysa arnan ni, swyddogion, deud gwir ... A hefyd, o ran chi fel menter gymunedol, pan fyddwch chi'n mynd am grantia eraill, ti eisio medru dangos hanas o lwyddo ... Parchu dedleins.'

Dwi'n rhoi ochenaid ddramatig.

'Atgoffa fi be sy angan i mi'i neud.'

Mewn eiliad mae o wedi estyn mini laptop smart o bocad tu mewn ei gôt law, ac yn teipio fflat-owt.

'Dechra yn y cychwyn, 'de. Mae'r contractor yn gneud y job. A reit blydi handi. Ac rwyt ti'n ei dalu fo. Ac wedyn rwyt ti'n rhoi'r *claim form* i mewn i ni. 'Dan ni'n gyrru'r cais i lawr i Gaerdydd. Ac rwyt ti – wel, Menter Tyddyn

Betw – yn cael y naw deg pump y cant yna o fewn … cwta wythnosa. Simpyls.'

Fedra i ond nodio 'mhen.

'Toi ydi'r joban, 'de.'

'Ia.'

'A 'dach chi wedi derbyn tri pris ac wedi gosod y job i rywun.'

'Do.' Hyd yma, dwi ar dir gweddol gadarn.

'Sef …'

Fedra i ddim deud Mr Z.

'Józzef Zadrozny. Towyr Arbenigol Tan Gamp.' Dwi'n cadw gwynab sdrêt. Ond dydi Kelfin ddim yn gweld dim byd yn ddoniol.

'Ac mae o wedi dechra arni?'

Wel, a bod yn fanwl, dydi o ddim wedi tynnu na rhoi'r un llechan eto. Ond, dwi'n cysuro fy hun mai fo osododd y tarpolin mawr glas. Felly, mewn ffordd o siarad … Dwi'n sbio drwy'r ffenast wrth ei atab o.

'Do.'

Mae o'n eistedd yn ôl eto, yn ei lordio hi yn y gadar fawr. Yn gwenu fel giât!

'Wel dyna ni. Job sydyn ydi toi, 'de. Wsnos? *Max*. Wefia'r tsiec o flaen ei lygid o. Cadw ei drwyn o ar y maen, neu yn hytrach ar y to. Wsnos. O dywydd sych. *Job done*. Hawliad i mewn. Fydd eisio *statements* banc, cofia, i ddangos y taliad yn mynd drwadd.'

Dwi'n edrach arno fo ac yn meddwl sut i'w atab o. Does dim geiria yn dŵad.

'Erbyn Pasg mi fyddwch chi 'di cael eich to.' Mae o'n siarad efo fi fel taswn i'n saith oed. 'Mi fydd Joseff– Joseff be oedd o?'

'Józef Zadrozny. Towyr Arbenigol Tan Gamp.'

'Ia. Hwnnw. Mi fydd o 'di cael ei bres. Mi fyddwn ni yn y Cyngor 'di cael eich hawliad gynnoch chi. Mi fydd Caerdydd wedi cael yr hawliad gynnon ninna. Pawb yn *hunky dory*!'

Mae o'n gorffan ei goffi fel petasa fo'n gorffan peint ac yn gosod y mwg ar y ddesg ar ben papura gwyn taclus neis y llyfrgellydd. Ar ei draed wedyn, barod i' throi hi'n ôl i'r offis. Mae'n taro golwg drwy'r ffenast. Ac yn gweld ei bod hi wir yn rafu bwrw.

'Dos i chwilio amdano fo rŵan. A deud sut mae'n fod. Tredars 'ma'n meddwl cân nhw neud fel lecian nhw. Isio mynnu fod y diawlad yn gafael yn'i.'

'Mae toi yn grefft.'

Dwi'n cael winc – fel tasa fo a fi yn dallt nad ydi ddim, dim rîli. Wrth y drws mae o'n stopio, ei gôt yn un llaw, y mini laptop a goriada'i gar yn y llall, ei law ar yr handlan.

'Felly bythefnos i heddiw, reit? *Brilliant stuff* neu fel fasan ni'n deud yn y Cyngor – stwff briliant.'

Ac mae'n swnio mor syml. Mor elfennol. Mor effeithiol.

Dwi'n cloi ar ei ôl o.

A dwi'n meddwl: cer i grafu, babi jam.

9

Bob Dolig mi fydd giang gwaith yn mynd am noson allan yn Gynarfon. Cychwyn yn syth ar ôl cinio (dim apwyntiada pnawn, mynd â dillad efo ni i gwaith i newid) a'i gorffan hi yn Fu's. Amball flwyddyn, mae 'di mynd rom bach yn flêr ... A faint sy 'na – 'mond chydig fisoedd – ers pan oeddan ni'n dŵad yn ôl i ganol dre ar ôl noson wyllt a gwirion (gwin coch ar ben Peronis ar ben tri os nad pedwar Elfie Selfie Sip). Heibio Galeri, siglo dros y bont bach 'na yn Noc Fictoria, yn bloeddio canu 'Dancing Queen'. Erbyn hynny – a Siw, Medi a Steff y ffisio a'r criw nyrsio cymuned, a finna am wn i, yn barod i fynd i chwilio am dacsi adra – oedd hi'n tynnu at hannar nos. Ond oedd Liam Jay a'r doctoriaid eisio mynd ymlaen i rywla i ddawnsio. Clwb.

Feddylish i ddim noson honno y baswn i'n mynd drwy ddrws y lle mawr tebyg i garchar 'na efo baria ar draws y ffenestri sy'n union dros y bont.

Roedd o ar y rhestr o lefydd i'w hosgoi ar bob cyfri.

Capeli.

Llysoedd barn.

Nail parlours.

Ffermydd moch.

Yr Archifdy.

Ond dyna lle rydw i dridia wedi ymweliad Mr Kelfin Strong ar ôl penderfynu mai gwaith ymchwil i hanes Ben Lloyd, y cyfrwywr, ydi 'mlaenoriaeth i. Mae'n rhy wlyb i ddechra clirio tu allan, dwi'n dal i ddisgwyl i'r Mentor Treftadaeth gysylltu i drefnu ymweliad, a dwi'n trio osgoi Dad yn ffonio i ofyn am hand i stripio papur ryw lofft. Cas joban. Felly ...

Mae 'na wynt main a blocia'r cychod a'r llonga yn y cei yn gwichian a sgrechian. Y Fenai'n donna gwynion anfarth wrth i wynt o'r gogledd orllewin yrru'r bwis oren o'i flaen. A phawb sy'n fy mhasio fi wedi lapio'n dynn ac yn mynd hynny fedran nhw. Dwi wedi dŵad â laptop efo fi, mewn bag Lidl, achos dwi'm yn gwybod os dwi'n cael, nacdw. Ond dwi yma. Wrth sbio, fasa neb yn medru deud fod fy nhu mewn i'n troi. Ond does gin i ddim syniad am be dwi'n fod i ofyn a dwi ddim am edrach fel dw-lal. Dwi'n gwybod yn iawn na fydd gin staff y lle ddim pwt o fynadd efo rhywun hollol ddi-glem fel fi.

Mae fy mys i'n hofran ar y gloch. Mi faswn i wedi gallu gofyn i Nain Hafod achos mae hi wedi gneud hanes ein teulu ni yn ôl i Adda ac Efa, jest, neu Collwyn ap Tango beth bynnag. Mi wydda hi siort ora sut i fynd ati. Ac mi fasa wrth ei bodd yn cael helpu. Ond y peth efo Nain, er bod gin i feddwl y byd ohoni hi a bob dim, ydi ei bod hi fel ci efo asgwrn. Fasa yna ddim diwadd arni. Ac mae hi braidd am gymryd drosodd. Hi fasa'n arwain y prosiect mewn cwpwl o fisoedd, neinti neu beidio. Taid fasa'r cynta i gytuno efo fi – tasa fo'n dal ar dir y byw. Ond wedyn wrth drio hel nerth a chofio 'mod i wedi talu tair punt am barcio, dwi'n atgoffa fy hun nad ydi o ddim mor wahanol â hynny i fi'n atab y ffôn i bobol yn Eich Meddygfa. Cwrteisi a phroffesiynoldeb. Jest bod yn glên efo pobol, 'de, a gneud dy job. Dwi wedi atab galwada gannoedd o weithia gan bobol sy ddim yn gwybod be maen nhw angan, na be sy'n bod arnyn nhw, deud y gwir. A dwi, Tonwen Neli Tomos,

To i'w ffrindia, wedi gallu'u cyfeirio a'u cynghori nhw. Ar ôl y *pep talk* bach yma i mi'n hun, dwi'n canu'r gloch.

Hannar awr wedyn, fedra i ddim coelio'r peth: dwi'n eista'n gyffyrddus braf o flaen clamp o fwrdd derw yn mynd drwy hen ffurflenni cyfrifiad yr ardal acw. Yn 1841 y dechreuon nhw neud cyfrifiada, medda'r dyn hynod o normal yr olwg a chlên wrth y ddesg, a'u gneud nhw fesul deng mlynadd wedyn. A prun oeddwn i am ei weld? Dwi'n gwybod mai yn 1940 y buo Ben Lloyd farw, yn 65 oed, cyn gweld ei bensiwn, y cradur, felly dwi'n gofyn am 1881. Ai yno ganwyd o? Ond does dim hanes ohono fo yn Nhyddyn Betw yn y flwyddyn honno, teulu arall sy 'na – rhyw John Rowlands a Margaret Rowlands a chwech o Rowlandsys bach. Ac maen nhw'n dal yno yn 1891, ond fod hanner y plant wedi gadael, ac yn 1901 mae Margaret yn disgrifio'i hun fel '*widow*'.

Dwi'n gofyn wedyn am 1911, a dyna lle mae o: Benjamin Z Lloyd. (Be ydi'r Z yna, sgwn i?) Ac mae o yno ar ôl hynny, ei hun bach, tan 1921. Dwi'n gofyn am 1931 ond ar ôl can mlynedd maen nhw'n cael eu rhyddhau medda'r boi, ac felly dyna hynna. O leia dwi'n gwybod rŵan fod Ben Lloyd wedi symud i fyw yno ryw bryd ar ôl 1911, ac wedi byw gweddill ei oes yno. Ella bod 'na ffordd o weithio allan pryd yn union symudodd o yno, ac o lle, ond dwi ddim wedi cyrraedd fanno eto. (Papur bro fasa wedi bod yn handi o'r adag hynny!)

Wrth gael sbec wedyn ar y tai cyfagos, a'r ffermydd, dwi'n gweld fod yna weithia enw rhywun sy yn rhywla dros dro – '*Drover*' ydi un. '*Staying overnight*'. Porthmon oedd hwnnw. Ac wedyn ar fferm Cefn dwi'n gweld enw Jane Parry (Jones ydi pawb arall o'r teulu), '*Seamstress*', ac yn cofio Nain yn deud fel y bydda'i nain hi'n crwydro ffermydd yn gneud gwaith gwnïo, ac yn cario ei hinjan wnïo efo hi (sy'n profi fod gwnïo'n dilyn teulu fel aml grefft arall). Mi fydda hi'n aros am ddyddia ar y tro neu hyd yn oed wsnos lle'r oedd teulu mawr. Petawn i'n gofyn am 1901 tybed welwn i enw Ben Lloyd yn rhyw ffarm yn y cyffinia – wedi aros i drwsio cyfrwyon a phenffrwyni, ac yn cysgu yn y llofft stabal efo'r gweision? Dwi'n cofio am y traethawd steddfod ysgol Sul o 1960.

A dwi'n meddwl wedyn, amdanaf fi fy hun. Adag y cyfrifiad dwaetha mae'n rhaid fod Dad wedi rhoid i lawr fy 'mod i'n byw adra – Llys Hyfryd. Ond rhyw fynd a dŵad oedd hi – aros adra weithia, efo Ows weithia, efo Mariel weithia. Yn y car weithia. Lle bydda i erbyn y nesa? Fydd Ows yn sgwennu'n enw i o dan ei enw fo ar ei ffurflan gyfrifiad? Dwi'n gadael i'r cwmwl bach yna basio.

Un o'r petha annisgwyl dwi wedi'i ddysgu o'r ffurflan cyfrifiad ydi fod Benjamin Z Lloyd wedi'i eni yn ardal y Mynydd Bach, yr hen Sir Aberteifi. Cardi oedd o. Felly os ydw i am gael mwy o'i hanes cynnar o, mi fydd angan i mi weld ffurflenni cyfrifiad fanno. Fedra i ddim holi dim mwy ar y dyn 'ma, dwi'n ôl a 'mlaen at y ddesg yna fel pipi-down. Ond mi soniodd wrtha i fod 'cofrestri plwyf' yn betha 'tu hwnt o ddefnyddiol' i roi gwybodaeth. Nodio'n frwdfrydig wnesh i i roi'r argraff 'mod i'n cytuno gant y cant. 'Dyddiada bedyddio,' medda fo wedyn, 'a chladdu. Triwch y ficar lleol.'

Dwi ddim 'run un yn dŵad o'r Archifdy, dwi'n sgwario! Mynd am fy nghar ydw i pan ddaw e-bost drwadd – o Adran Gwil Alwyn – yn f'atgoffa i fod yna gyfarfod rhwydweithio 'allweddol' o fewn hannar awr yn Stafell 6 Adeilad Newydd y Cyngor. Do'n i'n cofio dim. Wrth gwrs, mi wn i'n iawn fod eisio gwneud yn fawr o bob cyfle i rwydweithio … a gneud cysylltiada. Yn arbennig i hogan newydd. Dwi ddim yn dwp, dwi'n dallt hynny.

Dwi wedi ymlâdd ar ôl yr holl ymchwil 'na. A dwi ddim yn yr hwyl i falu ciach efo pobol dwi ddim yn nabod eto. Ond mae 'mol i'n cwyno a dwi'n gweld y gair 'lluniaeth' drwy gil fy llygad; felly mi fydd yna banad a brechdana i gael.

A faswn i ddim wedi mynd heblaw 'mod i wedi cofio am y tsips trychinebus yna.

10

Mae pawb mor glên, ac mor groesawus, fedra i ddim peidio teimlo dipyn o gwilydd bo fi ddim ond yma am y bwyd. Pobol yr ymylon ydi'r rhein fel finna, o ran eu maes gwaith, yn gneud eu gora i redag rhyw brosiecta bach yma ac acw – trio gneud rwbath ohoni. Dwi'n cael ysgwyd yn llaw, slap bach ffeind ar 'y nghefn i, pawb yn gwenu arna i. Pawb yn gwybod, ella, be sy o 'mlaen i.

Talcan calad.

Ond pan dwi'n deall cwarfod am be ydi o – i drafod, os gwelwch chi'n dda, sut y bydd y codiad yn lefel y môr yn effeithio ar fentra cymdeithasol bach a lleoliada twristaidd – dwi drws 'gosa i godi ar 'y nhraed a mynd o'ma. Mae Tyddyn Betw o leia dair milltir o'r môr, ar godiad tir, ac os basa'r môr yn codi droedfadd bob deng mlynadd fasa fo ddim gwaeth ymhen canrif. Ond mae pawb arall i weld o ddifri a golwg ddigon poenus arnyn nhw. Er, maen nhw'n dal i fyta. Brechdana lyfli.

Dwi ddim yn trio gwadu'r newid yn yr hinsawdd. Dim dyna ydi o. Dwi'n ei weld o flaen 'y nhrwyn wrth i mi redag llwybra'r ardal acw. Gaeafa gwlypach, dim eira na rhew jest, hafa cachu rwtsh. Ond does gan yr un ohonon ni yn y stafall yma na ffeithia nac arbenigedd, nac oes? Ac mi fedar rhywun fel fi sy wedi dŵad ar ei phen o'r Gwasanaeth Iechyd sbotio wastio amsar yn syth bin.

Gwil Alwyn sy'n sbowtio, ac yn dyrnu mynd drwy'r PowerPoint. Dwi'n digwydd gwbod mai gradd mewn

Astudiaetha Beiblaidd sy gynno fo. Pan mae o'n dechra sôn y dyla pob prosiect adeiladu newydd roi eu socedi trydan o leia un fetr o'r llawr, dwi'n gweld y Werddon. Hogan newydd neu beidio, fedra i ddim cau 'ngheg. Er dwi ddim yn gwbod pam dwi'n traffarth gneud fy hun yn amhoblogaidd, achos does 'na ddim trydan o gwbwl yn Nhyddyn Betw. Ond maen nhw'n trio gneud bob dim rwtsh ratsh ar draws 'i gilydd, dydyn. Hitio targeda sy tu ôl iddo fo. Ac mae prosiecta bach fel y rhain gymaint haws na thai a lonydd – y stwff go iawn.

'Iawn wrth afonydd a'r arfordir, ond fedra i ddim gweld fod hynny'n berthnasol i adeilada ar dir uchal ...'

'Mae'r glawiad yn llawer trymach, mi fydd hynny'n cynyddu dros amser, ac mi alla tor-cwmwl greu llifogydd annisgwyl a dwys ...'

'Ar ben mynydd?'

'Mae'n well bod yn barod a bod un cam ar y blaen.'

'Mi gadwch drydanwyr mewn busnas. Mi fyddan nhw'n chwerthin yr holl ffordd i'r banc.'

Mae rhywun yn tagu. Llais Gwil Alwyn sy'n deud fel athro ysgol yn rhoi row i rywun dwl:

'Mae'r sgrifen ar y mur yn glir.'

Fedra i ddim peidio:

'Ydi, un fetr i fyny.'

Mae un neu ddau yn piffian.

'Dan ni'n cael ein rhannu'n grwpia i drafod pa gama y gallwn ni eu cymryd i ddiogelu'n safleoedd. Wrth lwc i mi, mae 'na ddau ar ein bwrdd ni sy'n cymryd y peth yn hollol o ddifri. Dwi'n cynnig sgwennu'r rhestr – sy bob amser yn plesio mewn gweithdy – ac mae pawb yn hapus. Erbyn i ni gael ein galw'n ôl at ein gilydd, mae gin ein criw bach ni amryw o awgrymiada reit gall, fel cael arbenigwr i roi cyngor i ni fesul safla, a chomisiynu ymchwil, ac mae Gwil Alwyn yn gwrando'n barchus.

Ond ryw olwg ddigon tinfain wela i arno fo wrth droi'i ben draw, nid 'mod i'n gweld bai arno fo. Achos pwy ydw i, shortan bach gegog, i ddeud be ydi be yn fy nghwarfod rhwydweithio cynta, 'de? A rhoi sbocsan yn ei olwyn o? A'r jôc ydi hyn: dwi'n cytuno bod y cynnydd yn lefel y môr yn mynd i fod yn broblem ddifrifol yn y dyfodol. Dwi ddim yn gwadu hynna, dwi ddim fatha Trump.

Sgin i jest ddim pwmp o fynadd efo bois bach fatha fo.

Ond os oeddwn i'n meddwl 'mod i'n mynd i gael get-awê efo hi, ges i ail, 'de. Roedd o wedi'i osod ei hun wrth y drws ar y diwadd, a thra oedd pobol erill yn sgwrsio ymhlith ei gilydd a hel eu stwff, mi oedd o'n barod amdana i:

'Bob dim yn iawn, y, Tanwen?'

'Tonwen.'

'Tonwen. Setlo? Dipyn o newid, yndi, o syrjyri?'

'Champion. Diolch.'

'Cydweithio ydi'r peth, sti. Ddysgi di lot gin y bobol yma,' gan amneidio at weddill y criw. 'Pawb helpu'i gilydd 'de, a phawb yn tynnu 'mlaen. Ac os oes 'na ryw broblem, mi fyddwn ni yma, jest gofyn am help, 'de. Codi'r ffôn.'

'O. Iawn.' Dwi'n petruso. Ond wedyn dwi'n penderfynu ceisio trafod, achos mae o'n swnio mor ddiffuant, 'Efo'r hawliad Gwireddu'r Freuddwyd– '

'Ia, roedd Kelfs yn deud bod o 'di cael gair efo ti am hwnna. Bob dim on trac, dydi? Mae hwnna,' ac mae o'n llwyddo i ddangos ei ddannedd i gyd jest heb wenu, 'mae hwnna'n bwysicach na chynhesu byd-eang, Tonwen. I ni, yn y Cyngor, ar hyn o bryd.' Mae'n siŵr fod fy ngwynab i wedi dangos rhywbath. 'Ac i ti. Achos os na chei di do, mae'n amen ar dy brosiect di, dydi.' Dwi'n dal i sbio arno fo, mae o fel creadur hollol ddiarth. 'A fydd rhaid i ti fynd yn ôl i syrjyri am saith mlynadd arall! 'Sa neb eisio hynna, nac oes, fel mae'r NHS.' Dwi'n agor 'y ngheg ond mae o'n ennill y blaen arna i. ''Mond tynnu dy goes di, sti!'

'O.' Dwi'm yn gwybod be ddiawl arall i ddeud. Dwi'n gwybod 'mod i'n swnio'n hollol blydi llywaeth, fel ryw hogan bach ddi-niw. 'Wna i 'ngora.'

'Gora glas, ia?' Mae o'n chwerthin yn hollol ddihiwmor. ''Blaw lol rŵan. *On it, Ton*-wen.' Ac wedyn mae o'n gweld rhywun arall yn dŵad at y drws ac yn troi oddi wrtha i, ac ar ôl sefyll yn fy unfan am funud, dwi'n ei chychwyn hi i lawr y coridor.

Dwi ddim yn siŵr be'n union ddigwyddodd yn fanna. Ond dwi'n gwybod sut dwi'n teimlo ar ei ôl o.

11

Fedra i ddim cwyno am aeloda'r pwyllgor achos maen nhw i gyd yn halan y ddaear. Heblaw am Sguthan, 'de, ac mae gin bob pwyllgor un o'r rheini – boed mewn sgert neu mewn trowsus. Tynnu'n groes bob gafael, gofyn cwestiyna pigog, ama bob datganiad – ac i be, 'de? Jest bod yn boen mewn tin. Dangos ei hun mae hi, tybad? Ond mae hi'n mynnu fod angen 'llais critigol' a 'herio mewnol' – mewn geiria erill rhoi 'hèl' i mi yn rheolaidd. Ac mae Sguthan ni'n anfarth o fawr sydd ddim yn help – yn 'i lordio hi drostan ni. Ro'n i mor ffodus ei bod hi wedi bod *out of action* am dipyn ar gownt y ddau ben-glin roedd hi wedi bod yn aros mor hir amdanyn nhw. Drwy Covid – wel, cyn Covid a deud y gwir. Ac yna, yn y diwadd, cael y ddau o fewn cwta hanner blwyddyn i'w gilydd. Prin ei bod hi wedi dechra codi allan ar ei ffyn ar ôl cael gneud y cynta, dim ond i giât waeth i chi ddeud, na ddaeth y dyddiad i neud yr ail. Doedd hi ddim wedi mentro ailddechra gyrru ar ôl hynny neu mae'n siŵr y basa hi wedi dod i'r pwyllgor. A tasa hi, tsians y basa bob dim wedi bod mor wahanol.

Yn ei hoes waith, cyn iddi ymddeol ffor'ma (a chofio fod ganddi Gymraeg ac y galla hynny fod yn handi o ran setlo i fewn) roedd Sguthan wedi bod yn fwrsar mewn coleg prifysgol yn rhywla crand yn Lloegr. Mae hi wedi deud wrtha i – fwy nag unwaith – lle'r oedd hi ond fedra i yn fy myw gofio ar y funud. Rhywla hen deip, Caergrawnt ella. Ac ar ôl gyrfa'n cadw trefn, arolygu, hel chwain, deud y drefn a phigo beia am ddeugain mlynadd yn fanno, mae hi wedi landio yma i neud yr un peth – neu felly roedd hi'n gneud i ni deimlo. Mae'n nabod rhyw bobol o bwys, yn broffesors a pobol y pethe, mae ganddi gontacts. Rhaid mai dyna sut y cafodd hi'i thraed dan bwrdd i ddod yn aelod o bwyllgor Menter Adfer Tyddyn Betw, achos fasa 'run o'r genod wedi'i chyfethol hi. Tydyn nhw'n mynd o'i blaen hi. Mae hi'n gneud efo'r teuluoedd pobol fawr sy'n dal hyd y fan 'ma hefyd, ac mae'n siŵr mai un o'r rheini wnaeth le da iddi cyn i mi landio.

Efo'r trysorydd, Les Moore, ar ei wylia yn y campar-fan, dim ond fi a'r ledis – Gwyddfid, Alison, Meira Bryn Mawr ac Anwen Teleri – sy 'na. Mae gynnon ni ddau ddyn arall sy'n aeloda o'r pwyllgor hefyd. Dwayne Rich ydi un, siaradwr newydd sy'n byw off-grid ac yn hollol egwyddorol wyrdd a gwych, ond nad ydan ddim yn ei weld os nad ydi'n noson ddigon sych iddo fo reidio'r holl ffordd o Tyn Twrch ar 'i feic. Ella gwelan ni fwy arno fo at y gwanwyn a'r ha'. Dwi'n byw mewn gobaith. Ac wedyn y Cynghorydd J Hwyrddydd Jones; roedd o'n arfar bod ar y Cyngor Sir (Annibynnol), ond dim ond ar y Cyngor Tre mae o erbyn hyn (ond yn cadw'r teitl). Maen nhw'n deud i mi 'i fod o'n beth ardderchog cael cynghorydd ar eich pwyllgor os medrwch chi gael un – bod gynnyn nhw brofiad o bob math o feysydd. Mi ddaeth y cynghorydd i'r cyfarfod cynta, ac roedd yn amlwg fod ganddo fo brofiad o bob math o feysydd yn cynnwys Treftadaeth a Thwristiaeth. Ond ers hynny dydan ni wedi gweld dim lliw ohono fo. Heno roedd Edryd Ellis wedi gyrru e-bost yn ymddiheuro a Sguthan, *aka* Miss Gweni Craddock, wedi mynd i draffarth i anfon nodyn yn ei llawysgrifen yn dweud na alla hi ddod.

Mae deng munud cynta'n cwarfod ni yn mynd i drio cytuno pwy sy am fynd i edrach am Sguthan ar ôl ei thriniaetha (fasa'r sgwrs yma ddim wedi digwydd os basa'r dynion yma). Maen nhw'n meddwl y bydd yn rhaid cael dwy. Ond pa ddwy? Yn y diwadd, yn lle bo ni'n gwastraffu amsar, dwi'n deud yr a' i. Duw, sortia i hi rywsut. A'r gwir gonast ydi bo *rhaid* i ni gael pobol newydd i mewn; fedar yr un hen griw ffyddlon ddim dal i neud bob dim hyd dragwyddoldab. Ac mae pawb yn dŵad efo'u ffordd 'u hunan o neud petha, eu cymeriada, eu barn a'u *hang ups*, tydyn. Ies', mae'n siŵr bod 'na ryw dda yn yr hen Sguth yn rywla ond bod o wedi'i gladdu'n ddyfn.

Mae'r trysorydd wedi gadael adroddiad i ni. Dydi Les ddim yn credu mewn bancio ar-lein nac mewn mynd i stafall lle mae yna gyfrifiadur os oes modd peidio. Mi gymrodd ato'n arw pan wnes i gynnig cyfrifiannell sbâr iddo fo: roedd o'n gallu gneud sỳms siort ora, diolch yn fawr. Mae'r ffigyra ar gyfer y cyfarfod yma wedi'u nodi'n daclus yn y llyfr cowntia efo *running total* yn dangos be sydd wedi mynd i mewn ac allan o'r cownt dros y misoedd dwaetha. Ai fo, tybad, ydi'r unig un sy'n dal i ddefnyddio peiriant copïo hen deip o'r chwedega – rowlar mawr efo handlan – wedi'i fachu o ryw hen swyddfa yn y nawdega? Rydan ni i gyd wedi cael copi blyri o'r cyfrifon efo blotia du ac mae amball un wedi dechra dwdlo rownd y blotia'n barod.

Dwi'n syllu arno fo. Un peth dwi wedi llwyddo i'w neud ydi cael grant bach Cronfa'r Degwm, ac mae yna roddion wedi cyrraedd gan hwn a'r llall. Mi fydda i'n dechra ar y cais Loteri'r Dreftadaeth cyn hir a hwnnw fydd yn talu am y gwaith mawr o adfer Tyddyn Betw, ac am y dehongli, yr arwyddion a'r tirlunio a 'nghyflog inna. Ond mi fydd yn flwyddyn a mwy cyn y gwelwn ni'r pres, a bwrw bod ein cais ni'n llwyddo ar y cynnig cynta.

Does dim osgoi sôn am y toi. Dwi'n rhoi pris Józef Zadrozny Towyr Arbenigol Tan Gamp ar y bwrdd. Mae pawb yn gwyro i lawr i edrych arno fo ac yn anadlu i mewn drwy'u dannadd. A'u dannadd gosod. Dwi'n trio codi calon pawb drwy ddeud y bydd y grant Gwireddu'r Freuddwyd yn talu 95% o'r costa, ac mai ein rôl ni fel pwyllgor codi arian ydi codi'r pum y cant o arian cyfatebol. Dydi'r siarpa o'r genod ddim dau funud yn gneud y sỳm yn ei phen: 'Pymthag cant o bunna!' ebycha Anwen Teleri. 'Wel, mae hynny'n swnio'n llawar iawn mwy dw-abl, tydi genod?'

Does neb yn gofyn o ble y daw'r arian i dalu 'mlaen am y gwaith (os ydw i'n cofio sôn am dalu 'mlaen). Yn sicr, dwi yn pwysleisio wrthyn nhw fod yna frys gwirioneddol am yr arian cyfatebol, ond heb fanylu ar amserlen dynn fel-gwain-am-dwca hawlio'r grant. Dwi fel petawn i fy hun yn trio'u gwarchod nhw mewn ryw ffordd rhag realiti argyfyngus y sefyllfa. Rhag ofn i mi 'u dychryn nhw i ffwrdd? Cwestiwn. Na, fedra i 'mond edrach arnyn nhw – y criw bach annwyl yma mewn hen gotia gwisgo, sgarffia bob sut ac un cap toslyn piws – wrthi'n brysur yn cynllunio ymysg ei gilydd sut maen nhw'n mynd i godi'r mil a hannar o bunna yma i mi erbyn y Pasg. O fewn dim mae yna gynllun am ffair wanwyn yn y neuadd ac mae pawb am grefftio, casglu, coginio a chyfrannu raffls di-ri. Mae'r cwbwl yn sortyd! Wrth gwrs, mi fydd angen gneud yr holl waith – hel y stwff, gwau'r dillad babis, pobi'r cacenna a hel y raffla. Ond mae'r ewyllys yna. A dwi'n diolch gymaint mai dim ond y nhw sy 'ma – y genods a fi. Maen nhw'n codi fy hyder i lle basa hi, Sguthan, a Les

Moore ac Edryd Ellis, mae'n siŵr fel cyn-weithiwr banc, wedi'i sathru fo'n siwrwd efo'u croesholi a'u cwestiyna.

Mae'r cynllunia codi arian a'r trefniada yn meddiannu gweddill yr amser a dydan ni ddim yn cyrraedd at ofal y safla, y cynllun i ddechra clirio a mynd ati i labelu, na'r broblem diffyg storfa. Ac felly dwi'n rhyw dderbyn mai problema i mi eu sortio ydi'r rhain. Fi o 'mhen a 'mhastwn.

Fel problam y ddau ddeg wyth mil a phum cant o bunna dwi angen cael hyd iddo ar fyrder i dalu Mr Z am doi Tyddyn Betw.

Ar ôl i bawb fynd dwi'n golchi'r cwpana, diffodd y goleuada a chloi'r neuadd.

Ac wedyn dwi'n cofio am y rheola sefydlog.

12

A dwn i'm be sy'n dŵad i mi ond ryw hannar awr wedyn dwi'n ffeindio fy hun yn sefyll wrth ddrws tŷ Tomi Evans, ac yn canu'r gloch.

Dwi'n nabod Tomi, fel mae pawb yn y pentra'n ei nabod o. Mae o'n un o'r rheini sy wedi'i eni a'i fagu yma, ac wedi gweld lot fawr o newid dros y chwarter canrif ddiwetha. Mae'n siŵr mai dyna pam ei fod wedi cefnogi'r ymgyrch i brynu Tyddyn Betw. Trio stopio rhywbath arall newid – er gwaeth – oedd o. Roedd o wedi cymryd '*early*' o'r Bwrdd Dŵr i edrach ar ôl ei wraig, ond wedyn mi farwodd hi mewn chwe mis – er bod y prognosis wedi rhoi lot mwy na hynny iddi. Ar wahân i dyfu tatw cynnar a mynd am beint, be oedd o'n mynd i neud efo'i holl amsar wedyn?

Er, mi oedd gynno fo amball i heyrnan arall yn y tân, am ei fod o'n un o hen deuluoedd y pentra 'ma, am wn i. Os arhoswch chi o gwmpas yn ddigon hir mae rhywun yn siŵr o ofyn i chi neud rwbath. Yn un peth, fo ydi Cadeirydd Elusen Llwyn Gwair. Tua chant a hannar o flynyddoedd yn ôl mi fuo farw etifeddes stad bach Llwyn Gwair, tua phum milltir i fyny lôn o fanma, Jane Pagett-Owen. Hen ferch oedd hi, capelwraig fawr, ac yn lle gadael ei heiddo i'w theulu mi aeth i weld 'i thwrna – neu peth tebyca y daeth ei thwrna i'w gweld hi – a sefydlu elusen. Elusen Llwyn Gwair. Roedd y lloga o'r elusen honno i gael eu rhannu – bob dwy flynadd, os dwi'n cofio'n iawn – i rai genedigol o'r plwy. Dwi na 'run o 'nhylwyth na neb dwi'n nabod erioed wedi gweld ceiniog goch o'r pres achos roedd yr amoda mor llym. Dwi'n meddwl 'mod i'n iawn yn deud bod yn rhaid i chi fod yn mynd i genhadu i rywla yn India, fel Brynia Casia, i fod yn gymwys i dderbyn wàc o'r pres, ac wedyn rhyw ffiffti cwid oedd yr uchafswm. Ond gan fod pobol o Frynia Casia erbyn hyn yn dod draw yma i genhadu, does dim llawar o alw wedi bod ar y gronfa. Roedd yna drafodaetha wedi'u cynnal – Mam glywish i'n sôn – i drio llacio'r amoda fel bod unrhyw un fasa'n mynd i weithio fel nyrs neu feddyg yn India yn gymwys. Eto, agorodd y fflodiart ddim. Go brin fod gweinyddu cronfa Elusen Llwyn Gwair yn mynd â rhyw lawer o amser Tomi, erbyn meddwl.

'Dow, Tonwen! Tyd i'r tŷ, hogan. Neith hi banad?'

Ar fy ffordd o'r neuadd dwi wedi picio i Spar, a phrynu dwy botal o Newcastle Brown, ac maen nhw'n drwm ac yn clincian yn fy mag cefn i. Gas gin i'r stwff. Ond dwi'n gwybod pwy sy'n lecio fo. Syniad gwael.

'Os ydach chi'n cymyd un ych hun, diolch yn fawr.'

Dwi'n ei glywad o drwadd yn y pantri yn rhoi dŵr yn y teciall ac estyn mygia. A sŵn ei slipas o'n shyfflan ar hyd y teils.

'Sut mae'n mynd tua Thyddyn Betw 'na? Ydach chi wedi cael dechra?'

'Argian naddo, fydd hi'n flwyddyn nesa o leia, chi.'

Daw drwadd efo'r mygia, carton llefrith a phaced o Garibaldis – llond ei haffla.

'Cofia ddeud os byddwch chi'n gneud consart, mi ro i rywbath at y raffl.'

Dwi'n dychryn braidd gweld sut mae o wedi heneiddio dros y misoedd dwaetha 'ma, ers y tro dwaetha i mi ei weld o yn Eich Meddygfa, ac ers i ni fynd i lawr i'r ocsiwn yn Llundain ar y trên, ddim gymaint â hynny ar ôl y Covid. Mae o wedi mynd i'w gwman ac un goes am lusgo mymryn. Ella dyla fo weld ffisio.

Ond mae yna rywbath am fod yn ei gwmni fo, yn ei gegin o – mor ddi-feddwl-ddrwg neu ella henffasiwn, dwn i ddim – sy'n gneud i rywbath yndda fi agor. Tryst ydi o, tybad. Mi fuo Tomi yn un o'r cefnogwyr o'r dyddia cynnar. Mae o fel dilledyn gor-gyfforddus – a dim math o sêm yn gwasgu …

Fedra i'm siarad efo Mam a Dad achos maen nhw'n meddwl 'mod i'n gwastraffu'n amsar. Etifeddiaeth (neu dreftadaeth, beth bynnag ydach chi eisio'i alw fo) iddyn nhw ydi Gwesty Llys Hyfryd. F'etifeddiaeth ydi dŵad adra i redag y busnas. Ac iddyn nhw wedyn gael ymddeol a dechra byw eto. Wel sori, ond aros fyddan nhw. No-can-dŵ. O leia tra oeddwn i yn Eich Meddygfa roedd gin i ddigon o storis lliwgar i'w difyrru nhw; doeddan nhw ddim yn cael amser i feddwl unwaith ro'n i'n dechra arni. Mae Tyddyn Betw wedi bod yn dipyn o sôr-point adra. Dydyn nhw jest ddim yn gweld y point.

A phan dwi'n dechra siarad am broblema Tyddyn Betw efo Ows mae o'n ochneidio, ac yn deud 'mod i'n '*offloadio*', a bod o'n cael digon o siarad felna yn y gwaith. Ryw wynab tin wedyn. A weithia – pan fydda i'n dangos f'anwybodaeth am adeilada, rhywbath technegol – dwi'n gweld rhyw edrychiad fel tasa fo'n methu coelio 'mod i wedi cael y job. Wedyn mae o'n troi i ffwrdd.

Wel, dim ond fi a Mici Bach drïodd amdani hi, 'de. A does 'na ddim sa yn y cradur hwnnw, nac oes. Mi fasa wedi heglu hi ar y gwynt croes cynta. Wash i. Ac mae gynno fo'r BO mwya diawledig; fedar neb fod yn yr un stafall â fo am fwy na ryw chwartar awr. Rheswm anarferol ond hollol resymol, pan ’dach chi’n meddwl am y peth, dros beidio cyflogi rywun. Er, ar fy mhen fy hun ydw i’r rhan fwya o’r amsar mewn cwb yn y llyfrgell ’na.

Mae Mariel, dydi, wneith hi bob amsar wrando arna i’n mynd drwy ’mhetha. Fel dwi’n gwrando arni hi. Ers misoedd lawar ’dan ni wedi bod yn mynd dros a dros pam bod arweinydd y parti canu – Soniarus – wedi’i dropio hi. (Wel, ’dan ni yn gwybod pam, am ’i bod hi wedi colli chwech ymarfer ar ôl ’i gilydd.) Ond wedyn roedd y rhan fwya o’i *social life* hi’n troi rownd y parti canu ’na. Tripia. Consarts. Steddfoda. Ac mi oedd hi – wel, *mae* hi yn gantoras hollol ffab efo llais fel Beyoncé – felly eu collad nhw ydi, bendant. Ond be frifodd fwya oedd fod Oscar (yr arweinydd) wedi rhoid gwbod iddi yn y grŵp WhatsApp. Hollol blydi *mean*. Hynna chwalodd hi. Mae’r genod erill wedi bod yn glên a dal i gadw mewn cysylltiad ond mae ’na ddamej wedi’i neud – i’w hunanhyder bach hi, ’mlodyn i ...

A dwi wedi bod yn trio’i pherswadio hi i joinio côr arall, neu neud mwy o *karaoke* ... jest am yr hwyl ... ar wicénds ... A newid y sgwrs. Ond at broblema toi a grantia a *cash flow*? Ella ddim ...

‘To gawn ni gynta, chi.’

‘Rhoid to. Gynta? Rhaid i chi watsiad, rhag ofn cewch chi sybseidans.’

Rhaid i mi gofio edrach i weld be yn union ydi sybseidans; dydi o ddim yn swnio’n dda.

‘’Dan ni wedi cael y grant i dalu am y to, ond mae angan talu am y gwaith yp-ffrynt. Wedyn daw’r grant drwadd. Ryw system felna ydi.’

‘System gachu rwtsh! Dau ddrwg dalu sydd – talu ymlaen a pheidio talu o gwbwl!’

‘Ia.’

Mae'n banad dda a dwi'n dechra'i hyfad hi o ddifri. Dwi'n meddwl i mi fy hun tybad ai te o Tsieina ynta o India ydi o. O Frynia Casia. Dychmygu ochra glas braf dan gnwd o blanhigion te ydw i, a merchaid hardd mewn saris yn casglu'r dail mewn sacha gwyn pan dwi'n clywad fy hun yn gofyn i'n hen ffrind (a prin 'mod i'n nabod fy llais 'n hun):

'Dwi ddim eisio'ch rhoi chi mewn lle cas, Tomi. Ond ydach chi'n meddwl y basa'n bosib i Fenter Tyddyn Betw gael benthyg pres ...'

'Gin i, felly? Rargian, dwn i'm hogan, dwi ddim yn graig o arian ...'

'Na! Dim gynnoch chi eich hun, siŵr.' Dwi'n cnecian chwerthin. 'O'r gronfa. Elusen Llwyn Gwair. Mi fasan ni'n ei dalu fo'n ôl yn syth ar ôl y Pasg, pan ddaw'r grant drwadd.'

Dwi'n gwybod yn eitha faint o arian sy yn y gronfa, achos maen nhw'n cyhoeddi adroddiad bob blwyddyn yn y papur bro. Wel, mae Tomi'n gneud. Mae yna ddigon i doi teras.

'Syniad y pwyllgor oedd hynna? A dy yrru di yma i ofyn?' Mae yna fin yn y llais.

'Naci, tad. Fi feddyliodd. Does gynnon ni ddim digon i allu talu ond os na wnawn ni mi gollwn ni'r grant Gwireddu'r Freuddwyd.'

'Fasa dim gwell i chi ofyn i'r banc – am fenthyg?'

'Mae'n trysorydd ni ar ei wylia. Crwydro mewn campar-fan. Ffôn off.' Dwi'n estyn am y Garibaldis, dwi angen nerth. Ond dwi'n dyfalbarhau. 'Fedrwch chi ofyn i'ch pwyllgor chi?'

Mae o'n rhoi ei fwg i lawr. Yn edrach arna fi fel y dylwn i fod yn gwybod yn well na gofyn hynna. Yn codi i fynd am y seidbord yng nghornel y gegin. Y goes yna'n llusgo. 'Duw duw, fi ydi'r blydi pwyllgor, siŵr.' Mewn lle mor gyfyng, chydig gama o daith ydi. Mae'n estyn y llyfr siecia o'r drôr ac yn dechra chwilio ym mhocad ei gardigan am feiro wrth ddod yn ôl at y bwrdd.

'Faint ti eisio?'

13

Wnes i rioed feddwl y baswn i'n diolch fod y banc agosa atan ni yn blydi Llandudno. Ond mae'r pellter yn gneud y job o dalu'r siec i mewn heddiw rom bach yn afreal – sy ddim yn ddrwg o beth.

Dwi wedi cwyno digon am gau bancia'r stryd fawr a gneud cam efo'n cymuneda dros y blynyddoedd dwaetha, a dwi ddim yn colli'r cyfla i gwyno wrth dalu hon i mewn chwaith.

'Dwi 'di goro gyrru pedwar deg milltir i dalu'r siec 'ma i mewn.'

'Fedrwch chi neud o adra, chi. Ydach chi ddim efo'r *app*?' Yn amlwg, dydi hi ddim wedi cyfarfod Les Moore. Dydi hwnnw ddim hyd yn oed yn tecstio.

'Nacdw.' Dwi'n dal ati hefyd. 'Ond os bydd gin bawb yr *app*, mi gaeith y gangan yma hefyd, yn gneith. Felly fedrwch chi dalu 'nghosta teithio fi, plis, i ddŵad yr holl ffordd yma? Ac adra'n ôl. Mae disl yn costio bom.'

Chwerthin yn nerfus mae hi.

'Na, dwi o ddifri. Pedwar deg pump ceiniog y filltir.'

'Fedra i helpu chi efo rwbath arall?'

Mae hi'n gwenu'n ddel achos mae hi'n gwybod bod rhywun wrth ei phen hi'n gwylio i weld sut mae hi'n delio efo cwsmar blinish. Ac o fewn yr oria nesa mi fydd y banc yn anfon holiadur yn gofyn i mi sut un oedd hi, ac a ges i fel cwsmer fy 'moddhau'.

'Mi fydd rhaid i ni feddwl o ddifri am symud ein cyfri

i fanc sy'n dal yn agorad ar ein stryd fawr leol ni,' meddaf fi wedyn.

'Am rŵan.' Mae hi'n rhoi rhyw hen wên bach gam ac yn codi un ael, a dwi eisio codi un bys yn ôl.

Ond dwi'n ddigon call. Un peth ddysgodd yr holl flynyddoedd yna ar y ffôn yn Eich Meddygfa i mi oedd dal fy nhafod cyn i betha fynd yn flêr. Straen y sefyllfa sy'n deud arna i. Dwi'n penderfynu mynd am yr eironig:

'Diolch o galon am yr holl help. Hwyl ŵan.'

Dwi angan clirio 'mhen ar ôl hynna. A sadio. Alla hynna fod wedi mynd shedan yn rhy bell. Mi allwn i fynd am wynt ar hyd y prom, mae'n siŵr, a risgio wariar o wylan dew yn deifio i ddwyn 'y nghinio i. Ond cadw tu cleta i'r clawdd ydw i – picio i M&S, bachu rolsan a jocled a tanjerîns. Jymp i'r car ac awê am adra. Ond osgoi'r A55 a mynd drwy Lanrwst. I gael dipyn o dro a newid aer a gweld sut olwg sy ar hotels bach erill ddiwadd gaea fel hyn. Mi fydd Dad yn lecio cael clywad am y gystadleuaeth.

Siabi ydi'r atab. Angen côt o baent a sbriwsiad. Ond mae'r daith hir adra – y *scenic route* – yn rhoi rom bach o amsar i mi gael 'y ngwynt ata. A meddwl. Be ydi'r cam nesa. Mi gymerith dridia neu bedwar i'r siec yna glirio. Ond fedra i ddim fforddio gwastraffu tridia cyn mynd ar ôl Mr Z i ddechrau toi. Na, y peth gora i mi'i neud – a dwi'n mynd i chwysu wrth feddwl am y peth ac yn goro agor ffenast er bod yna dractor a sbredar llawn slyri o 'mlaen i – ydi mynd â siec am £30,000 i'r töwr ben bora fory. Prynu'i amser o a gofalu bod y fentar yn flaenoriaeth iddo fo. Mi ffonia i o heno.

Mi fydd rhaid i mi roi fy llofnod ar y siec 'na. Er mor ofalus ydi Les Moore ym mhob dim, ac am ei fod o'n gymaint o hen deip, mae o wedi gadael pentwr twt o siecia wedi'u llofnodi yn y llyfr. Achos fedar yr un elusen gario 'mlaen am wythnosa ben bwy gilydd heb dalu bilia, na fedar? Fy llofnod i fydd yr ail un ar y siec fawr yna ... Na, dydan ni'n dau ddim yn fy nharo fi fel *accomplices in crime*. Ydw i'n mynd i neud cam â'r dyn? Dyn mor ddeddfol a henffasiwn a set yn 'i ffyrdd. Dyn mor bropor. Ella wir. O. Diar.

Ond dyna fo, mae'r peth wedi'i neud. Rhy hwyr i gael panics a difaru rŵan ...

Wrth droi ar hyd y lôn hir am Drawsfynydd dwi'n gorfodi cyfeiriad 'y meddwl i symud, odd' wrth bres at y rheswm 'mod i ar y lôn heddiw ... At y cadarnhaol. To newydd! Neu, os aiff bob dim yn ddelfrydol, to newydd efo'r hen lechi 'awthentig'. Gwell byth! A gymaint o wahaniaeth wnaiff cael to iawn. Mi altrith yr hen le bach drwyddo. Mi fydd yn glyd. Mi allwn ni drefnu pnawn agored i'r gymunad leol ddŵad draw i weld. Gawn ni'r hanas yn y papur. Rhoi llunia ar Instagram. Ac mi fydd pobol yn dechra gweld gymaint o drysor ydi bwthyn bach y sadlar. Tyddyn Betw.

A gan 'mod i rhwng dau le wrth yrru, a dim yn nunlla, ar ben fy hun, ym myd breuddwydion, dwi'n caniatáu i mi fy hun feddwl am Cam 5 – y grand plan! At nes 'mlaen. Y dyfodol. Be faswn i wrth fy modd yn neud fasa prynu hen gapal bach Nebo sy wedi cau ers deng mlynadd a gneud canolfan ddysgu hen greffta gwledig yno. Dysgu pobol i nyddu a gwehyddu. Dysgu pobol i bobi a gneud menyn (er na fedra i neud 'run o'r ddau ola 'ma). Dwi wedi bod wrthi dros y blynyddoedd yn prynu hen offer mewn sêls cist car ac ocsiyna – budda a throell ac ati – ac maen nhw wedi'u cadw yn garej Llys Hyfryd yn aros am yr amsar pan fydda i'n gallu rhoi fy nghynllun mawr ar waith. A chael caffi bach selog efo cacenni ffansi a llestri te tsieina – yn union fel y basa Leila Mair wedi lecio. *Classy.* A chreu amball i swydd i bobol hyd y lle 'ma, yndê. Creu rhywbath newydd wrth warchod. Creu dipyn o *buzz.*

Ac mae'r cynnwrf yna, y peth yna sy'n dal ar 'y ngwynt i … Ai hwnna ydi'r angerdd? Dwi'n 'i deimlo fo yn fy mrest wrth yrru drwy Gwm Prysor ac mae o'n codi fel deryn ar gân.

14

Dwi wedi trio ffonio Mr Z sawl gwaith. Neb yn atab ffôn tŷ. Ei ffôn bach o'n mynd yn syth i *voicemail.* Bora wedyn, yn y diwadd, rhag ofn iddo fo feddwl mai rhywun oedd yn ei haslo fo (do'n i ddim wedi ffonio'i fobeil ó o'r blaen erbyn cysidro), wnes i adael negas llais. Eiliada wedyn mi ddaeth yna god post trwadd. Dim ond hynny. Dwi ddim dau funud yn ffeindio'r cyfeirnod grid ar y laptop. Ac mi wela i mai un lle posib sydd yna o fewn hwnnw: Bugeildy. Dwi'n estyn fy nghôt a ffwr' â fi. Rŵan 'mod i wedi talu siec Tomi i mewn, does 'na ddim pwrpas loetran neu beryg i mi golli fy nyrf. A mynd i hel meddylia. Gorfeddwl. Na. *Action.* Amdani!

Dwi wedi bod hyd y lle 'ma rioed heblaw am pan fues i yn y brifysgol am sbel, methu setlo a dŵad adra. A'r cyfnod yna yn Thailand ar ôl i ni golli Leila. (Roedd hi wedi dod â'r fath felyster i 'mywyd tra buo hi adra'n sâl, ac wedyn ar ôl i ni'i cholli hi ro'n i fel dyn â phob gronyn o siwgwr wedi'i grafu o'i ddeiet yn crefu am rywbath i leddfu'r ysu.) Byw ar y pres roedd hi wedi'i adael i mi fuo fi. Ac mae'r wlad honno wedi'i serio yn 'y ngho' fi. Glaswyrdd y môr cynnas. Y bobol a'u gwyneba agorad a chyfeillgar. Yr holl sgwtyrs a'u reidars gwallgo! Y marchnadoedd cynnyrch a'r pentyrra *pak choi,* tsilis, sbeisys, afala pîn, melona, cnau coco. Bob dim dan haul! Tunelli o nŵdls. Wwyrr y ffans mewn stafelloedd hosteli rhad. Pigiada mosgitos. A'r ffling efo dodji Dermot o Ballymena roddodd crabs i mi. Hynna i gyd.

Ond mae yna lefydd o fewn igian munud o daith car i fanma lle dwi erioed wedi bod yn 'y mywyd. Ac yn un o'r rheini mae Mr Z yn byw. Does yna ddim signal debyg i ddim i' gael wrth i mi yrru ymhellach ac ymhellach i grombil y wlad. Ac wrth ddreifio, dwi'n cofio am drip i ogledd yr Alban efo'r Ffermwyr Ifanc, o flynyddoedd a blynyddoedd yn ôl. Joli oedd hi, 'de. Mynd i weld rhyw stad lle'r oeddan nhw'n ffarmio ceirw oeddan ni. Mi oedd Leila Mair efo ni'r penwythnos hwnnw, yn eista efo fi ar y bŷs, fel 'san ni ddim yn gweld digon ar 'n gilydd adra, er bod 'i mêts hi'n llenwi sêt gefn. Roedd o'n dir uchal a llwm, heb fawr goedan na dim, dim ond milltiroedd mynyddig digysgod a defaid yn pori ar y llethra, neu felly roedd hi'n edrach i ni. Gwlad wag. Dim byd o le. Gyrru a gyrru am allan o hydoedd heb weld caffi na neuadd bentra na thafarn na dim. Fel roeddan ni'n dechra anobeithio, wedi pasio Loch Strathy, yn meddwl na fasan ni byth yn cyrraedd y stad enfawr 'ma a phawb wedi laru ... dyma ni'n dod i bentra. Strathy. Wel, teras o dai. Eglwys efo hers, ceir a fania a thrycia wedi parcio o'i blaen. Garej wedyn. Stopio am ddisl a crisps a diod yn fanno. Gorfod aros yn hir yn y ciw am fod 'na griw o blant ysgol o'n blaena ni'n prynu fferins ac am byth yn dewis. Sbio o 'nghwmpas a gweld map ar y wal o'r ardal roeddan ni newydd yrru trwyddi. Map a hwnnw'n drwch o enwa crofftia, nodweddion tir, copaon a phontydd – llefydd ro'n i heb 'u gweld am bo fi ddim yn nabod y lle. Roedd yna gnebrwng yn yr eglwys y pnawn hwnnw a phobol yr ardal wedi dŵad at ei gilydd yno. Roedd yna ysgol yn rhywla gerllaw. Roedd yna gymuned – o dan y radar. Fi oedd ddim yn gweld.

Mae'r lôn yn gul a dwi'n gobeithio na ddaw neb i 'nghwfwr i, achos mae yna strejis hirion heb nunlla i fagio, a ffosydd dyfn bob ochr. Welish i'm llygada cathod ers milltiroedd. Ac mae o'n dŵad i mi – dwi'n rhyw lun o gofio ella'n bod ni wedi bod yn rhywla ffor'ma ryw dro efo Nain a Taid Hafod yn hel llygeirion. Roedd hyn pan oeddan ni'n genod bach a Mam a Dad yn brysur siŵr o fod, a'n bod ni wedi tynnu'n sgidia a'n sana a mynd i'r gors i'w hel nhw. Fedra i gofio eu lliw – coch llachar fel Campari. Roedd angen 'u torri efo'ch dannadd i'r sudd lifo, dim fel mwyar duon. Ac mi roeddan nhw'n chwerw yn fy ngheg i ac yn sychu'r poer, fel eirin tagu. Ac mi ddeudodd Taid y gair 'chweng' wrth ddisgrifio'u blas a deud bod angan digon o siwgwr efo nhw mewn tartan.

Mwya sydyn, dwi yma. Wel nacdw, dwi wrth geg y lôn. Does yna ddim enw ar na giât na phostyn na hys-bys i'r busnas toi. Dwi'n troi i'r dde. Lôn ffarm ydi, a rhai o'r pylla dŵr mor ddyfn nes bod y Peugeot yn bygwth mynd ar un ochor wrth i mi yrru drwyddyn nhw. Mae hi'n troelli, a'r olygfa dros y cloddia'n newid efo bob tro – Moel y Garn a Mynydd Cennin, yr Wyddfa draw yn y pellter a'i phen yn wyn, caea pori cwta eu blewyn. Dŵr yn sefyll mewn caea a gwylanod yn nofio arno fo.

Wrth i mi nesu, ac i do'r tŷ a'r cyrn ddŵad i'r golwg, dwi'n gorfod dod i stop am bod 'na hen Land Rover wedi'i pharcio reit ar draws y lôn yn nadu i mi na neb arall fynd i fyny i'r iard. Does 'na ddim hyd yn oed digon o le i stwffio heibio a cherddad i fyny chwaith. Blocâd. Yn y ffos mae yna arwydd blêr ar ddarn mawr o bren ac, mewn coch – SITE OFFICE. Ac odano fo yn flerach byth, SYWDDFA. A saeth a'r paent wedi rhedag ohono fo'n pwyntio i'r chwith, i'r cae sy â'i giât yn agorad.

Dwi'n diffod yr injan. Wela i ddim hanas o dryc Mr Z yn golwg. Agor drws y car. Biti na faswn i wedi meddwl mynd adra i nôl bŵts. Mae'n drybola yma. Dwi'n taro'r siec yn bocad fy nghôt, neidio o'r car a'i gloi o. Reit 'ta, lle mae'r 'sywddfa' 'ma?

Sgragan o garafán – dyna'r cwbwl sy 'na. Reit yng nghanol y cae bach gwirion 'ma. A'i drws yn gilagorad. A dwi'n meddwl. No-wê. Does bosib. Yr unig beth arall wela i ydi hen drelar rhydlyd wedi'i barcio yn gongol a dipyn o hen fêls seilej wedi pydru. Does dim hanas o'i dryc cefn agorad o yn fanma chwaith. Ond rhaid 'mod i yn y lle iawn.

Wrth groesi'r mymryn cae dwi'n teimlo 'nhraed i'n gwlychu. Mae'r gwellt glas 'dat fy fflera fi.

'Helô?' Dwi'n gnocio'n galad.

'Cwm-in.'

Dydi o ddim yn swnio fel Mr Z, ac eto, dydi o ddim yn annhebyg. Dwi'n agor y drws gwichlyd ac i fyny'r ddwy stepan bach â fi. Ac mae ogla smôcs ac ogla ffisig annwyd ac ogla tamp yn fy nharo fi, nes dwi'n gagio. Dwi'n troi ar y dde. Yn llenwi llawr y garafán mae 'na fwrdd, wedi'i droi ar draws fel desg dros dro. Tu ôl iddo mae 'na ddau hen ddyn yn ista, yr agosa at yma a golwg ddifrifol arno fo. Llwyd fel lludw. Ei lygaid o'n fach yn ei ben o. Golwg fel tasa fo wedi bod yn byta gwellt 'i wely arno fo – os hynny. Het sgotsh plod efo clustia mawr yn hongian sy'n gneud iddo fo edrach fel anifail anwes. Mewn dyffl côt (mae hi'n blydi oer yma!) a menig efo'i fysedd allan. Wrth ei ochor o mae ei fêt, dwi'n cymryd. Hwnnw mewn hen anorac a'i thu blaen hi'n saim du'r ddwy ochor. Ar ei ben o mae 'na het borc-pei, het dyn ffair. Dwi'n dal sylw fod gan ddyn yr het lwmp o drwyn a hwnnw'n goch. Rosea? Go brin. Dwi'n meddwl tybad a ydi o wedi'i dorri o mewn ffeit ryw oes.

Ai dyma staff swyddfa Towyr Tan Gamp?

'Wedi dŵad i chwilio am Mr Zadrozny ydw i,' medda fi yn reit ffurfiol.

Mae'r hen fachgan yn plygu ei ben ryw fymryn lleia tuag ata fi.

'Na,' dwi'n rhoi cynnig arall arni ac yn ysgwyd fy mhen, 'Mr *Józef* Zadrozny.'

'Ia,' mae o'n cytuno efo fi ac yn pwyntio ato fo'i hun. 'Józef Zadrozny.'

'Józef Zadrozny, y töwr? *Roofer*?'

'Methu bod yma bora 'ma, feri sori,' dwi'n gael yn ateb. 'Fi'n gallu helpu chi. Józef deud chi'n dŵad draw. Chi'n Betw?' Dwi'n cnesu ato fo fymryn er gwaetha'i olwg am ei fod yn stachu i siarad Cymraeg efo fi.

'Naci wel ia. Tonwen ydw i. Tonwen Neli Tomos. Fi ydi Swyddog Menter Adfer Tyddyn Betw.'

Mae o'n nodio'n frwd.

'Ro'n i wedi anfon negas i'ch mab chi? Józef?'

'Mab fi. Ia. Józef.'

'I ddeud y baswn i'n galw heddiw i dalu am job toi ... ac i drafod amserlen y gwaith.'

'O ia. Mae fo methu bod yma heddiw. Gyrru fi.' Mae'n pwyntio at ei fêt. 'A *chauffeur* fi. Ronnie.' Mae'n estyn ei law allan. Ac yn codi myg anghynnas i 'nghyfeiriad.

'Chi panad? Efo ni? *Kawa*? Coffi?'

Dwi'n ysgwyd fy mhen. Dim perig yn byd. Dwi wedi gneud gormod o gyrsiau Hylendid Bwyd dros y blynyddoedd.

'No. Na. Dim diolch.'

'Chi rhoi y *cheque* i mi. *Thanks yous very much.*' Mae'n edrach i fyny arnaf fi. 'Tonwen. A fo ffonio chi pnawn 'ma i sortio pob dim. Dim problem, dim problem. Diolch yn fowr. '

Dwi'n edrach i gyfeiriad Ronnie. Mae o'n codi'i aelia arna fi ac yn nodio. A gwenu. Dwi'n cyfri pedwar dant. Wedyn mae o'n mynd ati i rowlio smôc.

Tu allan mae yna ddafad yn brefu.

Y funud honno mae un o'r ddau yn taro rhech ac mae'i hogla hi'n dŵad amdana i. Fedra i ddim agor fy ngheg i ddeud dim.

'Rhoid hi i fi, diolch, Mrs Tonwen, cariadz.'

Ac mae'r hen Józef Zadrozny, un o genedlaetha ella o Józefs Zadroznys, yn estyn llaw syndod o fawr o gymharu â gweddill 'i faint o, am y siec. Llaw dyn wedi gweithio allan ym mhob tywydd. Yn toi, mwy na thebyg. Llaw greithiog a chrynedig efo staen smocio melyn ar fys yr uwd a chleisia piws tywyll ar y top. A daw'r term *'senile purpura'* yn ôl i mi o ddyddia Eich Meddygfa. Ac un ai dwi'n mynd i orfod trystio, cymryd mai hwn ydi tad Mr Z, a'i fod yma ar ran ei fab a rhoi'r siec iddo fo. Achos pwy ddiawl arall ydi o? A phwy fasa'n gwybod am y pres? Neu dwi'n mynd i gerddad allan o'r garafán yma. Ac wedyn mae holl gynllun adfer Tyddyn Betw ar stop am dwn i'm pryd. Am flwyddyn ella. Am byth ella.

Dwi'n sbio arno fo am ryw hannar munud arall. Does dim golwg gneud rynar i nunlla arno fo. Mae o'n fregus, yn dena fel beic ac yn fyr ei wynt. Ac mae Ronnie fel petai o newydd ddŵad allan o fŵt rhyw gerbyd lle buo fo'n chwyrnu cysgu trwy sawl cyfnod ffasiwn gwahanol.

Ei tsiansio hi ydw i. Mae 'ngreddf i'n deud bod yr hen Józef yn *genuine*. Dwi'm mor siŵr am y *chauffeur* chwaith. Ond be nei di?

Felly dwi'n rhoi'r siec yn ofalus ym mhawen grynedig yr hen Józef Zadrozny. Mae hwnnw'n poeri arni, ei dal i fyny i'r gola fel tasa hi'n bapur decpunt, wincio ar ei fêt, a'i stwffio i'r bocad tu mewn i'w gôt fawr.

A dwi'n teimlo'n sâl fel ci yr holl ffordd adra. Fedra i ddim hyd yn oed meddwl mynd yn 'y mlaen i gaffi mart Bryncir am frechdan sosej.

15

Contacts ydi bob dim, yndê?

Ar fy ffordd adra, wrth ddŵad ymlaen drwy Ros-lan a gweld dynas drom yn powlio berfa a'i llond o fagia duon, mae'n fy nharo i. Mi allwn i holi yn Eich Meddygfa am le i storio'r stwff o'r bwthyn. Pam lai? A pham na faswn i wedi meddwl cynt? Mae 'na stafall fawr yn y cefn lle bydda'r dispensari yn gneud ffisig a dosbarthu tabledi ac ati ers talwm. Roedd hynny cyn i'r ochor honno o betha symud i'r fferyllfa leol igian mlynadd yn ôl. Dim ond bocsys cardbord gwag sy yno. Ac mae'n sych braf. Mi wnâi fanno'n iawn dros dro i'n harteffacta ni. Dwi wedi gneud gymaint o gymwynasa i'r lle 'na dros y blynyddoedd, dwi ddim yn swil o ofyn.

Felly dwi'n picio draw drannoeth ac yn dal Liam Jay, y rheolwr, efo'i frechdan wy a'i banad. Dwi'n sefyll uwch ei ben o, ond dim yn rhy agos, ac yn deud be dwi eisio. Ac mae o'n hymian ac yn haian. Mi fasa fo wrth ei fodd yn ein helpu ni, medda fo, ond mi fydd rhaid iddo fo siarad efo'r doctoriaid yn gynta peth. A chael gair efo'r nyrsys a'r tîm cymuned a tsiecio efo staff y swyddfa. A berig basa 'na germa mewn ryw hen stwff felna? Dwi'n codi 'mhen ac mae Siw a Medi yn wincio a chodi bawd arna i tu ôl i' gefn o. Dydan ni i gyd yn 'i nabod o? Ac mae eisio bod lot yn fwy gofalus ers Covid, medda fo wedyn. Mi ddarllenodd o'n rwla mai mewn hen ddefnydd y daeth y pla du i Brydain yn y Canol Oesoedd. Oes yna hen ddefnyddia ac ati? A phryfaid bach neu chwain ynddyn nhw ella wedi cysgu'n drwm ers oes pys ond fasa'n deffro yng nghynhesrwydd Eich Meddygfa ac yn troi'n bla marwol.

Mae ogla ei frechdan o'n codi pwys arna i, yn waeth na'r rhechan anhysbys 'na yn y garafán ddoe. Dwi'n bagio'n ôl dwtsh. Ac yn meddwl nad 'y ngwaetha: biwrocratiaeth a blydi malu cachu. Ond dwi'n gwenu'n ddel arno fo.

Dwi'n mynd yn ôl i'r llyfrgell ddiwadd pnawn i drio dechra ar y ffurflan i hawlio'r grant at y to. Dyma argraffu copi er mai ffurflan ddigidol ydi, achos dwi'n hogan henffasiwn yn rhai petha. Mae hi jest yn bedwar deg pump tudalen! Ar 'y marw, dwi wedi gweld nofela teneuach. Mae eisio gwybodaeth a manylion, bois bach. Gan 'mod i wedi bod yn un o'r rhai fu ynghlwm efo'r fentar o'r cychwyn – wedi gwrando ar storis yr hen griw, ac yn jarffas ar ôl bod yn yr Archifdy am awr gyfa – dwi'n cael hwyl eitha ar y cefndir a dipyn o hanes Ben Lloyd. Felly mae hynna'n ocê. Ond mae'r sỳms yn gneud i mi chwysu chwartia.

Mae dechra efo'r gwaith ar y to chydig bach 'run fath â dy nain di'n prynu het i fynd i briodas cyn cael yr owtffit am 'i bod hi wedi ffeindio'i hun mewn siop hetia posh lle mae 'na sêl dda. 'Dan ni ddim wedi dŵad rownd i gael amcangyfrifon iawn ar gyfar gweddill y gwaith adeiladu a dehongli eto, felly dwi'n gorfod bod rom bach yn greadigol. Mae'n fwy o gestimet nag o estimet, ro i o felly. Dwi'n estyn am bris Mr Z i'w sganio fo – dyn beiro a phapur ydi ynta 'de, a'r papur hwnnw'n edrach fel rhywbath o gefn soffa, yn sgribls rhinclyd. Ac mae ei weld o'n gneud i mi deimlo'n anniddig eto. Dwi'n gwybod nad ydi bildars a chrefftwyr yn bobol papur at 'i gilydd ac nad ydi hynny wedi stopio nhw rhag rhedag busnesa llwyddiannus a gneud pentwr o bres. Siarad ydi'u ffordd nhw o neud bob dim o hyd – dim tecsts, dim nodiada. Sgwrs. Wynab yn wynab. Ysgwyd llaw. Ac eto ... Y siec yna ... gymaint o arian ... Dwi'n penderfynu mynd i chwilio am Mr Z eto. Mi dwi'n gwybod y ffordd rŵan, dydw.

Mae hi wedi dŵad i fwrw'n drwm ac felly mae 'na obaith go-lew y bydd o adra tro yma. Fedar neb doi mewn glaw fel o grwc, na fedar. Mae'r pylla dŵr ar y lôn i fyny at Bugeildy wedi ail-lenwi'n sydyn. Mi fasa wast llechi jest y peth i sortio nhw. Y tro yma, wrth nesu, dwi'n sylwi'n syth nad ydi'r Land Rover wyrdd ddim wedi'i pharcio ar draws y lôn yn blocio ac mae'r arwydd sgwennu coch ar 'i gefn yn y clawdd. Mae giât y cae bach wedi'i chau, ond y garafán yn dal yna a'r drws yn gaead. Yn edrach yn hollol chwerthinllyd. Dwi'n gyrru yn 'y mlaen. A phan dwi'n cyrraedd yr iard, dwi'n gwbod 'mod i wedi cyrraedd y seit go iawn. Mae'r llechi yn eu miloedd yn rhesi taclus, y sgaffaldia'n dŵr metal trefnus mewn congl wrth giât y gadlas, a'r plancia wedyn wedi'u stacio dafliad carrag o drws ffrynt. Mae yna waed wiwar yn rhywun yma achos mi wela i betha fel hen gasgen, tanc olew sbâr, hen ffenestri gwydr dwbwl plastig gwyn, dwy hen Land Rover tebyg i un Ronnie, portalŵ, trelars bach a mawr a thomenni o gerrig adeiladu, brics coch a graean.

Rhyw dyddyn bach ydi o a'r walia cerrig yn anwastad. Hen ffenestri gwydr dwbwl ac angar 'di ddal ynddyn nhw. A fedra i ddim peidio sylwi ar y to. Mi ddalia hwnna yn y dymestl gryfa. Os basa'r walia'n disgyn, mi fasa'r to yna'n dal. Mae hynny'n gysur. Daw ci defaid mawr du a gwyn o rywla yn cyfarth nerth esgyrn ei ben. Anodd deud ai gwarchod ynta estyn croeso mae o, ond dwi'n chwarae'n saff ac yn aros yn y car am y tro. Toc, mae o'n colli diddordab ac yn mynd am dro i fyny'r lôn.

Dydi tryc y dyn ei hun ddim yma. Na hen Land Rover Ronnie. Rhyfadd na fasa yna rywun adra. Ond dyna fo, be wn i am ddirgel ffyrdd dynion ar ddyddia gwlyb ...

Does gin i ddim dewis ond deifio o'r car a rasio am y drws cefn i bostio nodyn:

Helô Józef
Ffonia fi! Angan i chi ddechra FORY
Tonwen

Wrth yrru'n ôl tua Criciath wedyn, mae 'na hen ysfa yn fy nharo fi. Ysfa na fedra i mo'i gwrthsefyll. Hyd yn oed ym mis Mawrth. Hyd yn oed a hitha'n gafael. Ar ryw adega penodol – fel rŵan hyn – fedar panad na hyd yn oed jin 'n tonic ddim hitio'r sbot fel hufan iâ. Mae o'n gysurlon ac yn foethus, yn atgofus ac yn felys. Fel Elvis, dwi'n dipyn o adict iddo fo a ddaw sorbet byth i'r un cae. Mae'r car yn gynnas a'r haul wedi dŵad allan ac yn fy nallu a fedra i ddim meddwl am well therapi i 'ngofidia a'n rhwystredigaetha'r munud hwnnw nag eîs-crîm mawr fanila a sioclad a mafon efo sbrincls. Cysur mewn cornet.

Parcio a mewn â fi i'r siop (nid anenwog) gwta hannar awr cyn cau. Wrth giwio (mae yna giw yma bob dydd o'r flwyddyn) dwi'n sylwi ar rywun yn ista ym mhen draw'r caffi. Clamp o ddynas fawr mewn costiwm nefi-blŵ a'i chefn ata i yn syllu tua'r môr. Hyd yn oed o fanma, mae'i thraed hi'n edrach yn fawr. Mae'n siŵr na faswn i ddim wedi meddwl dim ond i mi sylwi ar ddwy ffon ysbyty'n pwyso wrth ymyl y bwrdd. Ac wedyn dwi'n gweld y pac-a-mac binc lachar ar y gadair wag. A dwi'n ei nabod hi o amball i bwyllgor (does neb byth yn tynnu'u cotia yn y neuadd, mae hi'n rhy oer). Côt law Miss Gweni Craddock ydi honna.

Wrth dalu, a llyncu 'mhoeri, dwi'n gneud penderfyniad sydyn. Mi a' i draw rŵan a dal Sguthan yma, sbario mynd i'w thŷ hi efo torth frith. Ga i gyfleu dymuniada da aeloda'r Pwyllgor am adferiad iechyd buan iddi yn y fan a'r lle. Lot llai o hasl. A diflannu reit sydyn wedyn achos dwi ddim am i neb na Sguthan yn sicr ddifetha'r pleser perffaith o fyta'r hufan iâ mawr 'ma.

'Helô, sut 'dach chi? Neis gweld chi wedi codi allan.' Fedra i ddim peidio sylwi ar y nicyrbocyr-glori hollol enfawr ac amryliw ar y bwrdd o'i blaen hi sy'n gneud i'n hufan iâ fi edrach fel un babi blwydd. Mae rhywun arall yn lecio hufan iâ, 'sŵn i'n deud. 'Bytwch, cyn iddo fo oeri!'

Mae Miss Craddock yn syllu'n drist ar y nicyrbocyr-glori:

'Roedd yn rhaid i mi ddŵad o'r tŷ. A trio gneud rhywbeth i wella fy hwylia.' Sylla'n drallodus arna i ac wedyn ar y nicyrbocyr-glori. 'Allwn i ddim dod i'r pwyllgor y noson o'r blaen. Fedrwn i jest mo'i wynebu fo.' Mae hi'n estyn ei hancas o lawes ei blows. 'Gweld fy hun mor ara'n gwella. Y coesa 'ma mor stiff. Wedi bod yn reit misyrabl, rîli. Ac wrth 'mod i ar fy mhen fy hun ...'

Fedra i ddim côpio efo Sguthan yn dechra crio efo fi'n fanma ac felly dwi'n gneud fy llais codi-calon o ddyddia Eich Meddygfa:

'Twt, peidiwch â phoeni am y pwyllgor! Wna i'm deud wrth neb 'mod i wedi'ch gweld chi'n fanma!' A winc. 'Na, wnaethon ni'n champion, chi. Trefnu ffair wanwyn ac ati. Ac mae yna grant wedi dŵad drwadd ... mi allwn ni doi yn o fuan, gyda lwc.'

‘Grant?’ Mae hi’n codi’i chlustia a thôn ei llais yn newid. Yn miniogi. ‘Grant be yn union?’

‘O, jest un o’r petha atyniada treftadaeth ’ma. Gwireddu’r Freuddwyd.’ Dwi’n difaru sôn amdano fo rŵan. Dwi’m eisio cael holi ’mherfadd gin hon yn fanma. ‘Sdim eisio i chi boeni dim yn ’i gylch o. Bob dim yn hollol sortyd. Canolbwyntiwch chi ar fendio rŵan.’ Dwi’n teimlo ’nhin yn suddo groes graen i’r gadar agosa ati. A rhaid i mi ddechra llyfu achos mae’r gwres o ’nghorff a ’nwylo chwyslyd i’n prysur doddi’r hufan iâ. ‘Mi fydd yna ddigon o betha i chi neud ar ôl gwella. Ymchwil. Gofal creiria. Cyhoeddusrwydd. Stwff felna …’

‘Dwi’n gwybod ’mod i’n medru ymddangos yn … anodd weithia. A chroes hyd yn oed …’ Dwi’n gorfod stopio llyfu i rythu ar Sguthan yn agor ei chalon o ’mlaen i, ‘Ond jest fy ffordd i ydi o, ’chi … ryw chwithdod …’

‘Calon yn lle iawn, ceg yn lle rong!’ A dwi’n chwerthin fel brân goesgoch. Ac mae hi’n gwenu a sychu deigryn.

‘Wel, gwnewch eich ceg yn hapus iawn rŵan, a’ch bol, efo’r nicyrbocyr-glori ’na. Fyddwch chi ddim yr un un ar ôl i chi orffan o.’

A dwi’n setlo efo hi wrth y bwrdd ac yn sbio i gyfeiriad y môr. Ac mae’r siarad yn stopio. A dyna lle ydan ni’n dwy, mewn rhyw nefoedd fach iasol, yn bondio dwtsh dros y swcwr rhewllyd hufennog ar ein tafoda.

16

Ddaw yna ddim galwad yn ôl er danfon y nodyn, a dwi'n dechra ama ydi'r boi yn gallu darllan ynta di-ddeud ydi o. Drwy'r dydd drannoeth dwi'n trio gweithio, ond yn troi yn fy unfan. Am bump mae Jên y llyfrgellydd yn deud ei bod hi'n cau ac yn fy hel i am adra. Mae wedi troi'n noson annifyr o law mân a hwnnw'n oer. Be dwi ffansi ydi jest slempan cath sydyn, newid i hen ddillad cyfforddus ac ista o flaen tân Ows efo jinsan go nobl yn sbio ar *The Chase* a trio peidio meddwl am ddim byd. Dwi'n teimlo rom bach yn euog am jibio'r ymarfar rhedag wythnosol a finna wedi rhoi fy enw i lawr am y marathon Sulgwyn, ac wedi pregethu gymaint â neb am sticio ati a dyfalbarhau. Ond wat-ddy-hèl, 'de? Bywyd, 'de?

Y munud dwi'n agor drws Rhos Helyg, mae 'nhrwyn i'n deud fod yna rywbath wedi newid yma. Ogla cyrri? Cyrri i Ows, nes i mi ddechra mynd â fo am Indian, oedd rhywbeth allan o bacad Vesta – y cyrri yn un bag a'r reis yn y llall. (Dwi'n meddwl ei fod o'n ordro fo drwy'r post.) Bendant fod yna rywbath yn mynd 'mlaen yma. Yr unig ogla fel arfar ydi tost 'di llosgi neu frocoli yn berwi a berwi. Drwadd â fi i'r gegin i fusnesu a rhyw hen deimlad cnoi bach annifyr yng ngwaelod 'y mol i. A wir i chi ar y bwrdd mae yna lyfr ryseitia ar agor – llyfr Nigella gafodd Ows yn bresant Dolig gin fy rhieni ryw ddwy flynadd yn ôl ar ôl laru 'nghlywad i'n cwyno am y *shepherd's pies* diddiwadd. Welish i rioed mono fo ar agor cyn heddiw, dim ond yn yr un lle ar y silff. Hwnnw. A jar o Chicken Tonight – *chicken tikka masala*. Dyna be sy'n rhoi'r ogla, dwi'n ama. Llond sosban. Ac mae'r *chef* wedi rhoi ei sbectol i fedru stydio'r cyfarwyddiada yn iawn – ar gefn y jar.

'Wel, wel,' medda fi'n geg i gyd. 'Dyma be ydi syrpréis. Lle mae'r popadoms a'r jytni? Gawn ni'r rheini i ddechra?'

Mae o'n tynnu'i sbectol i'n atab i. Ac yn rhoi rhyw fath o wên, un bach dynn, anghyfforddus. Does yna ddim hel dail wedyn:

'Mae Robat wedi dŵad i aros.'

'I aros?' Fel arfer galwad ffôn fydd hi, neu bicio heibio ar y ffordd 'nôl i coleg i gael dipyn o bres cwrw. Neu gyfarfod yn rhywle am ginio dydd Sul ill dau.

'Mae'n Wythnos Ddarllan arno fo.'

Ac mae rhywbath ynaf fi'n cledu'r munud hwnnw, dwi'n ei deimlo fo. Rhywbath plentynnaidd hogan bach sy'n dal i lecio hufan iâ efo sbrincls. Hogan bach sy ddim yn gwbod sut i fihafio. A ddim yn dallt rhai petha o gwbwl.

'Tybad be mae stiwdant Troseddeg yn ddarllen? Sherlock Holmes? Neu ella John Alwyn Griffiths? *Dan dy Drwyn*? Mae honno'n un dda.' Dwi'n clywad fy hun, ac mae gen i gwilydd ond dwi'n methu stopio. Pwy ydi'r stiwdant, pwy ydi'r plentyn yn fanma?

'Doniol iawn.' Ond dydi o ddim, nacdi? Dwi'n gwbod hynny. 'Mae o a'i fam yn teimlo y basa'n dda iddyn nhw gael brêc …'

'O'rwth be? Mae o'n byw yn Leeds am wyth mis o bob blwyddyn.' A fedra i ddim dal arna fy hun. Mae gin i gwilydd clywad y geiria yn dŵad allan o 'ngheg ond dal i ddŵad maen nhw. 'Mae'n siŵr ei bod hi wedi cael dyn newydd, a bod hwnnw yno. Pa rif ydi hwn, dwa? Pedwar 'ta pump?'

'Cau hi, Tonwen.' Mae o'n foi ffeind yn ei ffor' ei hun, ac amyneddgar. Ond mae yna fin ar ei lais o. 'Mae fanma yn gartra iddo fo hefyd.'

'Pan licith o. Sef byth bron.'

'Ti'n siarad lol rŵan.'

'Fasa fo'n llai o syrpréis tasa'r Pab wedi dŵad i aros.'

'Ti mor hileriys, Tonwen. A ti'n swnio fel *failed comedian.*'

'Tydw.' Mwya sydyn mae eistadd o flaen y tân wedi colli'i apêl, hyd yn oed efo clamp o jin. Fedra i ddim diodda yn fanma efo'r rhain yn shacio i fyny efo'i gilydd. Dwi ddim am fod yn gwsberan.

'Ga i rywbath i fyta ar ôl i ni orffan treinio, yli. Pei neu rywbath. Dwi'm yn llwglyd beth bynnag.'

'Plesia dy hun.'

Dwi'n bachu fy sgidia rhedag o'r cwpwrdd dan grisia ac yn mynd. Gan roi ufflwn o glep ar y drws. Ac wrth swlffa drwy 'mhocedi i wneud yn siŵr fod goriad y tŷ gen i i ddŵad yn ôl – dyna pryd dwi'n codi 'mhen ac yn sylwi ar Fiesta bach arian Bobsi wedi'i barcio'n dynn wrth y garej. Os oedd o yn y lownj gynna, mi fasa fo wedi clywad bob dim ddeudish i. A dwi'n cochi at 'y nghlustia yn y lled dywyllwch. Be mae o wedi'i neud i mi? Y cradur. Dim oll. Does gynno fo ddim help bod ei rieni fo wedi gwahanu a bod rhyw ddynas flin wedi gneud 'i nyth efo'i dad o, a bod ei fam o'n dal i chwilio'n daer am ddyn arall, nac oes? Chwarae teg i'r boi. I Leeds faswn inna wedi mynd hefyd, neu'n bellach.

'Tonwen Neli Tomos.' Dwi'n ei ddeud o'n uchel, ond ddim yn ddigon uchal iddyn nhw glywad chwaith. 'Ti'n hen gnawas gas annifyr.'

Unwaith dwi yn y car, dwi'n ffeindio fy mod i wedi

anghofio fy mra rhedag Shock Absorber newydd. Dwi angen o, dwi rîli angan o, efo'r bronna 'ma, ond dwi ddim yn mynd yn ôl i'w nôl o chwaith.

Mae'n sglyfaeth o noson, ac mae pawb wedi cychwyn allan o 'mlaen i a'u dillad a'u sgidia nhw hyd y lle ym mhobman yn stafall newid y clwb. Wela i Doc Martens gwyrdd Beca a dwi'n newid wrth ymyl 'i stwff hi. Dwi'n gorfodi fy hun i newid i'n siorts a thop sy'n dal dŵr yn eitha, yn rhoi cap pig ar fy mhen ac yn gosod lastig y dortsh bach yn dynn drosto fo. Gwisgo'r treiners Cloudrunner newydd efo grip fel gwinadd. Er nad oes 'na ddim un gell yn fy nghorff i eisio rhedag, dwi'n gwybod y gwnaiff o les i mi.

Dwi'n cychwyn i fyny'r allt o'r dre ac yn troi i'r chwith ar y cyfla cynta am y cefna. Dwi'n siŵr y bydd gweddill y giang wedi sticio at y palmentydd o dan oleuada'r stryd ar noson fel heno, ac yn rhedag yn griw clòs i fedru sgwrsio a chael laff wrth fynd. Ond dwi ddim eisio hel clecs na malu awyr. A dwi ddim eisio cwmni. Dwi'n dewis y twllwch.

Mae'n siŵr fod yna sêr, ond wela i ddim un. Lôn bach gul ydi hon, ffordd drol ryw oes. Mae 'na godiad tir; dwi'n rhedag at i fyny. Mae'n dda wrth y cloddia uchal, er nad oes 'na ddim tyfiant newydd eto, i roi rhywfaint o gysgod odd' wrth y glaw sy'n gyrru wysg ei ochor o gyfeiriad y môr. Mae'r diferion yn hel ar big y cap. A phan dwi'n troi 'mhen maen nhw'n disgyn drosodd a dros fy nhrwyn i. Dwi'n agor fy ngheg i ddal y drips. Gin i ryw fymryn o bwys haeddiannol.

Chaiff neb ddeud dim byd yn erbyn Ows yn fy nghlyw i. Amball dro dwi wedi clywad yr hogia'n tynnu arno fo, deud y basa well iddo fo blow-yp-dol ac y basa un felly'n lot llai o draffarth na fi os ydi o eisio bywyd tawal. A dwi ddim yn ama nad ydyn nhw'n iawn. (Maen nhw'n ei nabod o a fi.) Fasa honno ddim yn atab yn ôl yn un peth, nac yn cwyno am y bwyd. A fedra i fyw efo hynna. Ond pan mae yna bobol ddyla wybod yn well yn dechra arni, wel, mae hynna'n wahanol. Fasa Dad a Mam ddim yn mynd cyn bellad â deud dim byd. Ond dwi'n gwbod yn iawn be maen nhw'n feddwl. Maen nhw'n gyrru 'mlaen yn ocê efo Ows, ar y gwynab – mae o'n glên efo nhw ac yn un da am DIY. Mi wnaiff o drwsio rhyw fanion betha – tapia'n gollwng a phetha trydan sy'n 'cau gweithio. Ond dwi'n gwybod nad ydyn nhw'm yn gweld dyfodol i ni'n dau. Am eu bod nhw'n meddwl 'i fod o'n rhy hen i mi, dwi'n cymryd. Be arall all o fod? Dydyn nhw ddim am droi'r drol, felly taw pia hi, ond mi fydda i'n dychmygu sut maen nhw'n edrach ar ei gilydd ar ôl i ni adael amball dro. Gas gin i hynna.

Ond Ows oedd yna i mi pan o'n i yn y gwaelod. Ar ddiwadd nos yn y Fuwch, neu yn dre weithia, pan oeddwn i'n llwch ar lawr, ddim yn gwybod lle ddiawl o'n i, a phawb arall wedi anobeithio a mynd a 'ngadael i, fo oedd yr un oedd yn dod yn ôl i chwilio amdana fi bob un tro. Fo oedd yr un oedd naill ai'n 'y nghael i ar 'y nhraed i gerddad, neu'n ffonio am dacsi i fynd â fi adra. Fo oedd yn taflu tywal ata i bora wedyn ac yn deud wrtha i am gael cawod, 'mod i'n afiach, a fo oedd yn rhoi pryd o fwyd i mi, ac yn gneud i mi fyta fo. Dwi'm yn cofio cwyno'r adag hynny fod y *shepherd's pie* neu'r tatws pum munud yn bôring – a finna weithia heb fyta dim byd call ers tridia. Mi barodd hynna flwyddyn a hannar o leia – ella dwy. Hyd yn oed os o'n i wedi chwydu dros 'y nillad, hyd yn oed os o'n i'n ei alw fo'n bob enw dan haul. Hyd yn oed os oedd edrach ar fy ôl i yn gneud iddo fo edrach o'r tu allan fel boi hŷn yn cymryd mantais o rywun fengach o lot – yn dodji – mi ddaliodd o ati. A fo ymhen amsar ddaru 'mherswadio fi i rafu, callio, fy nghael i i sadio. Heb ddeud nesa peth i ddim chwaith. Jest rhoi rhythm gwahanol i 'mywyd i. Fo helpodd fi i neud cais am y swydd yn Eich Meddygfa fel bod gin i drefn, cyflog bach yn dŵad i mewn, rŵtin – hynna i gyd. Y lôn yn ôl i normal.

A rwbath ddigwyddodd wedyn rywsut oedd ein bod ni wedi closio. Wedi dŵad yn gwpwl – er, dydi hynna ddim yn swnio'n iawn chwaith. Wedi rhyw nesu at 'n gilydd, yn ei dŷ fo. Roedd Jacqui wedi hen fynd cyn i hyn i gyd ddechra ac roedd o wedi bod ei hun am eitha sbel. Pan fydda Bobsi o gwmpas ar benwythnosa a gwylia mi fyddwn i'n clirio o 'na. Do'n i'm eisio cael fy nhynnu mewn i hynna i gyd, doedd gin i jest mo'r egni emosiynol. Fi fel llysfam? Jôc y ganrif! Bron nad oedd hi fel 'swn i jest yn lodjio efo Ows – *with added extras.* Ond – a dwi yn mynnu hyn – do'n i ddim yn teimlo 'mod i'n talu'n ôl iddo fo am fod mor ffeind efo fi. Am achub fy mywyd i, mwy na thebyg. Dim unrhyw fath o gydnabyddiaeth oedd o. Na, rhywbath ddigwyddodd oedd o. A rhywbath sy wedi para. Hyd yn hyn. 'Dan ni'n byw yn yr un tŷ, 'dan ni'n byta'r un bwyd (bôring), 'dan ni'n cysgu'n yr un gwely. 'Dan ni'n cael llai a llai o secs. Ac fel pawb arall 'dan ni jest yn byw o ddydd i ddydd, o wsnos i wsnos. Ac erbyn hyn, o flwyddyn i flwyddyn.

Dydi petha ddim wedi symud ymlaen yn y 'berthynas'. Pam basan nhw? Dydi'r berthynas ddim yn mynd i nunlla, nac'di? Does yna ddim datganiada mawr dramatig wedi bod, dim sôn am fodrwya. Dim sôn am gariad, a deud y gwir. Dim trafod sut ydan ni'n teimlo. Dim byd felna o gwbwl. Dim gwylia efo'n gilydd chwaith 'blaw am amball drip ffwtbol gwyllt. Ond dwi wedi dŵad at fy nghoed ers bod yn Rhos Helyg, dwi wedi cryfhau a dwi ddim yn gweld gwaelod y gasgan mor aml.

Dwi'n codi dau beint i ddechra ac yn ista yn y gongol bella o'r golwg. Dwi'n cael tecst gin Beca toc yn deud: 'Diawl o dywydd! Lle wyt ti?! 'Dan ni yn y Prins.' A dwi'n atab: 'Oer a gwlyb. 'Im mynadd. Sori.'

Ac mae 'ngwallt i o leia yn dal yn wlyb doman. Ond mi sychith yma mewn dim a gwres yn codi o'r redietor wrth 'n ymyl i. Dwi wedi dŵad i'r Lion – achos dwi'm yn nabod neb yma, ac mi ga i lonydd.

17

Dwi ddim yn wirion. A buan mae'r hen arferion yn dod yn ôl. Ar ôl y ddau beint, dwi'n cymryd un bach arall, ac wedyn dwi'n mynd i Spar ac yn prynu potal o win. A chwartar potal o jin, i fod yn saff. A dwi'n mynd i car. Ac mae'r angar yn dechra hel ar y ffenestri. Mae'n dal i fwrw.

Fedra i ddim mynd adra i Lys Hyfryd. A dyna fo. Lle i bobol erill aros ydi fanno erbyn hyn, lle i bobol ar eu holidês. Maen nhw wedi cadw'n llofftydd ni – yn union fel pan oeddan ni'n genod mwy neu lai. Trio'n rhy galad. Sori, ond ia. Y cyfyrs cwilt piws! A'r cyrtans yn matsio'r cyfyr cwilt. Posteri Red Hot Chilli Peppers ac Anweledig ar y walia. Llyfra TGAU a Lefel-A. Y gwlâu cul. Hen slipas fflwffi a dresin-gowns. DIM MYNEDIAD yn fawr ar y drws. I unrhyw un sy am warchod 'i hun rhag i'r duwch gau amdani, mae fanna yn *no-go area*.

Yn y cyfamser mae'r holl stafelloedd erill wedi cael sawl *refurb* – carpedi newydd, lampa smart, dillad gwlâu modern. Llwythi o glustoga! Wrth gwrs mi faswn i'n gallu bachu goriad a mynd i gysgu i un ohonyn nhw; mae 'na lot mwy o lofftydd gwag nag o rai llawn yr adag yma o'r flwyddyn. Ond dydi o ddim yn mynd i ddigwydd, nacdi? Mi allsa un noson yna neud gymaint o lanast. Mi fasa'n dangos gwendid yndda fi nad ydw i am ei ddangos. A'r munud y baswn i yna, mi fasa Dad neu Mam yn deud 'Aros dros wicénd!' ac mi fasan nhw'n dechra tendiad arna fi, deud pryd y basa'r pryd nesa'n barod a gofyn pryd baswn i 'nôl wrth i mi nelu hi drwy'r drws. Mi fasa 'nillad isa fi yn y wash heb i mi wybod. Na, na, NA mawr iawn.

Ac ar ôl y ddrama yna ddiwadd y pnawn does gin i mo'r gwynab i fynd i Ros Helyg. Dwi ddim yn sicr sut groeso 'swn i'n gael. Ac a deud y gwir, wela i ddim bai arnyn nhw. Yr un o'r ddau. Fedra i ddim dallt yn iawn be ddigwyddodd yn fanna. Mi ddaeth yna rywbath i mi, ryw gythraul o rywla. Fues i erioed yn wenwyn o berthynas Ows a Bobsi, mi alla i ddeud hynna'n onast. Fuodd o erioed yn broblam. Mi wnes i gadw 'mhelltar am fod hynny'n haws i bawb. Yn enwedig ella am 'mod i'n nes at oed Bobsi na'i dad bron, er ei fod o'n ymddangos mor blentynnaidd i mi. Ond dwi ddim mor wirion â hynny, mi alla i weld 'i bod yn dda iddyn nhw gael amser fel tad a mab. Lads efo'i gilydd, 'de!

Fedra i ddim mynd i'r llyfrgell adag yma o'r nos na fedra, achos mae yna dai reit rownd ac mi fasa pobol yn sylwi ar y gola ac ella'n ffonio'r Glas i riportio fod yna leidr wedi torri i mewn. Hefyd, mi fasa yna ogla lysh mawr yno yn y bora. Cysgu yn y car ydi'r peth amlwg i neud. Dwi'n gyrru, yn ara deg ac yn hynod o ofalus efo gola mawr ymlaen bob cam nes dwi'n cyrraedd Lôn Cefna ac adwy Tyddyn Betw. Does yna ddim un car yn dŵad i 'nghwfwr i. Yn fanno dwi'n diffodd yr injan ac yn ffeindio 'mod i wedi anghofio gollwng yr handbrec. Dwi'n rhoi'r gôt nofio gwyllt amdana i sy'n gysur – dim ond 'nhraed i a 'nhrwyn i sy'n oer. Dwi'n mynd i Spotify ar fy ffôn i chwarae *Mynd â'r Tŷ am Dro* Cowbois Rhos Botwnnog, yn yfad slochiad anfarth o'r gwin mewn un go ac wedyn yn tywallt y jin i mewn i'r botel am ben be sy ar ôl. Mae o'n gneud y job, a dwi'n mynd off wrth i mi'i gorffan hi. Allan i bi-pi yn y clawdd a swatio'n ôl. Ac mae'n siŵr 'mod i'n cysgu cyn i 'Cyrraedd Glan' chwarae achos does gin i ddim ffliwsan o fatri pan dwi'n clywad y gnoc yna ar do'r car yn y bora sy'n fy neffro fi.

18

Dwi'n meddwl i ddechra ella mai jac-do neu frân sydd yna, ond go brin basan nhw'n cnocio cweit mor hegar. Drwy'r ffenast ôl mae yna gorff dwi ddim yn nabod (ond dwi wedi sbotio'i dryc o drwy gornal fy llygad). Does gin i nunlla i ddengid, nac oes, felly ar ôl tynnu 'nwylo drwy 'ngwallt, a stwffio hannar dwsin o Polos i 'ngheg, dwi'n agor y drws yn ara ond yn aros lle ydw i. Dwi'n dal i gnoni am na ffoniodd o fi'n ôl. Ond faint gwell fydda i o gwyno.

'Dwi ddim yn dechra gweithio dan naw, sori.'

'Wel, dwi'n dechra am wyth, fel bob crefftwr gwerth 'i halan. Ac mi wyt ti yma, felly awn ni amdani, ia?'

Mae rheswm yn hynna. Be ydw i haws â dadla.

'Rho chwartar awr i mi. Fydda i'n ôl.' Dwi'n desbaret am dŷ bach, fedra i bicio i'r dre, mynd yn un Spar ac mi ga i banad i ddod 'nôl efo fi 'run pryd. Rhaid 'mod i'n iawn i ddreifio bellach, dwi yma ers wyth awr. Dwi'n edrach arna fy hun yn y drych ac yn dychryn. Dwi ddim wedi edrach felma ers talwm iawn.

'Duw, dos tu ôl i clawdd. Ac wedyn gin i banad gei di yn y tryc, yli.'

Dwi'n dŵad allan o'r car i'w wynebu fo. Mae'n siŵr fod yna ddiawl o olwg arna i, rhwng y gôt nofio gwyllt a bob dim. Dwi'n trio sythu – dal her a dangos hunan-barch – fel tawn i rioed wedi clywad am rywbath mor goman â piso tu ôl i'r clawdd. Ond mae o wedi codi ymhell o 'mlaen i.

‘Welish i dy gar di ar y ffordd adra neithiwr, yli.’ Mae o’n cychwyn am y tryc. Mae ’na doilet rôl yn fflio heibio ’mhen i …

Dydi o ddim yn ddechra da. Dwi’n trio’i berswadio fo eto i ddod yn ei ôl yn nes ymlaen, ganol y bora, ond dydi amsar ddim o ’mhlaid i. Na dim byd arall chwaith. Felly ar ôl ffeindio wet-weips yn bocad ochor y car, a brwsh gwallt yn y bag chwaraeon, a photal o ddŵr, dyma roi cynnig arall arni.

’Dan ni’n ei chychwyn hi i fyny’r lôn las am y bwthyn. Daw’r tarpolin glas ar y to i’r golwg.

‘Mae o ’di dal yn dda.’

‘Yndi, diolch byth.’ Dwi’n trio swnio’n bwysig ac yn effeithlon er ’mod i’n dal i deimlo’n pwpi. ‘Ia, mi fydd rhaid tynnu’r holl stops allan i ddechra a gorffan y gwaith toi yma rŵan erbyn y Pasg.’

Dwi’n cymryd jòch fawr o’r dŵr. ‘Mi alla rhywun o’r Cyngor ddŵad allan i tsiecio bod y gwaith wedi cael ei neud.’

‘Dim job Cownsil ydi, na?’

‘Naci. Ond ’dan ni’n cael grant gin y Llywodraeth i dalu, a drwy’r Cyngor mae o’n dŵad. Mae’r manylion i gyd yn y sbec.’

‘O, ia.’

‘Hwnnw yrrish i draw efo’r gwadd i roi pris.’

Mae o’n nodio. Ac wrth iddo droi i gael golwg ar y to o ongl arall, dwi’n cael cyfla i sylwi arno fo am y tro cynta heddiw. Mr Z – y töwr tan gamp. Mae’i wallt o i lawr, yn wahanol i’r troeon o’r blaen, ac mae o’n ei roi o tu ôl i’w glustia (eitha mawr) bob dau funud ond wedyn mae o’n dŵad yn rhydd. Mae’n siŵr ’i fod o wedi’i olchi fo heddiw

’ma ac mai dyna pam mae o’n wyllt. Mae o wedi lapio – crys-T ac wedyn crys tsiec trwchus, a gwasgod padyd dros y cwbl. Mae’n siŵr fod hynna’n handi wrth weithio ar ben to – gallu tynnu un dilledyn a’i daflu i lawr wrth iddi gnesu. Nionyn job.

‘Felly cychwyn heddiw …’ Fi ydi hon, prin dwi’n fy nabod fy hun. Yn trio swnio’n bwysig, yn gneud y llais di-lol yna fyddwn i’ angen weithia yn Eich Meddygfa. Ond dyna fo, ‘rheolwr prosiect’ ydi ‘rheolwr prosiect’.

‘Fory. Ddo i â dipyn o stwff draw nes ’mlaen, ella.’ Ai consesiwn ydi hyn?

‘Fory, a dim diwrnod yn hwyrach a gneud y job mewn un go wedyn, dim mynd a dŵad …’

‘Mynd a dŵad?’

‘Ie, i jobsys erill. Felna ydach chi i gyd, ’de – trydanwyr, seiri, peintars. Mi fydd rhaid i’r coedio, ffeltio, gosod y llechi, y corbelu, trwsio’r corn – bob dim gael ’i neud o fewn y cyfnod yna.’

‘O, mi wyt ti wedi gneud dy waith cartra, Miss …’

‘Tomos. Tonwen Neli Tomos. Ond galwa fi’n Tonwen. Yn amlwg.’

‘Y bòs. Miss Bossy.’

‘Nacdw i.’ Dwi ddim yn nabod fy hun felna. ‘Mae’n job dda i dy gwmni di a gei di adael dy arwydd gwaith yn ben lôn i bobol weld mai Józef Zadrozny Towyr Tan Gamp sy’n toi yma.’

‘Ti yn dallt, dwyt, y galla ’na betha annisgwyl ddigwydd. Fedri di byth ddeud efo adeilada hen. Mae d’amserlan di – pythefnos – yn hollol boncyrs. Wyt ti’n meddwl fod gin i uffar o griw’n gweithio i mi?’

Dwi’n anwybyddu hyn i gyd.

‘Mi fydd isio cadw llygad am sybseidans.’

‘O, a deud wrtha i sut i neud ’y ngwaith rŵan?’ Mae yna her yn ei lais o, ond pan dwi’n edrych ar ei wyneb, dwi’n gweld ei fod o’n gweld y peth yn ddoniol. Tynnu arna i mae o. ‘Nelo fi ddim byd â’r walia na’r seilia, bòs. Sori, weithith honna ddim.’

Mae o’n edrach o’i gwmpas. Ac yn cychwyn yn ei ôl am y lôn. Wrth bellhau mae o’n codi ei lais:

‘Fydd rhaid symud y JCB ’na o geg y lôn i mi gael dŵad â’r tryc at y lle. Ac i lori Huws Gray fedru bagio efo coed ac ati.’

‘Iawn.’

‘Heddiw, dim fory.’ Pwyntio wedyn at yr haul. ‘Ti’n lwcus bod nhw’n gaddo hi’n braf, bòs.’ Chwerthin harti. ‘Fedri di fyw ar y seit, yli. Cadw golwg arna i, rhag ofn bo fi’n slacio, ’de.’

‘Ffyni iawn.’

‘Pam wnest ti aros yma yn dy gar neithiwr ’ta? Wbath ’di digwydd?’

‘Na, jest meddwl y basa’n lle bach neis i gampio.’

‘Mewn geiria erill, dim o dy blydi busnas di, Zadrozny.’

‘Ti’n iawn. ’Di o ddim.’

19

Now Grepach bia'r jac codi baw. Ar y ffordd yn ôl i'r pentra dwi'n galw yno. Wrthi'n claddu platiad o frecwast mae o yn y gegin bach – y badall ffrio o'i flaen o a phentwr o fara menyn blêr ar yr ochor. Edrach yn debyg mai hwn ydi prif bryd y dydd. Fel bob dydd. Dwi'm yn meddwl fod y bag siwgwr, y botal sos coch a'r pot halan yn symud odd' ar y bwrdd yna o un pen blwyddyn i'r llall. A dwi'n gorfod sbio drwy ffenast rhag ofn i'r gymysgadd godi cyfog arna i. Mae 'mol i'n troi.

Am funud, mae o fel tasa fo wedi anghofio'n llwyr mai fo ydi perchennog y peiriant. Ond wedyn, dow ia, yr hen jac, yr hen gradur, mi fydd angan carthu'r sied warthag gyda hyn a'i angan o i hynny. A fydd dim math o broblem ei symud o'r diwrnod hwnnw. Y feri diwrnod. Job bach iawn, deud gwir, ond job angen ei gneud. Pwyntia at y goriad yn hongian efo rhes o rai erill ar ymyl y silff uwch ei ben. Mae'r dyn yn werth 'i ffortiwn mewn peirianna.

'A phwy maen nhw wedi'i gael i doi hefyd?'

'Józef Zadrozny.'

'O, rwbath fforin.'

'Wel, yr enw ella, ond mae'i deulu fo yma ers blynyddoedd mawr. Maen nhw'n siarad Cymraeg yn iawn.'

'Nhw?'

'Fo a'i dad.'

'Polish?'

'Ia, dwi'n meddwl. Oes ots?' Dwi'n clywad fy hun yn

dechra tynhau ac yn meddwl os na watsia i y bydda i wedi tynnu'r rhan fwya o'r dynion hyd y lle 'ma i 'mhen.

'Digon o waith ynddyn nhw, fel rheol. Polish. Well na blydi ...'

Cyn dŵad adra at ei fam a'i dad i ffarmio mi fuo Now ar y môr am ddwy neu dair blynadd, ac mae hynny wedi'i neud o'n arbenigwr ar natur a chymeriad a gweithgarwch trigolion pob gwlad ag arfordir yn Ewrop, Asia, a De America.

'Well i mi fynd.' Dwi ddim eisio'i glywad o'n dechra ar y Mecsicans. 'Diolch yn fawr i chi, Now, am fenthyg y jac codi baw. Hwn ydi goriad y clo clap i'r ffens. Gadwch o yn y clo.'

Mae o wedi gorffan byta rŵan, ac mae'r frechdan ola yn sglefrio rownd y plât yn codi gweddillion yr wy a'r sos tomato a'r cig moch yn un slafan. Ac mae o'n pwyso'n ôl ar ei gadar – barod i sbîtshio. Fedra i ddeud arno fo:

'Dwn i'm pam ydach chi'n traffarth efo'r blydi lle. Tawn i'n marw. Mi faswn i wedi troi'r lle'n gwt magu lloua flynyddoedd yn ôl os baswn i wedi cael fy ffordd. Fwy o iws o'r hannar.'

'Ond mae'r lle'n adrodd hanas ein hardal ni, hen ffordd o fyw, y Gymru wledig. Mae o'n drysor bach.'

Dwi'n ymwybodol 'mod i'n swnio'n orawyddus, a diniw. Wir, fasa waeth i mi fod wedi peidio atab. Mae o'n edrach arna i'n ddilornus wrth agor ei geg led y pen am y frechdan-hartan. Fel taswn i'n dallt dim. Neu o leia ddim yn dallt iaith pres, ac elw. Gwir iaith y byd.

'Dwi 'di bod yn San Ffagan efo trip Elfyn Thomas. Mae 'na gwt sadlar yn fanno. Un yn ddigon, dydi?'

Am unwaith, fi ydi'r galla. Taw pia hi. A dwi allan o 'na.

20

Dydi Fiesta Bobsi ddim tu allan i Ros Helyg pan dwi'n cyrraedd fanno yn y diwadd. Mae Ows yn un o'r bobol brin yna sy'n cadw ei gar *yn* y garej. Ac yn cau'r drws arno fo, felly fedra i ddim deud ydi o adra neu beidio. Yn ddiweddar, mae o wedi bod o blaid mynd yn ôl i'r offis i weithio er mwyn cadw'r bil gwresogi i lawr, a weithia mi fydd ganddo fo ymweliada safla ac ati. Dirgel ddyn, felly, a dim modd gwybod ei hynt o.

Pe tasa rhywun yn gofyn i mi, mi fasa'n well gen i tasa fo ddim adra. Ond rhaid i mi gymryd fy siawns ar hynna. Dydi o wedi gneud dim byd o'i le, nacdi? Yr unig beth wnaeth o oedd cyrri – allan o jar.

'Lle ti wedi bod, Tonwen?'

Mae o wedi clywad sŵn fy ngoriad i'n y drws ac wedi dod allan i'r cyntedd. Gweithio adra felly, mae'n rhaid. A dyma fi wedi cael copsan yn llercian yn ôl fel llygodan fawr i'w thwll. Mae o'n amlwg yn flin.

'Oes rhaid i mi atab hynna? Syr.'

'Pam na fasat ti wedi anfon tecst i mi? Yn deud dy fod ti'n aros yn Llys Hyfryd. Os mai dyna lle oeddat ti? Do'n i ddim yn mynd i boeni dy rieni, 'de.'

Dwi'n sgrytian fy sgwydda ac yn cychwyn i fyny grisia.

'Ti'n edrach fel tasat ti wedi cysgu mewn clawdd.'

'O, diolch!' Rhaid i mi droi rownd i'w wynebu fo. Dwi'n trio swnio'n rhesymol a barod i gymodi. 'Gwranda, dwi'n sori am hynna neithiwr, Ows. O'n i ar fai. Tasat ti wedi deud wrtha fi 'i fod o'n dŵad, mi faswn i wedi bod yn hollol iawn efo'r peth. Oedd o jest yn sioc.'

'Wnest ti neud i mi deimlo'n annifyr yn fy nhŷ fy hun.'

'Fel ddeudish i, ddrwg gin i. Reit?'

Mae o'n cychwyn am y gegin.

'Wna i goffi i ni.'

Dyma'r oedolyn cyfrifol. Ac yn edrach fel ryw acowntant yn fanna yn ei drowsus fflanel a'i grys twt o dan ei jympyr er mai dim ond fo sydd yma, adra ar ei ben ei hun a dim hyd yn oed ar Zoom, i mi wybod.

'Dwi ddim eisio coffi.' Dwi'n troi ac yn dŵad yn ôl i lawr y grisia ac yn eistedd ar y stepan waelod. 'Mae Zadrozny yn dechra toi fory, felly dwi jest yn mynd i gael cawod sydyn a newid ac wedyn mynd yn ôl yna. Gwaith clirio a ballu ...'

'Setloch chi hynna'n sydyn. Gosod y contract a dechra ar y gwaith o fewn llai nag wsnos? Siŵr na fydd Gwil Alwyn a phobol y Cyngor rioed wedi gweld neb mor effeithlon.'

Mae o'n codi ei aelia; dydi fy ymdrech i i newid trywydd y sgwrs ddim wedi mynd yn y cyfeiriad iawn, yn amlwg.

'Matar o raid oedd o. Felly dwi'n brysur.'

'O'n i'n meddwl ych bod chi'n brin o arian yng nghyfri'r project i dalu am y gwaith toi.' Aros am atab. Wedyn: 'Chdi oedd yn deud dy hun.'

'Sortish i rywbath.' Dwi ddim yn mwynhau hyn. 'Dydi o'n ddim byd i neud efo chdi, nacdi.'

'Wel nacdi. Diolch byth. Ond rhaid i mi dy gynghori di, Tonwen, i fod yn ofalus ac yn dryloyw. Yn arbennig efo arian cyhoeddus.'

Mae o'n edrach yn ymholgar arna i. Ac mi faswn i'n lecio rhoi slap iddo fo am fod mor hunanbwysig. Ac agos i'w le.

'Diolch, Inspector Pritchard, am y cyngor yna.'

A daw'r sgwrs i stop. Nes i Ows ymhen hir a hwyr ddeud:

'A heno?'

'Heno be?'

'Wyt ti'n mynd i fod yn suful efo Robat?'

Mae o ar y blaen i mi. Do'n i ddim wedi meddwl cyn belled â hynna ymlaen, rhaid i mi gyfadda. Ond mae'n rhaid i mi feddwl rŵan, ac yn reit blydi sydyn hefyd.

'Ia, wel, mae'n braf i chi gael dipyn o amsar efo'ch gilydd. Wna i drefniada am y dyddia nesa, yli, wela i chdi ddiwadd yr wsnos.' Dwi'n pwyntio i fyny'r grisia. 'A' i jest i hel dipyn o stwff at ei gilydd.'

Ac os oeddwn i'n disgwyl iddo fo drio fy stopio fi, deud y basan ni'n anghofio am y noson cynt, y basa'r tri ohonan ni'n cael amsar difyr efo'n gilydd ... wel, ro'n i'n bell o fy lle. Dim ond distawrwydd sydd yna o'r cyntedd wrth i mi ddringo'r grisia a mynd i chwilio am fag i roi dipyn o ddillad.

Tybad a fu Bobsi'i hun, y darpar droseddegwr, yn rhoi *pep talk* i'w dad ar ôl i mi fynd, yn deud wrtho fo fod yn hen bryd iddo gallio a stopio cymryd gen i. Yr hogan 'na sy'n dy drin di fel ffyc-bydi a cwc.

Os do, wel, weles i mo honna'n dŵad.

Un i ti, Bobsi.

21

Mae criw'r is-bwyllgor yn cyfarfod bora 'ma i drafod trefniada'r ffair wanwyn. Ac mi ddylwn i fod yno efo nhw. Ond fedra i jest mo'u hwynebu nhw. Mi fydd pawb wrthi mor selog yn trefnu pwy sy'n gneud be: y paneidia, y tombola, y stondin gacenna, y ras chwiaid. Fel arfar mi fydd yna drafodaeth am faint i godi am ddŵad i mewn, a'r problema parcio. Ac mi eith ymlaen ac ymlaen am allan o hydoedd. Mae 'nhu mewn i'n dal yn dodji ac os basa rhywun yn sôn am unrhyw fath o fwyd, yn enwedig y stwff brown melys mae pobol yn fyta dros Pasg, mi faswn yn chwydu yn y fan a'r lle.

Hen deimlad annifyr ydi'r teimlad nad ydi rhywun wir yn ffitio i fewn. (Ydw i mor wahanol â hynny i Miss Craddock?) Gin i feddwl y byd o bawb sy ar y pwyllgor, ne' pawb fydd yna bora 'ma be bynnag. Hebddyn nhw, fedrwn i gyflawni dim oll. Efo'n gilydd, mi allwn ni neud gwyrthia. Fel achub Tyddyn Betw. Gwireddu'r Freuddwyd, dim llai. Ond dwi'n wahanol iddyn nhw. Plansyn gwahanol o'r un ardd. Dwi fel tasa 'na wydr rhyngtha fi a nhw. Dwi ar yr ochor arall. Er 'mod i'n teimlo'n ddiawl o euog, gyrru negas i'r grŵp WhatsApp ydw i yn deud fod gen i gyfarfod arall mae'n rhaid i mi fynd iddo fo.

Mae rhai o'r bocsys storio mawr plastig wedi cyrraedd ers dyddia, ac wedi bod yn bŵt fy nghar i. Erbyn i mi gyrraedd yn ôl i Dyddyn Betw mae Now yno'n trio startio'r jac. Dwi'n codi llaw arno fo'n hwyliog, ond yn cadw'n ddigon pell i osgoi gorfod dechra siarad, neu helpu, ac yn cychwyn am y bwthyn efo tri o'r bocsys ar ben ei gilydd yn fy mreichia fel mai prin dwi'n gweld i lle dwi'n mynd. Lwc eu bod nhw'n dryloyw. Does dim hanes o Mr Z.

Ac mae'n dawel yma. Dwi'n datgloi, mewn â fi. Fiw i mi eistadd ar y cadeiria, mae'r petha 'ma'n hen (ac yn damp) ac yn fregus. Dwi'n gollwng fy nghôt nofio ar lawr, yn sodro fy hun arni, ac yn agor y can Tango, y frechdan gaws a'r Mars bar. Rhowch chwartar awr i mi, a fydda i ddim 'run un.

Dydi Liam ddim wedi cael cyfla i siarad efo pawb o'i dîm, mae'n amlwg. Ddaeth yna ddim bons o atab o Eich Meddygfa, beth bynnag. Ond ella nad ydi hynny ddim yn syndod efo'r Gwasanaeth Iechyd yn y fath greisis. Hyd yn oed mewn lle bach fel fanma, pobol ddiarth hen a sâl ac uniaith yn symud i'r ardal yn wythnosol ydi hi, a phobol ifanc iach a bywiog yn symud o'ma i bob man o Gaer i Gaerdydd, Paris a'r byd. Dydi o'm syndod fod bob dwrnod yn ddwrnod lladd mochyn. Staff yn sâl, prindar apwyntiada, cadeiria olwyn wedi diflannu, pobol yn flin ac yn gweiddi yn y dderbynfa, rhywun angan jab, rhywun yn gwrthod jab, pobol yn tagu dros bob man heb roi llaw dros eu cega, babis yn taflu i fyny. Pobol yn wfftio at y syniad o lenwi ffurflan ar-lein. Neu ar bapur – dibynnu ar eu hoed nhw. Jên Meri yn cael codwm yn y maes parcio. Wil Ty'n Pant yn dŵad â sampl pi-pi mewn hen bot *peanut butter*. Boi yn dŵad â dwfe efo fo ac yn gorwedd i lawr yn y gornal a'i rowlio'i hun ynddo fo.

Hmm, syniad.

Y penderfyniad dwi'n neud yn diwadd ar ôl gorffan byta ydi dechra pacio'r petha sy mewn droria a chypyrdda yn y bwthyn. Yn y bocsys plastig. Mae'r papur di-asid wedi cyrraedd, mae fy laptop gen i i neud rhestr ac mae yna labeli bach i'w gludo ar y papur tisiw. Mae'n teimlo fel joban synhwyrol, amserol a churadol. Mae'n swnio fel job i aelod staff cyfrifol. Dwi'n dechra dŵad ataf fy hun ar ôl y bendar neithiwr ac mewn rheolaeth – rannol. Dyma job o waith fydd yn mynnu fy sylw, fy nghanolbwyntiad, fy amsar, fy nwylo a fy mrên. Alla i ddim meddwl am ddim byd arall tra dwi'n pacio'r creiria. Mae'n brosiect bychan ond cyflawn ynddo'i hun.

Dwi'n mynd drwadd i'r llofft ac yn dechra efo'r cwpwrdd dillad. Dwy siaced sy'n hongian yno. Dwi'n estyn yr un ddu efo llwydni dros y pensgwydda. Hannar siwt ydi hon, a'r unig siwt oedd gynno fo, mae'n siŵr. Os na chafodd o'i gladdu yn y llall. Dwi'n ei dal hi o 'mlaen. Fydda hi ddim yn cau amdana i. Mae'n rhaid mai dyn go fychan oedd y sadlar. Dwi'n mentro rhoi fy llaw yn y pocedi. Darn o linyn, cetyn; roedd o'n smociwr, felly. Bil o Siop Isa (sy'n dŷ ers blynyddoedd bellach) mewn pensil drwm (rhaid catalogio hwn ar wahân): *sebon, triog, siwgwr, fflŵr £2/6.* Mae'r rhesen yn dal yn y trowsus sy ar yr hangar agosa. Efo'i gilydd mae'r ddau ddilledyn yn gneud i mi feddwl am Charlie Chaplin. Fasa'r un siop fintej yn cymryd y siwt yma, mae hi'n rhy sâl, ond mae'n rhoi darlun amhrisiadwy o'r dyn fuo'n ei gwisgo hi am flynyddoedd ar Sulia, i gyfarfodydd pregethu ella, ffair a chwarfod Diolchgarwch. Mae hi'n rhoi cnawd yn ôl arno fo.

Crysbas frethyn, crysbas ail ora ydi'r dilledyn arall sy'n hongian. Mae'n siŵr fod y ddau benelin wedi mynd yn dwll rhyw dro, achos mae patsys lledr wedi eu gwnïo'n gywrain ar y ddwy lawas. Y ddau 'run faint yn union ond fod un darn lledr yn oleuach. Rhaid bod o wedi defnyddio rhyw ddarna sbâr o'i weithdy. Dwi'n craffu ar y pwytha:

mân, union, trefnus, perffaith. Crefftwaith. Doedd dim rhaid iddo fo fynd i chwilio am yr un wniadwraig i drin ei ddillad; roedd o'n ŵr ac yn wraig y tŷ. Fedra i ddim pwytho cystal ar fy ngora. Nac agos cystal. Dwi'n gosod y petha oedd yn y pocedi o'r naill ochor ac yn mynd ati i bacio'r siwt a'r grysbas yn ofalus.

'Oes 'ma bobol?' Dwi'n codi 'mhen a dyna lle mae Mr Z yn sefyll yn nrws y llofft. Chlywish i mono fo'n dŵad i mewn. 'Jest dŵad â'r stwff draw at fory. Ti'n ocê?'

Mae'n siŵr fod gwedd y bib arna i er gwaetha'r frechdan gaws a'r Mars bar. Neu achos y frechdan gaws a'r Mars bar.

'Pryd wyt ti'n dechra go iawn, 'ta? Fasa well i ti ddechra heddiw, basa.'

'Na. Fory. Ddeudis i, do.' Mae o'n gwenu arna i, wedi clandro pam 'mod i'n edrach mor bicwd. Pwyso'n hy yn erbyn ffrâm y drws, iff-iw-plis. 'Noson dda neithiwr? Nos Sadwrn bach, ia?'

Dwi'n gneud gwynab tin.

'Dim o dy fusnas di.'

'Fasa well i ti fod yn tî-total sti, fath â fi.'

'Ti'n tî-total?' Fedra i ddim celu fy syndod. Dydi o jest ddim yn ffitio'r prototeip. Cryf, boi awyr agorad, solat. Efo'r gwallt hir 'na. Sgwaryn. Labrwr. Na, dwi'n cywiro fy hun: crefftwr. Crefftwr fatha Ben Lloyd.

'Gesh i uffar o godwm o ben to ar ôl sesh unwaith. Gallish i wedyn. Dyn te ydw i. A milcshêc.'

Ac mae jest y gair yna: milcshêc. A'r syniad o lefrith lliw yn cael ei ysgwyd. Ei sgytio. A ryw liw rhyfadd arno fo: melyn gola, lliw bananas.

Dwi heibio fo a chael a chael ydi hi i mi gyrraedd y drws ffrynt.

22

Mae o'n ffeind a hyd yn oed yn cynnig mynd â fi adra. Dwi'n gwrthod. Yn amlwg. (Pa adra?) Ond dwi'n dŵad ataf fy hun dow dow ar ôl cael dipyn o awyr iach. A diod o ddŵr. Unwaith mae o'n gweld 'mod i'n mynd i syrfeifio, mae o'n gadael imi lle ydw i ac yn dechra dadlwytho'r sgaffaldia o'r tryc: yn eu taflu nhw'n un doman sgrechlyd ar ben 'i gilydd. Yn marw o gwilydd o feddwl be sy newydd ddigwydd, dwi'n chwilio o gwmpas am rywbath i guddio'r chwd sy reit wrth ddrws ffrynt y bwthyn. Dwi'n ffeindio dŵr wedi sefyll mewn hen bwcad: tywallt hwnnw i glirio'r gwaetha a gweiriach dros be sy ar ôl. Mae yna dameidia bach o'r frechdan gaws yn y gwelltglas a dwi'n gorfod cau'n llygada.

Y peth calla – a lleia crinjlyd rywsut – ydi mynd yn ôl i mewn ac ailafael yn y gwaith fel tasa dim byd o gwbwl wedi digwydd. Fel tasa fo'n ddiwrnod hollol arferol. Dwi'n ailddechra pacio'r dillad – trowsus gwaith brethyn trwm, sana wedi'u gwau a'u bodia wedi'u brodio'n gwlwm calad. Gwasgod. A rhywbath meddal brown tywyll ar 'i blaen hi. Crwyn tyrchod? Dwi wedi clywad am y fath beth ond erioed wedi gweld un. Dwi'n gwegian eto. Ffedoga llaes a llwch dyddia gwaith yn 'u plyg nhw. Does 'na ddim label gwneuthurwr ar 'run o'r dillad. Tu mewn i'r wasgod mae yna leinin streips du a gwyn a thwll llosg drwadd o'r bocad ucha at y galon bron. Mae 'na stori yn fanna ond fod neb byw bedyddiol yn ei chofio hi erbyn hyn. Tyrchu eto. Dau grys isa gwlân. Dau drôns hir ac un dipyn cwteuach – bob dim yn lliw melyn budur. Fedra i ddim stydio gormod ar y rhain ar y foment.

Dwi'n nabod patryma cwiltia brethyn Cymreig yn eitha; dwi wrth fy modd efo nhw. Mi gafodd Nain a Taid sawl un yn bresanta priodas ac mi baron oes i'r ddau. Fedra i nabod patryma Ffatri Wlân Bryncir a rhai Trefriw ond mae'r un ar y gwely yma'n ddiarth i mi. Cwilt gwlân ydi o. Sgwaria syml brown, hufan a choch a ffrinj rownd ei ymyl yn batrwm hoffus. Tybed ddaeth o â hwn efo fo o un o felina gwlân bach Dyffryn Teifi? Er cymaint o bla ydi gwyfynod mewn tai newydd y dyddia yma, mae Tyddyn Betw fel cocŵn a bob dim wedi cadw'n berffaith ar hyd yr holl flynyddoedd. Dwi'n codi'r cwilt yn ofalus. Na, does 'na ddim math o dwll ynddo fo. Na chwain yn cario pla marwol, hyd y gwela i. Odano ar y gwely mae yna ddwy blancad wlanen lliw llaeth enwyn, a'u hymyla wedi eu gwnïo'n dwt efo eda goch. Faswn i'n gwirioni cael cadw'r rhain, erbyn bydd gin i le bach fy hun.

Er bod y gwely wedi'i dwtio gan rywun ar ôl i'r sadlar gysgu ynddo fo am y tro ola, rhyw dwtio ar y gwynab oedd o erbyn gweld. Wrth godi'r ail blancad dwi'n cymryd fy ngwynt ata wrth weld fod siâp corff Ben Lloyd wedi'i ddal yma, a'i bwysa yn dal i'w weld ar y gynfas isa. Matras wellt neu flew ceffyl ydi, ac mae hi wedi cadw siâp ei gorff o ar hyd y blynyddoedd. Roedd o'n cysgu ar ei ochor, fel babi cyn ei eni, drwy'r degawda. Mae yna ryw ddiniweidrwydd at galon yn y pant yna. Mae yna batsh seimllyd ar y cas gobennydd lle'r oedd ei ben o. Ac ar hynny daw'r pacio i stop. Achos fedra i ddim tynnu'r gynfas yma. Fedra i ddim stripio'r gwely yma, fel bydd Mam a Dad yn stripio gwlâu'n ddi-lol bob dydd. Mi allwn i dynnu llunia ar gyfer yr archif a symud ymlaen, ond na. Mae'r gwely cul yma, ac amlinell y corffyn ynddo fo, yn rhan o stori Ben Lloyd – o'r crud i'r bedd.

Dwi'n codi i edrach ar fy ffôn. Ers bora 'ma dwi wedi bod yn aros am decst gan Ows – i ddeud ei fod o'n gneud lobsgows i swpar ac y bydd yna ddigon i bawb. Am i mi ddŵad adra a pheidio bod yn wirion. Bod o a Bobsi yn edrach 'mlaen at fy ngweld i. Am sgwrs. Ond na, dim gair. Er bod yna ddigon o draffarth wedi bod efo fi ar un adeg, dydi Ows a finna ddim wedi arfar ffraeo. Na dal dig. Doedd 'na ddim digon o angerdd yn y berthynas i hynny. Mae hyn yn dir diarth.

Llonydd fydd Mr Z eisio dros y dyddia nesa, yn bendant, i gael tynnu'r hen do, mynd drwy'r llechi, dechra coedio ac ati. Fydd o ddim eisio fi o dan draed yn stwna ac yn trio cyfiawnhau 'modolaeth.

Mae aeloda'r pwyllgor yn mynd i fod wrthi ffwl-pelt yn paratoi at y ffair wanwyn a dwi'n llai o werth iddyn nhw na iâr dandi ar raffl.

Mae'n absenoldeb i am dipyn yn teimlo fel y peth iawn.

A dwi angan bod o' 'ma. Jest rhag ofn. Rhag ofn i betha fynd yn flêr. Rhag ofn i'r pwytha ddechra rhoi ... ac i'r patrwm dwi wedi'i roi at ei gilydd ddechra raflio. Rhag imi golli gafael ac i 'mywyd sy'n ymddangos yn gyfan ddechra ymddatod eto ... a'r holl drwsio gofalus a fu droi'n ddim ond clytwaith rhacs.

Dwi'n aros i glywed Mr Z yn bagio'i dryc i lawr y lôn bach, ac yn stopio i chwifio'n llawen arna i cyn cyrraedd y lôn. Wedyn, dwi'n cloi a chychwyn fy hun.

Rhan 2

1

Dwi mewn le-bei tamp yng Nghwm-ann. Be ddiawl dwi'n neud yma? Dwi wedi mynd lot rhy bell. Dwi hyd yn oed yn wynebu'r ffordd rong. Mae'r traffig yn rhuo heibio tua'r de. Mi wela i fod y Cwm-Anne Tavern wedi hen gau a does 'na ddim golwg o gaffi yn nunlla. Ond peth felna ydi taith ymchwil, dwi'n deud wrtha fy hun, taith i rywla lle ti erioed wedi bod o'r blaen. Am wn i nad ydi o chydig bach fel agor rhywun i roi llawdriniaeth pan ti ddim yn hollol siŵr be wyt ti'n mynd i ffeindio. Fel roedd hi yn y dyddia cyn pelydr-X a sgans. Tir anwybod.

Mae'r map ar fy ffôn i'n dangos fod 'na lôn gefn bach yn mynd yr holl ffor' o fanma i fyny tua Thregaron. O gofio cyngor y dyn yn yr Archifdy am hen gofrestri bedydd a marwolaeth, dwi'n meddwl fod ei throi hi am yno'n gwd-mŵf. Barcia i wrth yr hotel yna – y Talbot. Siawns na ddaw'r ficar i un o brif eglwysi 'i blwy ryw ben heddiw neu fory. Tan hynny mi fedra i gael peint neu ddau. Jest hynny. A thrio peidio meddwl. Sy'n anodd. Hyd yn oed pan dwi'n sbio ar y fideos TikTok hollol iwsles 'na o bobol yn cael torri'u gwalltia a newid steils neu ddosbarthiada HIIT, dwi'n ffeindio fy hun weithia'n pendroni amdanyn nhw a'u bywyda bach pitw. Dengid ydi o, dwi'n dallt hynny. O fy realiti fy hun.

Dydi Ows ddim wedi ffonio na tecstio. Dim pwmp. Dydi o rioed wedi bod yn un am gadw mewn cysylltiad, dwi'm yn deud. Dydi o ddim fel tasa fo'n dallt y syniad, y cysyniad o gael amball sylw'n pasio rhwng pobol ar *group chat* neu *chat* rhwng dau, 'sa hi'n dŵad i hynny. Sgwrs felly. Fel dwi'n gael efo'r genod. Be ti'n mynd i gael i ginio. Be sy'n newydd ar Netflix. Be ti am brynu neu'n methu fforddio'i brynu. Rhywbath sy 'di gneud i ti chwerthin. *Minutiae* difyr bywyd. Mae o'n gweld hynna i gyd yn hollol ddi-boint. Pan o'n i'n dal yn Eich Meddygfa, lle'r oedd yna gymint o niwsys bob dydd, fyddwn i'n gyrru negas iddo fo weithia'n deud rhywbath fel *Newydd glywad fod Dafydd Eames wedi marw, cofia*. Y gora faswn i'n gael yn ôl fasa bawd. Ond dwi'm yn cael bawd rŵan. Dwi'm yn deud, dwi'm wedi gyrru dim byd iddo fo chwaith.

Am funud dwi'n gadael i mi'n hun 'u dychmygu nhw'n cael amsar bach ciwt efo'i gilydd: Bobsi a fo. Mynd am beint o Fruit Cider (hoff ddiod feddwol Bobsi). Sbio ar *The Texas Chain Saw Massacre* efo'i gilydd, rêl lads. Trafod cryfdera Everton fel tîm (sgwrs fer). Gneud plania i fynd am wylia bach. A hen bryd hefyd, cyn iddi fynd yn rhy hwyr. Dwi o blaid hynna i gyd. Sgen i ddim math o broblem efo hynna – dwi ddim yn *control freak*. Jest fod yr holl beth wedi digwydd mor sydyn, nes bo fi wedi colli 'malans. Wna i gyfadda: ddylwn i fod wedi gneud ymdrach gall flynyddoedd yn ôl i drio gneud efo Bobsi ac annog ei dad i neud mwy efo fo. Triawd bach hapus a llon. Ond ar y pryd doedd gen i jest mo'r nerth i feddwl am betha felna heb sôn am eu gneud nhw. Driodd Dad ddeud rhywbath wrtha i un tro, rhoi cyngor 'adeiladol', ond roedd y cyfan yn swnio fel iaith nad o'n i jest ddim yn 'i dallt.

Dwi'n gyrru mewn i Lambed, parcio ar y stryd, rhoi tywal rhedeg a phetha molchi mewn bag cefn a cherddad yn bowld i gyd i mewn i un o'r neuadda preswyl yr ochor draw i adeilada'r coleg. Dim ond aros i rywun ddŵad allan fuo rhaid i mi, a dal y drws. Fflash o wên. Mewn â fi. Ffeindio un o'r tai bach lle'r oedd 'na gawod hefyd. Cawod bathetig, ond be 'nei di. Chwartar awr a dwi ddim yr un un. Nicyr ddoe tu chwithig allan. Dim bra. Lipstic coch. Clymu 'ngwallt ar dop 'y mhen. Dwi'n teimlo – ac yn edrach – fel hogan newydd.

Prynu brechdan ham, tanjerîns a Creme Egg yn y Co-op wrth y bont. Dwy botal o *emergency* Pinot Grigot. A *vape* – jest rhag ofn.

A dwi'n meddwl 'mod i'n barod. A dwi'n tanio.

Wrth ei chychwyn hi o'r maes parcio mae o'n fy nharo fi – fel peltan. 'Mod i ar drywydd. Ar helfa. Ar antur. Dwi'n chwilio am y lliw i'w roi yn y stori fel bod bob dim arall yn gneud sens. A 'mod i'n teimlo'r cyffro yna eto, yr 'angerdd' yna sy'n pwyo fel curiad calon.

Ond hefyd, fedra i ddim gwadu, dwi'n tyrchu fel daeargi i aros allan o'r twll du sy'n bygwth agor odana i. Dwi'n dengid a 'nhafod allan. Ond dim ond dros dro, dwi'n addo i mi fy hunan. Dim ond dros dro.

Mae yna awyr fawr agorad uwch fy mhen i.

2

Wnes i sbio be oedd sefyllfa'r cyfri banc mewn twll yn y wal yn Llambed. Pam wnest di hynna – het? Doedd o ddim cysur. I brofi i mi'n hun 'mod i'n oedolyn call a chyfrifol, mae'n siŵr, ydi'r atab. Neu i godi ofn arna i fy hun. Roedd y rhent a'r pres bwyd i Ows wedi mynd allan, o'n i'n gweld – mae o'n codi 5.00% bob mis Mawrth, i adlewyrchu chwyddiant, medda fo. Fedra i ddim gweld 'mod i mewn sefyllfa i ddeud dim byd am hynna. Prin hannar canpunt oedd ar ôl yna i bara tan ddiwadd y mis – cofio bydd eisio llond tanc o ddisl i fynd yn ôl i'r gogs. Crafu fydda i. Byw o'r llaw i'r gena. Dal llygodan a'i llarpio hi'n llwglyd. Mi wnes i gytuno efo'r rheolwr banc (roedd hyn oes yn ôl, cyn i'r banc gau, yn amlwg) i beidio â chael unrhyw drefniant gorddrafft. Pan mae'r pres yn gorffan, dyna hi am y mis. Dwi'n byw ar y gwynt – a bwyd startslyd Ows. Mae'n well felna. Dwi'n deud wrtha i fy hun na dwi'm yn faterol ac nad ydi stwff a 'phrofiada' fel sbas, tripia i Sbaen a mynd i weld miwsicals yn Llundan yn bwysig i mi. Dwi mewn cyfnod 'datblygu' ac mi wnaiff petha newid er gwell – unwaith y bydd Menter Tyddyn Betw ar ei thraed. Ond mae 'na hefyd lais bach main yn cnewian y bydd rhaid i mi chwilio am ail job dros yr ha' neu'r aiff hi'n sgrech y coed arna i.

Mae bod yma ar sgwâr Tregaron a gweld y mynd a dŵad yn gneud i mi feddwl am Ben Lloyd eto. A dwi'n llonyddu. Hon oedd ei dre o, yndê, ond roedd hi'n bownd o fod yn wahanol iawn pan oedd o'n ifanc. Pan esh i i'r bar i nôl peint bach gynna, roedd y walia'n blastar o hen lunia sepia – marchogion smart o'u coeua yn cychwyn i hela, coets a chobia swel yn ei thynnu, llanc efo ceffyl a throl. Roedd hi'n amlwg fod 'na ddigon o waith i sadlar yn yr ardal yma adag hynny. Merlod oedd ganddyn nhw'n hel defaid ar y mynydd hefyd – dwi'n cofio gweld hynny ar ryw hen *Gefn Gwlad*. Digon tawal ydi'r strydoedd heddiw ond ym mhob llun roedd yna heidia o bobol. Merchaid mewn ffrogia at 'u traed a hetia blodeuog. Criwia o blant mewn dillad tywyll, rhy-fawr neu rhy-fach, yn rhythu ar y camera. Dynion yn torsythu – rhai efo capia stabl ac ambell un yn gwisgo het galad.

Lle aeth pawb?

Dwi'n dal arna fy hun ar ôl yr un peint yna, achos dwi ddim eisio ogla diod arna i pan fydda i'n siarad efo'r ficar. Pan ddaw o. Neu hi. Dwi'n gwglo'n sydyn ac yn gweld fod yr eglwys gyferbyn efo'i thŵr mawr sgwâr yn rhan o Ardal Weinidogaeth Llanbedr Pont Steffan, sy'n anfarth felly mae'n siŵr fod gan y ficar dlawd lot o eglwysi dan ei ofal. Dwy ar hugain, a bod yn fanwl gywir. Siŵr fod o'n pwyllgora neu'n claddu yn rhywla dragwyddol.

Dwi'n penderfynu mynd i mewn i gael sbecan o gwmpas. Cloi ac mewn cachiad nico dwi wedi croesi lôn. Mae'n dawel yma a dwi'n ista i sbio o 'nghwmpas – cofeba er cof, baneri, pulpud derw tywyll – yr un hen betha ... Lle digon *chilled*, dwi ddim yn deud. Fedra i'm gweld cwpwrdd yn nunlla lle galla hen gofnodion bedydd a marwolaeth fod wedi'u cadw chwaith. Ydyn nhw yn y cefn, tybad? Tu ôl i'r cyrtan 'na yn y festri? Mae'n llygad i'n cael 'i dynnu at un ffenast liw fwy modern: Iesu Grist, dwi'n cymryd (*wild guess*) yn edrach fel dyn o'r Dwyrain

Canol am unwaith, ac yn sefyll efo giang o blant o'i flaen. Mae hi'n lot symlach o ran patrwm na'r ffenestri erill. Ac mae cael plant efo fo gymint gwell na ryw seintia sychlyd. Dwi'n meddwl y mynadd fasa eisio i neud ffenast felna – gweithio fel malwan bob dydd efo plwm a darna bach o wydr bob lliw. Fatha gneud llun a jig-so 'run pryd. (*Mae* gin i fynadd, dwi wedi gneud *collages* sy wedi cymryd misoedd i mi. Dim fod 'run ohonyn nhw i fyny ar wal. Pa wal, 'de?) Oes angen poethi'r plwm, sgwn i. Angen dallt metal, yn sicr. Canolbwyntio'n galad. Crefftwaith. Jest y syniad o greu rhywbath fasa'n para am gannoedd o flynyddoedd. Ar hynny, mi ddaw gair Gwil Alwyn a'r prosiect Gwireddu'r Freuddwyd i'n meddwl i: gwaddol. Ond dwi ddim am fynd i fanna. Dim rŵan. Dim nes dwi'n ôl.

Dwi'n cofio stopio unwaith efo Mam ar y ffordd o Gaerdydd am ei bod hi'n swnian eisio cael gweld ffenast liw gan John Petts yn eglwys y Santes Fair yn Aberhonddu. Doedd gin i ddim rhech o fynadd; roedd hi'n reit fuan ar ôl Leila Mair. Ond mi esh i efo hi; doedd hi byth yn gofyn am ddim byd gin i. Mi oedd hynny yn y misoedd pan oedd Llys Hyfryd ar gau, a sôn am werthu. Roedd yna gaffi yng nghefn yr eglwys. Coffi powdwr cachu rwtsh gawson ni a'r ddwy ohonan ni'n tynnu stumia wrth 'i yfad o. Ond dwi'n falch i mi fynd. Mae'r ffenast honno'n dal efo fi yn 'y mhen – y coch crand a'r pinc Cancr y Fron 'na, yn erbyn y wisg wen bur a'r darna glas disglair yn gylch. Dim crefydd y llun ond y celf ynddo fo aeth â 'ngwynt i. Mi oedd meddwl amdano fo'n gysur. Fues i'n gwglo wedyn; roedd Petts yn gerfiwr hefyd, doedd, ac yn engrafio. Y ffenast ffantastig 'na yn Birmingham, Alabama. Ac mi fuo'n cysodi a gosod y papura Caseg efo Brenda Chamberlain: gwaith mân manwl fel gneud sgidia i chwain. Roedd o'n ddyn y manion, y petha bach ffidli, y petha cain, yn ogystal â'r mawr. Gwaith gras a mynadd, a chariad. Ella bo fi'n bod yn hollol ymhongar ond ydi gwneud ffenast gain yn debyg, mewn ffor', i be ydw i'n trio'i neud: deud stori sy'n dŵad yn fyw efo ryw bytia bach o hen betha, darna bach o liw. Clytwaith cymunedol. Dwi'n nesu i fusnesu'n iawn.

Mae'n ffôn bach i'n canu. Dwi'm yn atab, nacdw. Funud wedyn, mae'n wincio i ddangos fod yna negas llais i mi:

> *Oeddat ti'n gwybod mai to gwellt oedd ar y lle 'ma ryw oes? Ti isio i fi dynnu llunia i ti?*
>
> *Fedri di weld ar y corn at lle oedd y to gwellt yn cyrraedd, sti, wnes i ddim meddwl sôn cynt. Mae 'na ricyn.*
>
> *Mae 'na lot o nythod 'di bod yma 'de – adar a llygod ...*
>
> *O'n i 'di meddwl y basat ti yma heddiw. Dim chdi ydi'r bòs? Lle ddiawl wyt ti?*
>
> *Ydach chi isio cadw hen goed y to 'ma 'ta be?*
>
> *Ti'n dal yn sâl?*
>
> *Rho ring yn ôl i fi, ia, Miss Bossy?*

Dwi'n dal i stydio'r ffenast o 'mlaen. Mae'r acen Polish 'na i'w chlywad, er na wnaeth o rioed fyw yno. Dwi'n meddwl sut dwi'n mynd i allu ffonio fo'n ôl. Sut fedra i hel y nerth i ffonio fo'n ôl. Ddylwn i. Dwi angan bod yn Miss Bossy.

'Gwaith merch yw hi. Jane Hardy.'

Dwi'n troi rownd a dyna lle mae 'na ddynes dal, fain mewn siwt drowsus biws. Mae'i gwallt hi fel nyth twt o blu bach gwyn ar ei phen. Mae hi tua'r un oed â Nain, neu'n hŷn ella, ond yn siarp fel pin.

'Ar eich gwylie y'ch chi?'

Mae hi'n edrych y teip sy'n mynnu atab gonast, felly waeth i mi ddeud pam dwi yma'n sdrêt. 'Ymm, na ddim wir. Trio ffeindio hanes rhyw ddyn ydw i.'

'Henry Richard, falle? Yr Apostol Heddwch.' Mae'n edrych arna i – fel athrawes. Athrawes hen deip. Dwi'n fod i wybod hyn. 'Mae ei gofgolofn mas fanna ar y sgwâr. Allwch chi byth â peidio sylwi arno fe.'

'O.' Dwi'n cofio rŵan imi ei weld o neithiwr. Fo a fi yna drwy'r nos dan y sêr. 'Na. Dim Henry Richard. Wel, neb, a deud gwir.'

'Neb. Pwy "neb", 'te?' Mae hi fel ci efo asgwrn.

'Wel, neb o bwys 'ta. Neu neb fasa'n cael ei gofio.'

'Bydda i angen mwy o gliw na 'na.' Ac mae ei llygad llwyd hi'n pefrio. 'Triwch fi, bach.'

'Ben Lloyd oedd ei enw fo,' medda fi yn y diwadd. 'Benjamin Z Lloyd. Mi anwyd o yn rhywla yn yr ardal yma. Tua 1880? Ond mi symudodd i fyny i'r gogledd. Sadler oedd o.' Be arall fedra i ddeud amdano fo? 'Hen lanc fuo fo ar hyd ei oes.'

Mae'r ddynes yn torsythu. Yn ei helfen. Dyma ddechra arni. Dwi'n rhyw deimlo fod yna sbîl gyfarwydd fel cân ar ripît ar fin dod. Un hollol amherthnasol. Ond mae'n rhaid gwrando. Dwi'n codi i fod yn nes ati.

'Gollwyd Mam ar 'y ngenedigeth i.' Mae hi'n dawel – a dwi'n gweld y plentyn. Am eiliad yn unig. 'Hemrej odd e. Bydden nhw wedi galler achub hi heddi.'

Dwi'n plygu 'mhen i gydnabod degawda o hiraeth.

Mae hi'n sbriwsio unwaith mae hi heibio hynna.

'Ac wedyn fywies i eriôd 'da Nhad a 'mrodyr a'n 'whiorydd fel un o'r tylwyth yn Nhy'n Gors, 'chweld. Maged fi 'da'n Mam-gu a'i brawd, Wncwl Timoth, ar fferm fach mas ochre Blaen Caron. Pen draw'r byd bydden nhw'n galw fe heddi. Oe'n ni'n tri yn para i ddod i'r dre hyn 'da cart a merlyn pan odd fan neu gar bach 'da bob tylwyth yn y cylch bron â bod. Bydden i'n corddi 'da Mam-gu, a thorri mawn bob haf yn y gors. Ges i fagwraeth yr o's o'r blân 'da nhw. Odd Mam-gu'n cofio'i mam-gu hi'n sôn am glywed Daniel Rowland yn pregethu. 'Na chi beth yw cof, a chymdeithas cefen gwlad.'

Mae ei dannedd gosod hi fymryn yn rhydd, a phan mae hi'n gwenu'n llydan arna i, maen nhw am ddisgyn rom bach yn ei cheg hi. Dwi'n nodio fel taswn i'n gwybod yn iawn am Daniel Rowland. Ond thwylla i moni hi.

'Un o brif ddiwygwyr y Methodistied. Mae'i gapel coffa fe yn Llangeitho. Oedd e'n ddyn o bwys yn hanes Cymru. Daniel Rowland, Williams Pantycelyn a Howell Harris, 'na'r triawd. Ond Rowland oedd y symbylydd, sdim dowt ambyti fe. Fe startodd bethe. Ddyle pob Cymro a Chymraes gwerth 'u halen wybod am Daniel Rowland.' Dwi'n derbyn y cerydd heb atab yn ôl. Mae o'n rhan o'r sgwrs efo hi rywsut. Cha i ddim mwy o wybodaeth, dwi'n gwybod, nes ein bod ni wedi delio'n llawn efo Daniel Rowland.

'Wna i ddarllen ei hanes o ar ôl i mi fynd adra. Wnes i ddim gneud Lefel-A Hanes.'

'Na finne, merch i. Treftadaeth yw e.'

Dwi'n penderfynu mynd am y *charm offensive* i edrach ga i ryw wybodaeth o ddefnydd. 'Fasach chi'n lecio dŵad am banad bach o goffi? Gewch chi ddeud bob dim wrtha i am Daniel Rowland.'

3

Roedd o'n ormod o demtasiwn, doedd? Dros goffi ac ecyls, y pestri'n frau fel papur sidan, mae'r wibdaith yn cael ei threfnu. Wrth i mi frysio o'i blaen hi i guddiad y poteli o dan 'y nghôt nofio ar y sêt gefn, dwi'n gwbod sut y bydd petha. Does gan y ledi ddim byd yn galw; mae ganddi hi drwy'r dydd, does. Mi orffennodd hi yn y swyddfa bost dri deg mlynedd yn ôl. Ac mi fydd yn ei helfen yn arwain y ffordd! Dwi'n trio hel esgus at ei gilydd i egluro pam na fedrwn ni gael taith dywys o bob milltir o gefn gwlad Ceredigion heddiw.

Dwi'n rhedag marathon yn Lerpwl fory: clwydda.

Does gen i ddim gwir diddordab yn ei hatgofion hi: clwydda.

Dwi'n alyrjic i'r ogla sent Youth Dew sy'n trio masgio rhyw fymryn o ogla pi-pi: clwydda.

Mae yna rywun yn disgwyl amdana i adra: talcan tas o glwydda.

Caiff y plan i gyfarfod y ficar a mynd drwy'r cofnodion bedyddio a marwolaeth ei ddympio'n ddi-lol. Mae hi wedi cartrefu yn y dre ers hannar can mlynadd, ond hannar cyfla sy eisio i gael troedio'r hen lwybra, felly bant â ni ein dwy. Fi ydi'r *chauffeur* wrth gwrs a hitha'n ista ar flaen ei sedd wrth 'n ymyl i wedi cyffroi fel gast ddefaid bach. Does dim angan map nac estyn fy ffôn: mae'r cyfarwyddiada'n dod yn fân ac yn fuan:

'I'r dde man hyn. Na, nid hwn – y nesa. Nawr 'te. Mlân â ni. Gwyliwch, bydd ffos ddofn nawr bob ochor. Chi'n gallu baco? Referso? Ma tractors 'di mynd mor fowr, on'd y'n nhw? Gan bwyll nawr. Sen i damed bach yn iou, sen i'n cerdded bob cam 'da chi. Bydden i'n cerdded dros ddwy filltir bob ffordd i'r ysgol yn groten. Glaw neu hindda.'

'Ydi cartra Ben Lloyd fforma hefyd?' dwi'n holi'n obeithiol.

'Nag yw. Ond wy am i chi gael gweld Llecyn yn gynta. Sdim gwa'nieth 'da chi, o's e? Tua ble bu dechre'r daith. Mae fe jest rownd y cornel nawr.'

Awn ni rownd y gornel ond does dim golwg o Llecyn.

'Y cornel lan man'na. Gwyliwch, mae'r ffordd yn wael o hyn mlân, bydd y gwelltglas yn y canol yn glanhau'r swmp i chi.' Ac mae hi'n chwerthin lond y car.

O'r diwedd cyhaeddwn y bwthyn ar fin y ffordd. Mae'r enw ar lechen o'i flaen ac arwydd yn dweud: *Fresh Eggs*.

'Maen nhw'n bobol neis, chi'n gwbod. Pobol digon ffein, foto i'r Blaid, synnen i daten.'

'Ond ...'

'Dy'n nhw ddim yn diall. Dy'n nhw ddim yn gweld fod yr iaith a'r diwylliant yn rhan – wel, nage rhan, yn nhoried bogel y lle 'ma. 'Se waeth i mi drial esbonio i'r gath 'na.'

Ar y gair mae cath frech fawr yn dod drwy'r giât, edrych yn drahaus arnon ni'n dwy, ac wedyn cerddad reit o flaen y car a'i thrwyn a'i chynffon fawr yn yr awyr.

'Ŷn ni angen parhad. Sdim plant 'da fi, na wyrion.'

'Na finna!' 'Dan ni'n trio gwenu ar ein gilydd.

'Chi'n ddigon ifanc, 'merch i. Odd plant 'da rhai o 'mrodyr a'n whiorydd, cofiwch. Mae amryw o nhw'n dal boitu'r lle 'ma, a'u plant hwthe. A maen nhw wedi bod yn dda i fi.'

'Fasach chi'n lecio mynd i mewn i ddeud helô?'

'O bobol annwyl na, dim heddi. Bydde fe'n sbwylo popeth. Wela i nhw 'to. Awn ni lan sha'r Mynydd Bach nawr. Trowch chi'r car. *Sharp left now*!'

Er bod Miss Jenkins fel pupur ('Ifora yw'r enw, gewch chi alw fi'n Miss Jenkins') fedar hitha ddim cofio'r union fan lle'r oedd cartra bora oes Benjamin Lloyd. Mae hi'n gwbod ei fod o'n un o dylwyth mawr o tua dwsin o blant a fagwyd yn un o'r tyddynnod bach yn yr ardal yma. Bugeilio oedd ei dad o. Rydan ni'n gyrru fel malwod o un bwthyn ac adfail i'r llall wrth i law mân gau amdanon ni, heibio capeli wedi cau a'u bordio, yn chwilio am enw ar giât neu glawdd fydd yn tanio'r co'. Mynd ymlaen ryw chwartar milltir, ella, ac wedyn gorfod bagio iddi hi gael ail olwg. Tai unnos oedd llawar o'r bythynnod ar y mynydd, dwi'n cael gwbod, *pre-fabs* y cyfnod a doeddan nhw ddim wedi'u codi i bara, dim ond i roi to uwchben pobol nes dôi amser gwell. Ond na ddaeth hwnnw ddim.

'Alla i byth â rhoi cownt o bob un o blant y teulu, ond wy'n eitha sicr fod o leia tri wedi ymfudo i America neu Ganada. Lladdwyd dou yn y Rhyfel Mawr. Aeth y merched ffwr' i nyrso ac i weini. Ac am wn i fod Ben wedi mynd sha'r north ar ôl gorffen ei brentisiaeth achos oedd sawl sadler yn Nhregaron, chi'n gweld, a dim digon o waith i bawb. O, bu diboblogi difrifol, ma'n syn fod unrhyw un ar ôl 'ma. Nawr 'te, mae fan hyn yn edrych yn gyfarwydd. Allwch chi stopo'r car am funed?'

Dim cynt nad ydw i wedi stopio nag y mae hi wedi agor drws y car ac yn camu'n fân ac yn fuan i gyfeiriad murddun â'i gefn at y lôn, yn edrych i lawr tua bae Ceredigion. Adeilad o garreg wela i, wedi'i adael ers degawda. Mae 'na ôl trwsio ryw oes – marcia sment fel gwythienna dros y cracia ar hyd y muria. Tylla yn y bwtresi sy'n trio cynnal y talcan cefn a wal yr ardd – cerrig wedi'u tynnu a dim wedi'i roi i gau wedyn. Bylcha – fel dannadd ar goll. Mae'n edrach yn debyg fod rhywun (ffarmwr, am wn i) wedi cario o'ma dros amsar i drwsio wal neu adeilad yn rwla arall.

Dwi'n codi 'ngolygon. Llanast lle buo to. Mae'r llechi bob sut yn sglefrio'n feddw a'r coed odanyn nhw'n y golwg, wedi duo a phydru yn y tywydd. Be ddeuda Mr Z am do fel hyn – *disaster* hollol o do. Fedra fo efo'i sgilia arbenigol achub to fatha hwn? Tylla reit drwadd, amryw ohonyn nhw, a duwch tu hwnt. Dwi'n chwilio am y rhicia yn marcio lle basa 'na do gwellt wedi bod. Dacw nhw – ia wir – wrth odra bob un o'r ddwy simdda ... Pam na wnes i ddim sylwi ar hynna cynt yn Nhyddyn Betw?

A dwi'n 'y nghlywad fy hun yn dechra sôn wrth Miss Jenkins am y fentar. Allan yn fanma, mewn gwynt cry a glaw mân yn cario i mewn o'r môr. Haws rywsut. Sut yr aeth Tomi Evans a finna, Hwyrddydd Jones ein Cynghorydd Sir ar y pryd ac Ellis Penbont i Lundain ar y trên a phrynu'r hen le bach dros ei ben yn yr ocsiwn. Anghofia i byth mo'r diwrnod! Dipyn o hen deips oedd y tri. Wel, major hen deips, deud gwir. Yn yr hotel lle'r oedd yr ocsiwn, unwaith y dechreuodd y bidio, mi ddaliodd Tomi ei law i fyny nes i'r unig ddau arall oedd â ffliwjan o ddiddordab roi'r gora iddi. Oeddan ni o fewn dau gan punt i'r pris ucha y basan ni wedi gallu'i roid erbyn hynny. Trwch asgall gwybedyn oedd ynddi hi. Cyn dal y trên adra mi aethon ni i'r Euston Tap am beint bach a pei ac roedd pawb wrth 'u bodda.

Ac wedyn dwi'n dechra sôn am y petha oedd yn

perthyn i Ben Lloyd – yr offer sadlera a'r hen gêr i gyd, yr harneisi a'r penffrwyni a'r coleri. Ac yn y siambar – fel y bues i drwy'r cwpwrdd dillad. Y wasgod crwyn tyrchod, y ffedoga llaes, y garthen â'r patrwm diarth ar ei wely fo. Mae hi'n trio torri ar 'nhraws i yn fanma, yn nabod y patrwm, reit siŵr, ond dwi'n dal fy llaw i fyny i'w stopio hi. Dwi'n deud am y tarpolin glas ar y to, a bod Mr Z yno, y munud hwnnw wrthi'n ail-doi er mwyn diogelu'r lle cyn y daw tywydd mawr eto. Am ryw reswm, mae'r deud yn anodd, yn cymryd lot ohona fi. Dwi fel tanc yn gwagio'n gyflym a'r lliw yn llifo ohona fi. A dwi'n gorfod agor 'y ngheg yn llydan i gael digon o wynt i gadw i fynd.

'Ewch gatre, bach. Gallwch chi 'ngadel i wrth y bŷs-stop yn Llangwyryfon, bydda i fel y boi. Mae angen chi 'na, weden i. Rhowch ych *telephone number* i fi, ffona i chi os cofia i rywbeth arall.'

Ar ôl i mi ddechra, dwi ddim eisio tewi. Mi fedrwn i ddal ati a dweud mwy wrthi hi, wrth Miss Ifora Jenkins (sy'n gwbod dim o'r hanes nac yn nabod neb o'r bobol) am be sy wedi bod, fel y gwnaeth hi efo fi. Cyffesu, ac ella y baswn i'n teimlo'n well o'r hannar o gael deud, ac y basa hi'n gwrando a rhoi cyngor doeth i mi. Cysur, hyd yn oed. Ond hen wraig mewn oed ydi hi, a dwi'n sylweddoli na fasa fo ddim yn deg – dal ati i dyrchu a tyrchu – dympio arni hi felna. Ella bod yna le gwag yn ei bywyd hi ond dim fy lle i ydi'i lenwi fo efo 'mrwgaits emosiynol i fy hun.

Mae'n oerach ar y topia 'ma a dwi'n gweld bod yr hen wraig yn dechra glasu o gwmpas ei cheg. Neith hi ddim cyfadda chwaith 'i bod hi'n rhynnu. Dwi'n troi'n ôl i'r car i estyn 'y nghôt nofio gwyllt i roi drosti, yn taro pin bach slei ar y map ar fy ffôn 'run pryd i nodi union gyfeirnod y lle 'ma. Wedyn dwi'n mynd yn ôl ati.

Dyna lle mae hi'n syllu draw am y môr sigledig fel petai hi erioed wedi'i weld o o'r blaen ac yn methu cael digon. 'Dan ni'n rhannu'r olygfa ein dwy ac wrth i mi godi'r gôt dros 'i hysgwydda cul, dwi'n cael ysfa fawr i afael amdani hi fel pe tasan ni'n dwy yn caru ein gilydd erioed.

4

Dwi ddim yn 'i gadael hi'n aros am fŷs yn ôl i Dregaron, nacdw. Blydi hel, faswn i byth yn gneud hynny. Na, dwi'n ei danfon hi i'w chartra, tŷ taclus mewn teras, ac yn ei gadael hi wrth y giât – yn chwifio arna i efo'i handbag. Mae yna ryw asbri newydd ynddi hi. Dwi'm yn ama nad ydi wedi cael y pnawn difyrra ers oes pys, yn teimlo'i bod wedi bod o iws i rywun (wel, i mi) ac wedi goleuo fy llwybr mewn mwy nag un ffordd. Ar ôl iddi ddiflannu rownd y gornal, wedyn dwi'n sylwi mor ddistaw ydi'r car, er na fedra i'm meddwl rhoi'r radio 'mlaen. Dwi eisio dal y teimlad oedd yma tra oeddan ni'n dwy ar ein trip. Hyd yn oed yr ogla Youth Dew! Dwi'n pendroni amdani wedi byw ei hoes hir yn fanma, byw 'i hun am hannar canrif ar ôl colli'i mam-gu a'i hewyrth Timoth, ac yn lle lledu'i hadenydd wedi mynd yn ddyfnach i mewn i'r tir rywsut.

Mynd wnaeth Ben Lloyd o'ma, mynd i ffeindio gwaith. Mi landiodd mewn ardal debyg i ardal 'i fagu, ardal amaethyddol, a bwrw gwreiddia. Dwi fawr callach o ran gwybod dim byd amdano fo'n bersonol ar ôl yr owting pnawn 'ma, ond mae Miss Jenkins *on the case*! Un peth gofiodd hi oedd eu bod nhw'n deulu talentog, ac y byddan nhw'n cystadlu yn y steddfoda bach yn lleol. Capel Bethel Trefenter oedd yr agosa at 'i gartra fo, ac felly mae'n siŵr mai i fanno roedd o'n mynd efo'r teulu dair gwaith y Sul. Pedair efo cwarfod canu. Capal Methodist oedd o. Y capal agosa iddo fo acw fasa Capal Jersusalem, ond ella na fasa fo'm wedi mynd i gapal tre felna, dwn i'm.

Fel teulu, sgynnon ni'm llawar i ddeud wrth gapeli; mi gafodd petha'u deud, do, am na fydda Mam ddim yn twllu capal drwy'r ha'. Ond be oedd hi i fod i neud efo'r bobol ddiarth? Gadael iddyn nhw dendiad arnyn 'u hunan? Roeddan nhw'n anfon ni i'r ysgol Sul, 'de. Oeddan ni'n cwyno digon, Leila fwy na fi hyd yn oed. Er mwyn cael y fferins oeddan ni'n mynd. Dant melys, hyd yn oed adag hynny.

Yn Spar ydw i'n chwilio am swpar pan ddaw 'na decst gin Mariel yn gofyn os dwi'n meddwl basa fo'n syniad da iddi neud *audition* i'r *Llais*. A dwi'n atab *Pam lai?* A dwi'n gwbod am be fyddwn ni'n siarad am y chwe mis nesa. A dwi'n sylwi fod yna negas llais 'fyd. Mr Z eto:

Lle wyt ti?

O'n i'n meddwl mai chdi oedd y giaffar?

Lle bynnag wyt ti, o leia ateba dy ffôn i mi, ia? Mae 'na gwestiyna angan 'u hatab yn fanma.

Mae rywfoi yn haslo fi i doi rywecstension yn Port diwadd 'r wsnos. Fasa hynna'n creu traffarth i ti?

Ella rhoi ring i mi rŵan, ia?

Paid â traffarth tecstio. (SAIB) Dwi 'di anghofio sbecs fi adra.

Dwi'n ciwio wrth y til ac yn dal y ffôn wrth 'y nghlust i wrando ar y negas. Ac er nad oes yna neb dwi'n nabod yma, dwi'n cochi. Un o'r gwersi pwysica a mwya syml ddysgish i yn Eich Meddygfa oedd ffonio pobol yn ôl. Jest parch, rîli, at bobol. A dydi o ddim fel fi; dwi'n reit dda felna fel arfar, ac wedi bod am yn hir rŵan. Y peth ydi – fy esgus bach tila fi – 'mod i wedi bod yn aros i Ows ffonio, neu decstio neu rywbath. I mi gael gwbod sut mae'r gwynt yn chwythu. Hynna ydi o. Heb siarad efo fo fedra i ddim mynd adra. A fedra i ddim gneud y mŵf cynta, jest fedra i ddim.

Ond mi fydd rhaid i mi ffonio Mr Z, neu mi fydd o wedi sgidadlio hi am Port 'na. A fydd gin i neb ond fi'n hun i feio. Mi eith yr amserlan ar chwâl a fydda i'm yn gallu rhoi'r hawliad yna i mewn mewn pryd i Kelfin Strong a Gwil Alwyn. Eith hi'n gachu Mot. Dwi'n jecio'r dyddiad ar 'n ffôn ac yn colli 'ngwynt. Mi fydd rhaid i mi afael yn'i. Sgin i ddim gwerth o amsar. Wsnos a dipyn dros ben. Ac mi fydd angen cofio mynd i Landudno i nôl copïa o'r datganiad banc i ddangos fod y siec wedi clirio. Llenwi'r ffurflan hawlio efo'r riport. Tynnu llunia o'r to.

Ond da' i ddim am adra heno 'ma. Na, dwi'n prynu pacad o Fondant Fancies – afiach o gymharu â'r rhai fydda Leila'n neud a'u postio i ni o Claridge's mewn bocs sbesial ond be 'nei di – a hannar potal o jin. Dwi'n edrach eto ar 'n ffôn i weld lle oedd hen gartra Ben Lloyd. Fydda i'n nes i gychwyn adra o fanno fory. Ar ddiwrnod clir mi faswn i'n gweld Cadair Idris ac ella Moel y Gest hyd yn oed o yno. Dwi ddim mor bell i ffwrdd.

Jest picio i'r Talbot am ryw awran bach gynta – gneud i beint bara a jarjio fy ffôn.

5

Mae'n siŵr mai llawr pridd oedd 'ma yn yr hen amsar, achos gwellt glas (a mwd) sydd 'ma rŵan. A'r ogla defaid mwya ofnadwy, a baw defaid, ond dim actiwal defaid – mae hynny'n rywbath. Mae'r drysa a'r ffenestri wedi hen fynd ac mae o jest fel sgerbwd cerrig, carreg ar garreg, a'r bywyd i gyd wedi llifo ohono fo i fae Ceredigion lawr fancw. Tu allan, lle oedd yr ardd, mae 'na goeden siacan ar 'i hochor yn dangos pa ffordd mae'r gwynt yn howndio o'r de orllewin gefn gaea. Dwi wedi cerddad yma drwy frwyn pigog.

Dwi'n edrach o 'nghwmpas am gongol i gysgodi. Ac yn meddwl sut oeddan nhw'n byw yma – llond tŷ o blant yn siarad a ffraeo, eu mam nhw'n gorfod hwylio bwyd i ddeuddag dros dân mawn, dysgu adnoda ar gyfar capal ar draws 'i gilydd, strach sychu dillad ar dywydd tamp, babis yn crio. Ac mor ddistaw wedyn oedd hi ar Ben Lloyd yn Nhyddyn Betw am ddeugain mlynadd – jest y fo bach ar ben ei hun. Dwi'n craffu hyd lawr, er ei bod hi'n dywyll, am unrhyw arwydd pitw o'r teulu mawr fuo'n byw yma. Cwpan, esgid, llwy de neu wniadur, ond mae bob dim wedi hen fynd. Does yna ddim ond fi, fy mhicnic hwyrol a 'nghôt nofio gwyllt. A'n ffôn. Dwi'n chwilio am frigyn i fflicio'r cachu defaid o'r gongl lle dwi'n mynd i ista ac yn sodro fy hun yna. Gin i fag plastig yn 'y mhocad i roid dan 'y mhen-ôl – *be prepared,* 'de? Mae'n oer, ond o leia dydi'm yn bwrw.

Dwi'n codi 'mhen ac yn medru gweld sêr yn siwrwd drwy'r tylla yn y to. Dwi am fod yn y lle, yn yr amser hwnnw, yn ail-fyw ei blentyndod o. Dwi'n fodlon bod yn oer, ac yn damp. Achos dwi am fedru dallt. Y dallt yna fydd yn ysbrydoli'r dehongli pan ddaw'r amsar. Mi fydd yn lliwio'r ffordd y caiff ei stori'i hadrodd. Fydda i wedi cael y darlun mawr. Ac mi gawn ni Ben Lloyd yn ei gyfanrwydd, dim jest yn hen lanc unig, y crefftwr o sadlar, ond ei fywyd o o'r dechra. Bwa ei fywyd o. Hwnna dwi'n chwilio amdano fo.

Wrth i'r jin ddechra 'nghnesu fi a chlirio 'mhen i, dwi'n sylweddoli ella'i fod o'n mynd yn chydig bach o obsesiwn. Hanas y sadlar bach. Job ran-amsar ar isafswm cyflog sgin i, dwi ddim i fod ar grwsâd. Dau hen fwthyn 'di gweld 'u dyddia gwell a chant a mwy o filltiroedd rhwng y ddau. Un hen lanc 'di digwydd byw mewn dwy sir gyferbyn â'i gilydd. Be sy mor sbesial am hynny, neu fel basa Now Grepach yn deud: *So ffycin wat?* Dwi'n trio dychmygu, efo 'nghlust, Ben a'i frodyr a'i chwiorydd yn canu emyn rhwng y walia yma; 'Bydd canu yn y nefoedd, pan ddelo'r plant ynghyd' yn cydgordio mewn pedwar llais, a'u harmonïa nhw'n dynn fel plethan. A'u mam a'u tad nhw'n llonydd am ennyd o ganol 'u gwaith, yn gwrando.

Mi roedd Ben yn perthyn yn glòs yma, rhwng ei bobol a rhwng walia. Ond faint callach ydw i, Tonwen Neli Tomos, yn ista yma'n rhynnu ac yn ogleuo fel dafad? Dwi wedi deall ei fod o'n arfar cymryd rhan mewn steddfoda bach – ond doedd pawb jest 'radag hynny, o ddewis neu o raid? Ac yn dda ei law, yn grefftwr. Rhaid bod o'n hoff o anifeiliaid, ceffyla beth bynnag. Mi roedd o'n smociwr, doedd. Ond lle mae'i wyneb o, a'i gymeriad o, a'i hanfod o i fod lond y 'darlun', dwi'n gweld dim byd. Sut un oeddat ti, Ben? Tyd 'laen rŵan, dwi wedi mynd yr ail filltir. Oes yna rywbath dwi angan wybod fydd yn 'n helpu i i fynd dan groen dy fyw di? A chditha dy hun? I dy 'ddal' di? Oes yna ryw 'gyfrinach' sy heb ddod i'r golwg eto fydd yn rhoi gola gwahanol ar dy fyw? Os arhosa i yma drwy'r nos, fydda i wedi cael rywbath 'blaw annwyd a phen mawr erbyn y bora? 'Ta jest dengid ydw i o'rwth 'y mywyd i'n hun sy'n datod fel pellan chwil o 'mlaen i?

Ar ôl i mi orffan y jin, a dipyn o'r Pinot, cysgu am sbel a deffro'n sydyn, dwi'n meddwl ella basa well i mi ffonio Mr Z yn ôl cyn iddi fynd yn berfeddion.

'Hei ...'

'Sori, pwy sy 'na?'

'Miss Bossy, 'de. Ffonio chdi'n ôl. Y peth parchus i neud, 'de. Dwi'n hogan barchus, i chdi gael dallt. Dyna oeddat ti isio i fi neud, 'de? A dyma fi!'

'Tonwen?'

'Tonwen *it is*. Iawn tro cynta!'

'Oria swyddfa ti'n galw hyn? Mae hi jest yn hannar nos, sti. Fasa fo'm wedi gallu aros dan bora, dwa? Dwi'n codi cyn chwech.'

'Sut o'n i i fod i wbod hynna? Y? Ond 'di'r ots, na. Jest *chat* bach, ia, chdi a fi ... sgwrsan bach.'

'Reit blydi sydyn 'ta ...'

'Ocê. Hei, glywist ti hynna rŵan? Sŵn gwdi-hw? Glywist ti o?'

'Gwdi-hw? Lle ddiawl wyt ti, Tonwen? Ti'm yn cysgu yn car eto heno? Mis Mawrth ydi, sti!'

'Nadw. Well na hynna. Dwi'n cysgu allan dan y sêrs yn hen fwthyn Ben Lloyd ... ar ben mynydd ...'

'Ond mae'n *two degrees* yn fanma! Dim ffit i fod allan. Lle wyt ti, rŵan? Tyddyn Betw? Ti hyd lle 'ma yn rwla? Ddo i i dy nôl di, yli. Ti'n swnio fel bo chdi 'di cael boliad. Ti'n slyrio.'

‘Slyyyrrio? Fi? Na, dwi’n bell i ffwr’, sti, rîli pell i ffwr’ …’

‘Be sy ’di digwydd, Tonwen? Ti ’di mynd off y rêls. Ti’n sâl neu rwbath? ’Di cael niws drwg?’

‘Dim o dy ffyc, na wir rŵan, dim o dy ffycin busnas di. Dwi’n deud hynna’n neis, ’de.’

‘Hynna ydi dy neis di?! Felly pam ti’n ffonio fi, ’neffro fi ganol nos, os ti’m isio dim byd ond rhoid abiws i mi? Dwi’n rhoi’r ffôn ’ma off …’

‘Na, paid. Paid plis. Dwi’n sori am hynna. Wna i ddeud yn iawn be dwi eisio. Eisio ’de. Hyn ydi o. Eisio i ti beidio mynd i Port fory a cario ’mlaen efo to Tyddyn Betw. A’i orffan o. ASAP.’

‘Dwi ’di gneud trefniada rŵan, sori. Ddyla bo chdi ’di ffonio fi’n ôl adag hynny, dim saith awr wedyn. Be o’n i i fod i feddwl? Ies’ gwyn.’

‘O ffyc off ’ta.’

‘Hei, *paid* â gyrru’r car ’na, reit. Ti’n gwrando rŵan? Dos i ista ynddo fo. Clo fo. A rho’r goriad yn dy fag a cau y sip. Neu’r bwtwm neu beth bynnag sgen ti ar dy fag.’

‘Sip.’

‘Sip ’ta … Ti’n gwrando arna i rŵan? O ddifri rŵan.’

‘Iawn, Mr Bossy bwtsys.’

‘Iawn. A dim dafn arall o’r stwff ’na. Ti’n ’nghlywad i? Ti ar y bendar ’ma ers dyddia.’

‘So. Nacdw.’

‘Wyt. Wedyn fory, lle bynnag wyt ti, tyd yn ôl, ia? Ar ôl sobri. A byta. A dechreua sortio dy hun allan. A wela i chdi’n o fuan. Ac orffennwn ni’r to ’na wsnos nesa.’

‘’Dan ni’n deud “nos dawch” rŵan ’lly?’

‘Yndan, mi ydan ni, nos dawch. *Dobranoc*. Nos dawch, Tonwen.’

‘Be ydi *dobranoc*?’

'Nos dawch yn Polish.'

'*Dobranoc*, Mr Z.'

Dwi'n deffro ar doriad y wawr. Yn y car. Yn rhynnu ac yn stiff fel asgwrn. Rywsut mi gyrhaeddis i'r sêt gefn a wedjio fy hun yno efo 'mhen am i lawr a 'mhenglinia fi ar 'y nhalcan jest. Dwi'n gagio ar yr ogla cachu defaid. Mae'n siŵr 'i fod o ar 'n sgidia fi a 'nillad i, mae o'n codi chwydfa arna fi. Rhaid i mi agor drws. O leia, wnes i gloi hwnnw. Ar ôl mynd drwy bob pocad dwi'n ffeindio'r goriad yn 'y mag cefn. Efo'n ffôn i sy'n fain iawn am fatri. Dwi'n ystyn amdani ac yn gweld fod 'na neges i mi.

Gan Ows.

O'r blydi diwadd.

Y stori'n dew yn y Fuwch neithiwr bod y töwr wedi torri.

Dwi'n edrach yn syn wrth straffaglu i godi ar 'n eistedd. 'Wedi torri'? Be mae hynna'n feddwl? Dydi'n meddwl i ddim yn gweithio. Fedra i'm dallt y geiria. Dwi'n trio cofio ... Nesh i ffonio Mr Z neithiwr? Ganol nos? Naddo. Do? Ddeudodd o ddim bod o wedi torri dim byd, naddo? Fel 'i goes, neu'i fraich. Fasa fo'n methu gweithio wedyn, na fasa? Oedd o am fynd i Port heddiw, doedd. Bastad.

Dydi o ddim yn gofyn dwi'n iawn. Lle ydw i. Ydw i'n ocê. Ti'n dŵad adra? Na.

Wedyn odani mae yna negas arall.

Wrth ei darllen hi, mae 'nghlustia fi'n mynd yn rhyfadd i gyd fel taswn i'n bell o dan y môr:

Hynny ydi – bankrupt.

6

Mi ddylwn i fynd am adra ar 'y mhen. Trio ffeindio be sy wedi digwydd. Mynd draw i Bugeildy i chwilio am Mr Z. Ac egluro i Ows sut dwi'n teimlo. Ac ella syrthio ar 'y mai am fod yn ffasiwn *drama queen*. Er na ... dim eto chwaith. Dwi'm yn barod i neud hynna eto. Ond ar ôl y noson gesh i neithiwr, fedra i ddim bod ar ben 'n hun heno 'ma. Oedd hynna, ar ryw lefal, yn beryg. Heblaw am lais Mr Z yn deud 'tha i am fynd yn ôl i'r car (fel bod o'n malio amdanaf fi), ella 'swn i 'di bod allan yn fanna drwy'r nos, a 'di fferru.

Mae'n teimlo fel bo fi'n llithro'n ôl i'r hen lwybra peryg ... i'r hen gors 'na fues i yn'i mor hir. Sigledig ond cynnas braf ar ôl i ti arfar. Suddo i lawr iddi'n ara bach heb ddim i 'nal i fyny, dim byd i afael ynddo fo ...

Ac mae o'n dŵad i mi o rywla – i mi fod yn Aberystwyth, adag parti plu un o'r criw rhedag ha' dwaetha. Parti plu Lina oedd o. Aethon ni i Aber am noson achos doedd neb ohonan ni'n gallu fforddio mynd i Ibiza. A chael ufflwn o grôl ar hyd y ffrynt – a'r cefna. A'r noson honno wrth lusgo'n ôl i'r hostel yn yr oria mân cofio i mi ddŵad ar draws criwia'n cysgu allan, ar y prom, yn y sheltyrs, yn shacio yn fanno efo'u pacia a'u cŵn a'u sacha cysgu.

A dwi'n meddwl: fasa fanna yn lle iawn i mi wardio. Rhoi 'mhen i lawr, heb dalu ceiniog, a chael sbio ar y môr. Ar y ffor' i'r gogs. Mendio rom bach. Dŵad ataf fy hun. Rywsut mae fanno, ar y prom, efo'r *down and outs*, y gwehilion a'r colledig, yn teimlo fel y lle iawn i mi aros a thrio hel fy nerth at be sy i ddŵad wedi i mi gyrraedd yn ôl.

Cyn i mi gychwyn o Dregaron mae'r ffôn yn canu. Ifora sy 'na – dwi'n cofio tri rhif dwaetha'i mobeil hi (un o'r petha ddysgish i yn Eich Meddygfa: cofio rhifa'r *hypochondriacs* gwaetha, a thrio'u hosgoi nhw). Dwi'n atab – sbario i mi orfod dŵad yn ôl os ydi wedi anghofio rhywbath yn y car (ynta jest i gael clywad ei llais hi eto, dwi'm yn siŵr):

'Miss Jenkins? How dŵ?'

'Bore da. Ble y'ch chi, bach?'

Os deuda i 'mod i wedi treulio hannar y nos ym murddun cartra Ben Lloyd, ga i bregath. Dwi'n sbio ar y *Google Map* ar y ffôn ac yn deud:

'Jest wedi bod am ryw ddreif bach rownd y fro, Pentre Cwrt, ac ar 'n ffordd yn ôl i dre, Tregaron 'lly, cyn troi am adra.'

'Bro T Llew. 'Na hyfryd.'

'Ia, tad.' Dwi'n teimlo dylwn i wbod pwy ydi T Llew. Mae'r enw'n canu cloch. Fuodd o'n campio yn ymyl ni yn Sioe ryw flwyddyn, ella? Dwi'm yn holi 'de.

'Ond wy mor falch bo chi'n dal hyd lle, ma 'da fi rywbeth i chi. Allen i fod wedi'i bostio fe, s'pos, neu'i sgano fe a'i yrru e fel *attachment*. Ond gan bo chi wrth law ... ' Mae hi'n dawel, a dwi'n ei chlywed hi'n cynllunio yn 'i phen. Be ddaw nesa ...?

'Hoffech chi ginio bach 'da fi yn y caffi cyn troi sha thre?'

A dwi yn cael fy nhemtio. O, yndw. Ond mae o fel gwahoddiad i ddawnsio efo'r tylwyth teg – yn hudolus. Fiw i mi.

'Mi faswn i rîli yn lecio hynna ond rhaid i mi'i

chychwyn hi, mae 'na ryw hicyp bach efo'r project, a rhaid i mi sortio fo gynta medra i.'

Yn y diwadd, 'dan ni'n cytuno i mi alw heibio'r tŷ. Yn ôl yr olwg rynllyd arni mae hi'n sefyll ar ben y drws ers un chwartar awr pan dwi'n cyrraedd. Mi wela i hi'n chwifio'r 'darganfyddiad' fel teligram wrth i mi nesu.

Dwi'n agor y ffenast ac mae hi'n plygu'i chorff hir nes bod ei hannar hi bron yn y car.

''Da 'nghymydog i, Peter, oedd e. Gas e lond lle o bapure ac ati pan o'n nhw'n caued y capel – meddwl gneud arddangosfa o hanes y lle. Un o Ben-uwch yw e, o'i ddechreuad, ch'weld. Mr Peter Rees. Es i draw ar ôl swper neithiwr a buon ni'n dou'n mynd trwy'r bocsys nes bo hi bron â bod yn hanner nos. A 'na le odd e! Na,' mae'n tynnu'r fraich sy'n dal yr amlen allan o'r car, 'peidwch agor e nawr. Cadwch e nes byddwch chi gatre. Bydd e'n rhywbeth i gadw chi i fynd ar hyd y daith.' Caiff yr amlen ei gosod ar yr unig batsh gwag o'r sêt gefn. Mae hi'n gwenu arna i wedyn fel tasa hi newydd roi un o bregetha gwreiddiol Daniel Rowland yn ei lawysgrifan ei hunan i mi.

Os ydi'n gweld golwg ryff arna i neu'n clywad ogla lysh dydi hi'm yn deud, chwarae teg iddi, nac yn dangos dim oll wrth i mi gau'r ffenast a chodi bawd. Dim ond camu'n ôl yn ofalus ar y palmant a chodi'i llaw. Daw dyn i sefyll wrth ei hochor hi, dipyn fengach na hi – Peter o Ben-uwch, dwi'n cymryd – ac mae'r ddau yn sefyll ac yn 'y ngwylio i'n madael efo bib-bib mawr iddyn nhw.

Wnes i'm meddwl y basa hi'n *full house* yma: diwadd mis Mawrth ydi – braidd yn gynnar i rywun fynd am holidê. Ond pan dwi'n cyrraedd, wedi parcio 'nghar filltir i ffwrdd i sbario talu a chario'n stwff i gyd i lawr i'r ffrynt, buan iawn dwi'n gweld fod 'na *pecking order* yn yr hotel ecsgliwsif yma. Chaiff rywun fel fi ddim jest landio a chymryd y bydd 'na le iddi swanio i mewn am y noson. Pwy uffar dwi'n feddwl ydw i?!

O'n i wedi rowlio'r gôt nofio dan 'y nghesail wrth gerddad draw fel y dyn hwnnw yn y Beibl efo'i fatras, ond rŵan dwi'n teimlo braidd yn rhy amlwg, felly dwi'n ei rhoid hi amdanaf ac yn stwffio'r bag molchi i fag plastig. Bag-ledi. Mae 'di dŵad i hyn. Trampas. Mae'n siŵr fod preswylwyr y sheltyr (Y Lloches? – dim cweit yn swnio'n iawn, nacdi) i gyd wedi mynd i nôl bwyd neu i dre achos mae 'ma bentyrra o betha wedi'u gadael hyd y lle – dwfes a sacha cysgu, bocsys a shîts plastig. Milgi. Mwngral. Mae 'na un giard ar ôl yn y gysgodfan agosa ata i'n cadw golwg ac yn edrach yn flin ar unrhyw un sy'n meddwl dŵad i mewn i gysgodi neu i fyta'i sglods. Dwi'n gwbod yn well na gneud *remarks* personol ond wir Dduw – dannadd siriys, gwallt hir anghynnas yn glyma i gyd, y jîns butra welish i'n 'y mywyd. Yn dena fel beiro. Ac yn smocio sbliff fatha polyn Nebo.

Ond sut olwg fydda arna *i* amball fora Sul pan fyddwn i yn y gwaelodion? Gofyn hynna i ti dy hun, Tonwen Neli Tomos. Tywysogas y doman dail. *Pan* fyddwn i, wir. Dwi'm tamad gwell heddiw. Ogla iard ffarm a llawr toilet pyb. Gwallt fel Shredded Wheat. 'N llgada fi 'di sincio i 'mhen i a gweddillion mascara 'di cremstio yn y congla. Staenia gwellt glas a baw defaid ar 'y nillad i. Dwi'n hollol hormonal a phloryn hegar yn codi ar 'y ngên i. A dwi'n mynd i ddechra gwaedu unrhyw funud. Dim syn bod pobol yn sbio'n rhyfadd arna i wrth basio, ac yn cadw'u pelltar.

Dwi wedi dŵad â'r amlen gesh i gin Ifora efo fi, heb ei hagor. Hogan dda dwi, 'de; wel, dwi hannar ffordd i Griciath, dydw. Mae'n bygwth dechra pigo bwrw a dwi'n sbio o 'nghwmpas am le sych i gael stydio be sy tu mewn. Bygro aros nes dwi adra. Lle ddiawl ydi'n adra fi eniwe? Dyma fi'n lledu'n nwy fraich led y pen i ddangos i'r giard na dwi'm yn elyn – dwi'm yn cario gwn na chyllall – ac yn ploncio fy hun yn gongol y sheltyr. Mae o'n cymryd drag fawr o'i smôc ac yn ei ddal o i mewn – yn syllu draw tua'r gorwal fel Captain Birdseye. A dwi'n cael llonydd.

Hen lun du a gwyn ydi o. Syrpréis, syrpréis. Wrth yrru i fyny o Dregaron o'n i wedi meddwl mai'r job fasa sbotio Ben mewn llun – llun teulu o ddwsin, dosbarth ysgol neu griw yn cario gwair, ella. Fydda rhywun oedd yn nabod pawb wedi traffarth rhoi enwa'n dwt ar y cefn? Gobeithio. Be os basa fo yno – jest iawn o fewn cyrraedd i mi – ac eto'n anghyrraedd – a dim posib deud pwy fasa pwy?

Dwi'n synnu o sylweddoli mai dim ond tri sy 'na yn y ffoto. Wel, pedwar. Merlyn du del sy'n llenwi'r tu blaen. Wrth 'i ben o, dyn tal, tena mewn brethyn cartra, cap stabal mawr am 'i ben, a mwstásh fel brwsh beudy. Hogan tua naw oed wedyn efo plethi tywyll a ffedog dros ei ffrog a golwg ddifrifol arni (ond roedd o cyn i bobol ddechra gwenu mewn llunia, erbyn meddwl, am fod *exposures* yn cymryd mor hir). Ar lawr yn y blaen pac dwbwl mawr yn barod, faswn i'n deud, i'w lwytho ar gefn y ceffyl. A llanc. Crop o wallt gola, llygid yn syllu'n daer i'r camera, wynab hoffus, agorad. 'Helô.' Mae pawb yn edrach yn sobor ar y camera a munud fawr yn hanes teulu cyffredin wedi'i dal. Dyma'r penteulu heb ddowt, ac un o'r merched wisgodd ffedog ar hyd 'i hoes fel morwyn neu nyrs. A Ben. Benjamin Z Lloyd. Dyma fo fy sadlar bach i.

Mae'n bownd o fod yn ffrindia efo'r merlyn achos mae o'n sefyll reit tu ôl iddo, yn pwyso arno fo. Ei ddwylo'n gafael bob ochor i'r cyfrwy ar ei gefn. 'Ylwch!' – neu 'Shgwlwch!' – ydi'r ystum. A dwi'n dallt! Wrth gwrs! Mae o am i bawb welith y llun ddotio at y cyfrwy 'na. Pam? Am mai'i waith o ei hun ydi o! Ffenast siop ydi'r llun. Dyma fo'r mab wedi gorffen ei brentisiaeth, yn medru gneud cyfrwy, a phenffrwyn hefyd ac yn dangos ei waith efo balchder. Mae gynno fo grefft, a phroffesiwn, mae o'n barod i droi allan i'r byd. Dyma ddechra'r daith i'r llanc 'ma. I Ben. Diwadd plentyndod, ffarwelio efo'i dad a'i chwaer a'i mentro hi tua'r gogladd ar siwrna i ennill ei damad. Cychwyn tua Thyddyn Betw a gweddill 'i fywyd. Mae o'n garreg filltir o lun.

Ac mae o'n fy sodro fi fel peltan. Be dwi'n da yn fanma, be ddiawl dwi'n da'n fanma a nhöwr i 'di torri, pawb o 'nghydweithwyr bach annwyl i wrthi hynny fedran nhw'n trio gwireddu'r freuddwyd efo'u ffair wanwyn? Tomi Evans dlawd 'di peryglu'i enw da ei hun i'n helpu fi i neidio drwy ryw gylch syrcas wedi'i greu gan y Cyngor Sir? Wel, dwi ddim wedi neidio drwyddo fo, naddo. Dwi reit yn 'i sodin' ganol o, yn styc.

Dwi'n dechra chwysu ... trwy 'nillad, er bo fi'n rhynnu. Methu llyncu, methu ca'l 'y ngwynt. Crafangu yn y bag am 'n ffôn, meddwl trio ffonio rywun am gysur, am gyngor call, llais fydd yn tawelu'n ofna i, fy sadio fi. Deud wrtha i y bydd bob dim yn iawn.

Ffonia i mo Mr Z ar ôl neithiwr. Jest fedra i ddim ...

Mae yna rif yna. Un na fedra i mo'i ffonio bellach. Dim ers blynyddoedd.

Dim ond rhes o nymbyrs ydi o. Ond dwi'n teimlo'r presenoldeb sy'n perthyn iddo fo. Mae o'n 'y nhynnu i.

Dim rŵan, na, alla i ddim delio efo chdi rŵan, gad i mi fod, Leila … gad lonydd i mi … gleua hi o 'ma … fedra i ddim … Na, na …

Ac mae 'na sŵn diarth, udo bynafus fel ci, yn dŵad o 'ngheg i. Yn codi o rywla yn ddyfn tu mewn i mi.

Ac mi glywa i'r giard, y tramp sy'n ista gyferbyn, yn codi ac yn lymbro dŵad tuag ata i … yn plygu wrth 'n ymyl i, yn rhythu i 'ngwynab i. Yn gofyn yn daer:

'You all right, chick?'

7

Mae'n siŵr fod Ows wedi gweld 'y nghar i'n troi i mewn i'r stad achos erbyn i mi ddŵad allan ohono fo mae o'n sefyll yn drws. Dwi 'di goro gadael y gôt fawr amdana yr holl ffor' i fyny 'ma am 'mod i mor oer – *as in* crynu. Fuo rhaid i mi dynnu'n sgidia i yrru neu do'n i ddim yn medru teimlo'r throtl a'r brêcs dan 'y nhraed. Mae tu mewn fy nicyr a 'nghlunia i'n stici, a dwi'n gwybod 'mod i'n gwaedu ers pasio Cross Foxes.

Mae o'n edrach arna i, heb ddeud 'run gair, ac wedyn yn troi'i gefn ac yn mynd drwadd i'r gegin. Yn amlwg, dwi'm yn mynd i lownj yn edrach fel'ma ydi'r negas. Ac mae'n mynd drwy'n meddwl bach blinedig a raflog i gymaint o weithia ddoth o â fi'n ôl yma pan o'n i'n llwch, a gofalu amdana i. Neu fel y basa Taid 'di deud – fy 'ymgeleddu' fi. A bod yn geidwad i mi. A mynd tu hwnt. Ond mi oedd hynna amsar hir yn ôl rŵan, mewn degawd gwahanol, amsar sy'n teimlo'n afreal. Fflashbac o ffilm Pathé.

Wrth gamu dros y rhiniog a'i ddilyn o drwy'r cyntadd fedra i'm peidio sylwi – wel, dwi jest â baglu, deud gwir, dros fag sborts du anferthol a phâr o rolyrbleds budur. Ac mae'n dda bod nhw yna, a dim yn y garej, achos maen nhw'n deud wrtha i, yn gliriach nag y galla Ows byth egluro mewn geiria, be ydi'r sefyllfa. Sut mae petha yma. Y sgwennu ar y mur. Mae o'n fodlon gostwng ei safona byw glân a thaclus, dros dro o leia, i neud lle i rywun arall yn ei fywyd. Mi wnaeth o hynna i mi ar un adeg, do, ond tro rhywun arall ydi rŵan. Doedd y car bach arian ddim wrth y garej, sy chydig yn conffiwsing, ond er hynny mae'r negas fel haul ar barad. Mae yna newid yn crynhoi yma.

'Dwi ddim isio gwbod lle wyt ti wedi bod. Ond pam nest ti'm anfon negas?'

'O'n i'n disgwyl i ti yrru negas i mi.'

'Pam 'lly?'

'Ac mi oedd hi'n anodd tjarjio ffôn.'

'Lle oeddat ti? Yn Swnt Enlli?'

'Doniol iawn.'

'A dy fam a dy dad. Sbario i mi fynd i Lys Hyfryd, gneud iddyn nhw boeni.'

'O'dd dim eisio i ti fynd yno. Dwi yn 'y nhridega. Dwi'n oedolyn.'

'Taw â deud.' Mae o'n syllu heibio i mi – ar y cloc. 'Fuo Beca yma yn chwilio amdanat ti. Be o'n i i fod 'i ddeud?'

'Be ddeudist ti?'

'Bod 'na'm pwynt gofyn i mi.'

Dwi'n goro ista, achos mae 'nghoesa i'n bygwth rhoid odana fi. Ac mae'n siŵr ei fod ynta wedi gweld golwg siriys arna i dan y *strip lighting* 'na sgynno fo. 'Ti 'di byta?' Heb aros am atab mae o'n mynd at y bin bara, yn estyn dwy sleisan o Hovis ac yn eu taro nhw yn y tostar. Ond wedyn, cyn pwyso'i fys i lawr – ella mai'i drwyn o sy'n deud rhywbath wrtho fo – mae o'n ailfeddwl ac yn troi ata i. 'Ti eisio mynd am wash gynta?'

'Wedi torri ydi'r stori.'

'Ond dwi ddim yn dallt ...'

'Roedd rhei o'r bois yn deud nad ydi o'm 'di gweithio ers misoedd. Mae'n siŵr fod dyledion 'di hel, dydyn. Pwy sy'n gneud y gwaith papur iddo fo?'

Dwi ar y trydydd tost a jam ac yn dechra teimlo rom bach yn debycach i mi fy hun. Yr hen Donwen annwyl.

'Be wn i?' Wna i ddim cyfadda wrth Ows ond dim ond un darn o bapur blêr dwi wedi'i dderbyn gynno fo hyd yma a hwnnw fel 'sa fo wedi'i gnoi gin gi. (Y ci mawr du a gwyn?) Pris y job oedd hwnnw. Dydi o ddim yn fy nharo fi fel dyn papur. O, Mr Z.

'Ia, mewn ffordd mi fasa gwaith toi Tyddyn Betw 'di medru'i achub o, basa. Jest matar o chydig wythnosa.' Ac mae o'n edrach arna i dros ymyl ei fwg Everton glas a gwyn. A rhyw olwg lygadog arno fo. Mae o'n edrach yn union fatha ryw athro ysgol smỳg hen deip sy'n gwbod yr atab. Ac yn anghymeradwyo. Ydi o'n gwybod? Ydi o wedi clywad rywbath? Sut alla fo? Dwi'n teimlo fy hun yn cochi at fonion 'y nghlustia, fel ryw ffifflan bach ifanc wirion. Euog.

'Dwi wedi'i dalu fo. Chydig o ddyddia'n ôl ...'

Distawrwydd wedyn. Un annifyr iawn.

'Cyn iddo fo neud y blydi job?' Saib dramatig. 'Pryd galli di, Tonwen. Fydd hwnna wedi mynd i'r twll du, bydd.' Mae o'n ysgwyd ei ben yn ara, yn edrach yn fwy *disgusted* na 'swn i wedi cachu ar lawr ei gegin o a sychu 'nhin efo'r sleisys Hovis. 'Efo be dalist ti o? Dy bres dy hun?'

'Ies', be ti'n feddwl ydw i? Does gin i ddim pres felna!' Dwi'n trio dal ati i fyta, ond fedra i ddim. 'Gesh i fenthyg, do.'

'A!'

Dwi wedi llwyddo i'w synnu fo. Ond *dim* mewn ffordd dda.

'Wel dwi'n gwbod na dim gin y banc.'

'Cywir tro cynta.'

'Felly pwy? Dim dy rieni, gobeithio.'

'Na.' Mae o mor boenus i ddeud. Ac mae ei ddeud o'n uchal yn gneud i mi sylweddoli eto peth mor ofnadwy o ffôl a, wel, rong dwi wedi'i neud. 'Gin Elusen Llwyn Gwair.' Dwi'n trio llyncu 'mhoeri, ond mae yna dameidia o dost ar y ffor', yn trio dŵad yn ôl i fyny ac allan. 'Gesh i sgwrs bach efo Tomi.'

'Ti rioed wedi tynnu hen ŵr diniwad i ganol y cowdal 'ma?' Mae o'n ysgwyd ei ben yn araf. Er 'mod i'n lân rŵan, dwi'n drewi. 'Efo cydsyniad y pwyllgor?'

Dwi'n ysgwyd fy mhen i ddangos 'Na'. Chaiff y genods mo'u llusgo i hyn. Does a wnelo'r holl helynt ddim oll â nhw.

'Sgiwsia fi.' Dwi'n gwagio be sy'n 'y ngheg i damad mawr o bapur cegin. Dydi o ddim yn ffitio i 'mhocad i, ac mae'r darna toeslyd sgwiji am ddŵad allan drwy'r ochra. Dwi'n ei roi o i lawr yn belan bach wrth goes y bwrdd ac yn trio arbad fy ngham.

'Doedd 'na ddim ffor' arall i neud o heb golli'r grant. Dim ond am chydig wythnosa oedd o i fod. A dim angan i neb wbod. Gawn ni'r pres grant unwaith cyflwynwn ni'r ffurflan hawlio. A gaiff Tomi'r pres yn ôl.'

'Ond fydd hynna'n rhy hwyr, bydd? Mae'r drwg wedi'i neud. Mae'r boi wedi torri. Ac mi fydd rhaid i Llwyn Gwair gyflwyno'u cowntia ddiwadd y flwyddyn ariannol. I'r Comisiwn Elusennau. Wnaethoch chi'ch dau athrylith ddim meddwl am hynna, mae'n siŵr. '

Mi alla i deimlo rhywbath yn sincio tu mewn i mi, nid gweddillion y tost ond rhywbath arall, rhyw bwysa rhyfadd, a rhaid i mi afael yng ngwaelod 'y mol.

'Faint o bres oedd o?'

'Ymm. Tua dau ddeg wyth mil a hannar.'

'Gymaint â hynna? Wff.'

Chwythu allan. Ysgwyd pen.

'Faswn i'n deud bod be ti 'di neud yn *misconduct in public office*, neu waeth.'

Dwi'n clywad y geiria ond fedra i ddim delio efo nhw jest rŵan. Dwi'n penderfynu canu 'Bat Out of Hell' yn 'y mhen ar *full volume.*

Mae jest gweld Ows fel hyn mor anodd. Dwi'n teimlo ym mhob microcosm o 'mod, ers i mi gerddad i mewn drwy'r drws 'na, 'i fod wedi cledu'i galon yn 'n erbyn i. Mi ddalion ni'n dda, deud gwir – Ows a finna. Heibio'r *sell-by date* a'r *use-by date.*

Ond dwi'n cael y negas. Dwi ar draws tŷ. Dwi'n esgymun. Dwi islaw achubiaeth.

Dwi fy hun yn hanas.

Rhag bo fi'n mynd i grio o'i flaen o (wedi blino ydw i, fwy na bo fi'n ypsét), dwi'n ymdrechu i droi'r stori:

'Sut hwyl sy ar Bobsi? Y, Robat, dwi'n feddwl. Petha'n mynd yn dda?'

'Rob.'

'Pwy?'

'Rob mae'n galw'i hun rŵan.'

'Rob ac Ows – y lads!' Dwi'n gwenu hynny fedra i. 'Gweld bod o'n rolyrblêdio. Neith o dy ddysgu di, sti. Cŵl.'

'Mae o wedi mynd yn 'i ôl ers ddoe i orffan aseiniad. Mae 'na un arholiad i ddod. Wedyn fydd o'n ôl yma.'

'A ti a Jacqui'n talu am dymor cyfa?' Dwi'n chwerthin. 'Criminal.'

'Mae o am fyw yma efo fi'r ha' 'ma.'

'Neis iawn.'

Tyd 'laen, Tonwen. Oeddat ti'n mwy na hannar disgwyl honna, hogan!

A dwi'n dal yn dda. Dwi'n iawn efo'r peth. Dwi'n meddwl – wel, ocêêê. Mi alla i ddallt heb i neb ddeud dim ei fod o'n bositif o beth. Iddyn nhw. Peth call, peth clên, peth tadol.

Ac i minna.

Ond mae'n siŵr fod fy ngwep i'n deud stori wahanol. O, wynab bradwrus.

'Rŵan, paid â dengid eto, Tonwen. A paid â mynd i dop caitsh. Mae Rob a fi angan amsar efo'n gilydd. Hwn ydi'n cyfla ni'n dau i neud i fyny am amsar gollwyd pan oedd o'n tyfu i fyny.'

'Fetia i byddi di wedi'i berswadio fo i syportio Everton erbyn mis Medi.' A winc fawr.

'Gneud stand-yp yn rwla fuost ti, ia? A pawb 'di cael eu pres yn ôl ar ddiwadd y noson.'

Ar y wyrc-top, dwi wedi rhoi fy ffôn i jarjio. Wrth i'r batri lenwi mae o'n dod yn fyw a'r negeseuon yn dechra pingio'n llu. 'Dan ni'n dau'n edrach yn ddigalon ar ein gilydd. Dwi'n codi i mystyn amdano fo.

'Wel,' medda fi a trio gwenu, un tro ola, 'dyma weddill 'y mywyd i'n galw. Esgusoda fi.'

8

Dwi'm wir yn ffan o Liam Jay. Clên yndi, mewn rhyw ffordd êri-ffêri wirion, ond hefyd pen rwdan. A coc oen ar adega. A gallu bod yn ddauwynebog. Dwi'n 'i nabod o tu chwithig allan, wedi gweithio efo fo am saith mlynadd, ac wedi'i weld o'n sant sobor ac yn hollol sloshd – fawr o wahaniaeth rhwng y ddau, rîli. Er chwarae teg i'r hen 'ogyn, mae o wedi gneud tro da iawn efo fi heddiw. Ond mae'i decst hirfaith o fel bloc du solat a dwi'n cael traffarth dallt y geiria. Maen nhw'n cymyd amsar i deithio o sgrin 'n ffôn i i'r darn o 'mrên i sy'n prosesu gwybodaeth. Ara deg bach rŵan. Mae o wedi cael gair efo pawb – do, bob copa walltog o'r tîm yn Eich Meddygfa tra o'n i yn Sowth – a chael bob un i gytuno y cawn ni gadw creiria Tyddyn Betw yn yr hen fferyllfa. Am y tro. Mi fydd rhaid i'r holl ddefnyddia fod mewn bocsys (rhag ofn y pla du, yndê) ac mi fydd rhaid i mi alw bob wsnos i jecio cyflwr bob dim.

Mae'r pwt yma o newydd da yn ddigon i 'nghael i'n ôl ar 'y nhraed, rhoi'r papur cegin efo'r chwd tost yn y bin, a mynd i chwilio am gôt lân a sgidia dal dŵr. Mae hi wedi bwrw'n drwm bora 'ma a garantîd bydd 'na fwd hyd y lle efo'r tryc a lorïa'n mynd a dŵad. Wedi darllen bob un negas WhatsApp a bob negas, ac e-byst, dwi'n dal i deimlo'n sâl fel ci ond hefyd yn gweld fod 'na bobol o 'nghwmpas i sy eisio fi am wahanol resyma – Mam. Mariel. Dad. Beca. Meira Bryn Mawr. Anwen Teleri. Siw o'r syrjyri, Edryd

Ellis (cofio hwnnw?) – yn deud ei fod o off yn sâl am fis. Dim Mr Z, dwi'n sylwi.

Mi wna i ateb bob un wan jac pan ga i nerth ond yn gynta dwi angan awyr iach. A dwi angan rhoid fy nhraed i sengi ar dir Tyddyn Betw. Heblaw am fanno mae'n siŵr y baswn i'n dal i ateb ffôn yn Eich Meddygfa, gwneud *appliqué* yn fy amser sbâr a bodloni ar secs undonog. Ond mi fasa fy job i'n saff, a'n enw da fi. Mi fasa gin i berthynas – o fath. Faswn i ddim wedi gneud y bôls-yp anfarth 'ma. Dydi ddim yn syn fod Ows yn fwy blin efo fi am hyn na dim byd sy wedi digwydd ers y dechra. Achos mae o'n beth amhroffesiynol. Rhoid teimlad o flaen trefn a synnwyr. Peryglu'r petha solat, y petha go iawn, er mwyn rhyw freuddwyd. Obsesiwn. Gadael i'r galon gael ei ffordd.

A dwi'n hollol amharod i gyfadda fo ond mae'r wsnos ddwaetha 'ma wedi styrbio petha erill cudd. Am flynyddoedd mi fuo Leila Mair lle mae hi i fod, yn y ddaear, dan gaead, o'r golwg. Ond mae'r holl gynhyrfu, fel daeargryn, wedi ysgwyd y seilia, mae petha caeedig yn agor, a dwi yn ei theimlo hi, ei theimlo hi'n dechra ymsymud. Mae hi wedi gweld rhimyn main fel ymyl papur o ola ar ôl bod dan dduwch, ac mae hi'n mynd i drio dŵad drwyddo fo, ata fi'n ôl. Mi oedd hi dan draed, dan reolaeth, dan y dorchan. Roedd hi'n is nag y gallwn i dyrchu ac yn ddyfnach nag y galla hi ymgodi, ond mae'r tir trwchus yna wedi dechra gwegian.

Ac mae o jest yn un peth yn ormod.

Mae'n step i gerddad, ond dwi'n falch o fod allan a dwi'n codi wib wrth nesu at y troad i Dyddyn Betw. Sgin i ddim cwilydd cyfadda, ond dwi 'di cymryd y lôn gefn o pentra achos, fel dwi'n teimlo'r funud 'ma fedra i ddim wynebu pobol. Aeloda annwyl fy mhwyllgor. Mam a Dad. Mariel ella. Tomi Evans. Neb o'r rheina. Dim jest eto. Y peth dwi'i angan rŵan ydi amsar i glirio 'mhen, i feddwl drwy be ddeudodd Ows wrtha i a meddwl be dwi am neud. Cael cynllun. Blaengynllun. Dwi angan llonydd i neud hynna. Fel arfar mi fasa mynd i redag milltiroedd yn gweithio, ond dwi'm yn trystio 'nghoesa i fedru 'nal i dros belltar heddiw.

Mi ddois â'r llun efo fi a dwi'n teimlo 'mod i o leia wedi gneud hynna dros y dyddia dwaetha rhyfadd 'ma – wedi dŵad dipyn nes at Ben Lloyd. Mae o'n gysur bach yn fy mhocad i yn erbyn y realiti hyll fy mod i wedi peryglu'r prosiect cyfa – naci, fy mod i *yn y broses* o beryglu'r prosiect cyfa achos i mi ofyn i Tomi Evans am fenthyg y pres yna. Ffifflan wirion anghyfrifol a hunanol!

Roish i erioed werth ar arian, ar gynilo, ar gadw pres wrth gefn, ar gelcio rhag-ofn. Petha Mam a Dad ac Ows – yr oedolion – oedd hynna. Ar ôl colli Leila ac i'r holl gynllunia chwalu, byw i heddiw fu fy mantra i. A dyna pam 'mod i â 'nghefn at y parad rŵan. Ond doedd gin i mo'r hawl i ddod â'r agwedd ddi-hid a phenchwiban yna i 'ngwaith, nac oedd? Dwi'n gwbod na ddylwn i ddim, a dwi ddim wedi'i neud o ers talwm iawn, ond dwi'n rhoi peltan galad i mi fy hun ar fy moch. A sobreiddio wrth ei theimlo hi'n poethi.

Wrth droi i mewn i'r lôn bach, a gweld ôl tracia dyfn y lorri sy wedi cario coed yma, dwi'n gorfod cerddad yn clawdd i gadw 'nhraed yn sych. Yn y bras gynllunia ar gyfar y cais Loteri mae 'na swm penodol ar gyfar gwella'r lôn las yma, ei tharmacio hi a gneud lle parcio taclus yn yr iard gefn tu ôl i'r bwthyn. Sgwn i gyrhaeddwn ni hynny byth ar ôl hyn? Wrth nesu, mi alla i weld y gwaith sy wedi'i neud yma ers i mi fynd. Mae Mr Z wedi bod yma. O, do. Dacw nhw'r hen lechi wedi'u tynnu i gyd a'u gosod yn rhesi taclus o flaen y penty. Mae hen goed y to wedi'u tynnu i gyd hefyd a'u stacio, yn aros i mi benderfynu ar eu hynt. Dwi'n gwybod 'i fod o wedi coedio'r to ar yr ochor bella'n barod achos mae ogla coed ffresh lond yr aer. Dros y cwbwl rhag y glaw – y tarpolin glas. Cyn iddo fo'i throi hi am Port am i mi ddifetha bob dim a'i hel o o'ma, mi roedd bob dim yn dŵad yn ei flaen mwya del.

Rhaid i mi ddal arna fy hun. Dwi'n chwilio am y goriad yn 'y mhocad.

Mi fydd angan fan – neu dryc – i symud y gêr trwm a'r dodrefn i'r fferyllfa. Gwaith tîm fydd hwnnw. Ond rŵan 'mod i yma, a dim am fod yn nunlla arall, dwi'n estyn un o'r bocsys mawr plastig a'r papur sidan di-asid ac yn mynd ati i bacio yn y gweithdy. Mae'r laptop wedi dal ei jârj yn syndod o dda, a dwi'n agor y ddogfen gatalogio ac yn dechra wrth 'y nhraed. Efo'r sgidia. Dim ond llond llaw sy 'na, achos yn nyddia calad y tridega pwy alla fforddio mynd â sgidia i'w trwsio â pheidio'u nôl nhw wedyn? Dwi wedi gweld ffotograffa – nid o Gymru ond o Werddon – o blant troednoeth ddechra'r ganrif ddwaetha. Pwy oedd o ddeudodd amdanyn nhw – 'Chwi dlodion, cyfoethog'. Rhywun â sgidia am 'i draed. Mae yna bâr o fŵts bach plentyn tua thair oed – lledr meddal yn cau am y fferra – y gwadna wedi cyrlio'n rhydd. Pam na fasa fo wedi trwsio'r rhain, tybad? Pâr o sgidia merch – sawdl sgwâr isal – a bwcwl ar 'u blaen nhw. Yno i'w sodlu. Ac esgid waith a'r lledr wedi agor a datod ar ei hochor hi lle mae'r careia'n cychwyn. Tybad oedd yna fwriad troi i drwsio sgidia ar ôl i waith cyfrwyo a gneud harneisia fynd yn brin? Plan B ella oedd y gwaith crydd, un wnaeth ddim cydiad yn iawn? Neu ai 'i iechyd o dorrodd ella?

Ar ôl Leila Mair, mi ges i ei Birkenstocks coch hi. Ro'n i wedi eu ffansïo nhw ers misoedd, hitha yn ei slipas. Ro'n i wedi bod yn eu chwennych nhw. Cofio deud wrth Mam y baswn i'n teimlo'n agos ati wrth eu gwisgo nhw, yn dilyn ei chama hi. Ond eisio nhw o'n i, eu deisyfu nhw i mi fy hun, a heb ystyriad o ddifri mai felly y baswn i'n dod i'w gwisgo nhw. Dydyn nhw ddim gin i rŵan, wrth gwrs. Fel aml i gôt, cardigan, ffôn a bag, mi gollish i nhw pan o'n i ar y pop ryw benwsnos. Gorffan y noson yn droednoeth. Tua'r adag yna y dechreuodd Ows 'nghymryd i dan 'i adan, ac felly mi oedd Dad a Mam o leia'n cael sbario 'ngweld i'n cyrraedd adra'n llwch. Neu ddim yn cyrraedd adra o gwbwl. A gymaint o grio fuo yna'r dwrnod wedyn, mynd o un pyb i'r llall yn holi amdanyn nhw, a gwagio'r bins rownd dre i gyd. Ond na. Ddaethon nhw rioed i'r fei. Tybad welodd rywun gyfla pan dynnish i nhw i fynd i ddawnsio – ar ben ryw fwrdd, mwy na thebyg? Mi fasa Leila wedi bod mor flin efo fi. Dwi'n pacio bob un o'r rhain fel tasan nhw'n wyau Fabergé.

'Tonwen? Fanna wyt ti?'

'Hei, To?'

'Yli, mae'r gwaith yn dŵad yn 'i flaen yn dda. Hei, TNT! Ti yna?'

Mae'r lleisia'n fy nghodi ar fy nhraed. A dwi'n cofio. Ro'n i i fod mewn is-bwyllgor ffair wanwyn awr yn ôl! Damia na 'swn i wedi cofio, ymddiheuro a deud 'mod i ar ganol rywbath. Ond mae'n rhy hwyr i hynny rŵan. Mae'n swnio'n debyg fod yr is-bwyllgor wedi dŵad ata i. Dwi'n nabod lleisia Meira Bryn Mawr ac Anwen Teleri. Oes yna rywun arall efo nhw?

Cyn iddyn nhw roi troed dros y rhiniog dwi yn y drws.

'Fydda i efo chi rŵan. Ewch chi i lawr i'r neuadd, ddo i ar ych ôl chi. Gnewch banad. Jest gorffan rywbath yn fanma.'

Ond os o'n i'n meddwl eu bod nhw wedi dŵad yr holl ffor' yma, ac yn mynd i droi ar 'u sodla a mynd 'nôl i'r neuadd, jest am 'mod i'n deud, dwi ar fin cael ail. Mae'r lle yma'n perthyn gymaint iddyn nhw ag i mi, a dydyn nhw ddim yn cael ceiniog goch am 'u holl amsar a gwaith dros y fentar. Dydyn nhw rioed wedi deintio dros y trothwy o'r blaen, dim ond sbio drwy ffenestri.

'Yyy, mae o'n safla sensitif, peidiwch â twtsiad dim byd, nag ista nag y –'

'Anadlu?' Tu ôl i Meira ac Anwen Teleri mae Miss Gweni Craddock, yn hofran fel bêl seilej fawr binc. Does dim hanas o ffyn. 'Do'n i ddim wedi deall eich bod chi wedi dechrau ar y gwaith mewnol.' Ac mae hi yn 'y mhasio fi – yn stompio efo'r traed mawr 'na – ac yn troi fel corwynt yng nghanol y llawr. Fedra i weld y gwe pry cop yn cwafrio. Wedyn dyma hi'n camu draw i'r gweithdy fel tasa hi adra yn ei fflat ei hun.

'Be 'dach chi'n neud?' Mae hi wedi chwipio'i sbectol o'i phocad, ei sodro ar ei thrwyn llydan ac yn plygu i stydio be sy gin i ar sgrin fy laptop.

Mae Meira yn ysgwyd ei phen arna i, gystal â deud – duwcs, gad iddi.

'Sgiwsiwch fi.' A dwi'n camu heibio iddi a chau'r caead.

'Mmm! Ddim yn ddrwg o gwbwl. Ydach chi wedi meddwl am gwrs curadu, Tonwen?' Deud hyn heb lyncu'i phoeri. Wnes i na neb arall ddim gofyn iddi am ei barn, naddo. 'Efo'r OU? Mae 'na fodiwlau – Casgliadau, Catalogio. Dehongli. Fasa fo'n gaffaeliad i ni. Fues i'n gwirfoddoli rywfaint yn y Fitzwilliam yng Nghaergrawnt, wy'ch chi.'

'O-Iw?' Meira ydi hon yn holi.

'Y Brifysgol Agored.'

'Naddo, dwi ddim.' A dwi'n gwbod 'mod i'n swnio'n flin. Ac yn barod i droi tu min er doedd 'na'm bai ar y cynnig, ffêr-dws i Sguthan. Jest teiming gwael iawn. Hi a'i Fitzwilliam; mae'n lecio brolio, 'de.

'Awn ni i ista yn 'y nghar i?' Wneith Anwen Teleri unrhyw beth i osgoi gwrthdaro. 'Oer yn fanma, dydi! A tamplyd.'

'Syniad da!' Meira yn llamu i'r adwy.

''Dan ni wedi cael caniatâd gan Eich Meddygfa i storio'r arteffacta yno.' Mae pawb yn haeddu ryw fath o esboniad gin i. 'Dyna pam dwi wedi dechra pacio.' Ydi hynna'n egluro pam 'mod i wedi anghofio am yr is-bwyllgor hefyd, tybad. 'Mae 'na dipyn o frys felly ...'

Mae Anwen Teleri fel tasa hi'n fy ngweld i'n iawn am y tro cynta ers iddi gyrraedd rŵan.

'Ti'n ol-reit, To, boi? Ti'm yn edrach yn sbeshial. Be ydi'r strempan goch gas 'na ar dy foch di?'

'Dwi'n y-y hollol champion.'

'Ti'n siŵr rŵan, 'mechan i?' Meira yn ategu'n llawn consýrn.

A dwi'n gorfod cledu fy ngheg a 'ngwynab i selio'r dagra i mewn.

'Cwbwl gyfareddol! Mae o fel ffilmset bach.' Mae Sguthan wedi penderfynu ailddechra smera o gwmpas y lle, fel cath drom o dros y mynydd. Dwi inna'n 'i dilyn hi, yn dal fy mreichia allan rhag iddi ddechra bodio petha a gneud ei hun yn rhy gartrefol.

'Yyy, na, peidiwch â chyffwrdd hwnna, mae o'n fregus,' wrth iddi estyn i dynnu hen almanac odd' ar y wal. 'NA.

Miss Craddock, rhowch o'n ôl. Y munud 'ma! Mae o'n arteffact gwerthfawr.'

Mae hi'n gwenu arna i. 'Tonwen! 'Dach chi'n swnio mor swyddogol! Mi gadwch drefn ar bawb!'

Ond dydi hi ddim yn gwrando dim arna i a'r peth nesa mae hi wedi sbotio cwpwrdd bach yn y wal ac yn camu draw i'w agor o yn bowld i gyd. Roedd darn o linyn wedi'i glymu rownd y ddau fwlyn i gadw'r drysa paent brown yn gaead. Ac am reswm da, erbyn gweld. Y munud mae hi'n datod y llinyn, mae'r drysa'n ffrwydro'n agorad.

Ogla papur wedi hir sefyll ddaw gynta.

'Chawsoch chi mo'ch dysgu i beidio gneud petha felna yn y Fitzwilliam?' Os o'n i'n swnio'n flin cynt, dwi'n gacwn rŵan.

'Oh dear. I'm am most sorry. Let me help to ...'

Ac wedyn dyna fflodiart o ddalenna miwsig yn hedfan allan a hyd lawr.

Hi a'i '*most sorry*', dwi'n gwbod, tasa hi'n mynd i lawr ar 'i phen-glinia i godi'r papura, y basa rhaid cael jac codi baw Now Grepach yma i'w chodi hi'n ôl ar ei thraed. Dal fy nwy mraich o'i blaen hi ydw i, i roi 'sa draw' iddi, rhybudd. Ac mae'n ddigon call i sefyll yn llonydd am funud a chau'i cheg.

A dwi ar 'y mhedwar ac yn codi'r dalenna hynafol a'r teip traed brain yn ofalus. Dwi'n gweld 'Home Sweet Home', 'Myfanwy', 'O Promise Me' ac 'Arafa Don'. Mae 'na rwyg yn amball un, y papur wedi cyrlio yn y corneli ...

Roedd o'n gerddor, medda fi wrthaf fy hun, yn ganwr. Y sadlar bach ...

'Mae gan Miss Craddock gynnig hynod dros ben ...' medda Meira wrth gefn 'y mhen i mewn llais uchel tawelu'r-dyfroedd wrth i mi sgrablo i hel y taflenni a'r dalenna at ei gilydd heb achosi dim niwed i'r papur tena. 'Gwranda ar hyn rŵan, Tonwen. Mae hi am roid dwy Texel i'r ocsiwn ar ddiwadd y ffair. Mae'i chefndar yn magu nhw. Pedigrîs. Tydach, Miss Craddock?'

'Be? Defaid 'lly?'

'Ydw, tad. Yn fyw neu'n farw.' Mae Sguthan yn falch o gael ymhelaethu ar ei chynnig hael. 'I fridio neu i fyta. Be ydach chi'n feddwl, Tonwen?' Mae hi'n plygu ei chorff i lawr ataf fi, yn rhythu arna i a rhyw wên obeithiol ar ei gwynab mawr, fel plentyn eisio plesio.

'Peidiwch â meiddio twtsiad y papura 'na. Maen nhw fel popadyms o dena.' Ond wedyn, rhaid i mi ychwanegu, mewn tôn dipyn mwy cyfeillgar. Mae gwobr felna yn siŵr o ddenu pobol o bell ac agos i'r ffair wanwyn i wario. Rhaid i mi fanteisio i'r eitha ar y cynnig. 'Dau faharan blwydd fasa ora, os ydan ni'n cael dewis. Neu un a hesbin. Wel, wowsar yn wir! Diolch o galon, Gweni.'

9

Mae yna gnoc ar y drws.

Fedra i'm cofio mynd i 'ngwely. Ddaethon nhw â fi adra ar ôl i ni dreulio be oedd yn teimlo fel oria diddiwadd yn trafod y codi arian a threfniada'r ffair. Pwy gadwodd gofnod sy gwestiwn – dim y fi, 'de. Doedd yna ddim taw arnyn nhw ill tair, ro'n i wedi oeri drwyddaf, ac erbyn y diwadd ro'n i'n gelan. Fedrwn i ddim dal ddim mwy. Dwi fel 'swn i'n cofio bod Anwen Teleri wedi dŵad â fi at ddrws y tŷ – a'i agor o efo 'ngoriad i. Mae'n siŵr 'mod i wedi mynd i fyny grisia ar 'y mhedwar wedyn heb damad o ginio na dim. Dwi wedi cysgu am oria ac oria ...

Mae'n ola, a'r cyrtans yn 'gorad led y pen. Dwi'n dal yn hannar 'y nillad, a 'nghôt a'n jîns a'n nhreinyrs i hyd lawr. Edrach o 'nghwmpas ond does yna ddim poteli gwag. Sniffian – na dim ogla lysh. Dim ond blindar oedd o. Blindar mawr wedi hel ynaf fi. A rhywbath arall na fedra i ddim rhoi enw arno fo.

Dwi'n mestyn ar led; dim ond fi sy 'ma. Does yna ddim pant yn y gwely.

Dwi'n codi ar 'n eistadd ac yn sylwi'n syth bin fod y *collage* wedi'i dynnu odd' ar y wal. Hwn oedd un o'r petha cynta wnes i ar ôl symud i mewn yma – y gaea cynta yma. Gymerodd hydoedd i mi. Llun te parti. Llafur cariad mewn defnydd; mi defnyddish i hen ffedoga Leila i'w neud o – y rhai gwyn ar gyfer yr eisin a'r rhai lliwgar pinc a gwyrdd a glas ar gyfer y llestri a'r cacenni bach. Un goch i'r jeli. Dim rhywbath i'w roi mewn llofft oedd o, deud gwir, ond roedd 'i weld o yn y bora yn helpu fi i godi o 'ngwely. Roedd ei *work ethic* hi, ei thalent a'i hasbri hi ynddo fo. Roedd bob pwyth ynddo fo wedi'n cadw ni'n glòs yn ein gilydd.

Mae o ar lawr wrth y drws, a'i wynab at y wal.

'Dwi'n dŵad i mewn. Dwi angan sana.' Mae Ows yn ymddangos yn ei drôns a chrys-T, ac yn sefyll yna. Lle gysgodd o felly? Llofft sbâr? Ei stydi sy bellach yn llofft Bobsi?

'Gin i gwarfod am wyth bora ma.' Mae o â'i gefn ata fi, yn shyfflo drwy'r drôr sana yn chwilio am bâr glân i fatsio'i jympyr. Chwilio lle mae yna drefn berffaith – bob dim wedi'u gosod yn drefnus yn ôl lliw a thrwch: haf a gaea. Streips a phlaen. 'Gwranda ... Dwi wedi bod yn meddwl ...'

'Dwi'n gwbod be ti am ddeud. Dwi'n dallt ...'

'Na.' Mae o'n troi i'n wynebu fi. 'Efo'r pres. Dwi wedi bod yn meddwl. Dwi am roi benthyg y ddau ddeg wyth mil pum cant yna i ti. Wna i Bacs i dy gyfri di heddiw. I chi fedru ad-dalu Llwyn Gwair.'

'Be? Sdim angan i ti neud hynna, siŵr! Sgin ti gymaint â hynna, hyd yn oed?!'

'Dim o dy fusnas di.'

'Ond pam i 'nghyfri fi? Dwi ddim yn dallt.'

'Wel am na dwi ddim eisio cael fy nhynnu i mewn i'r holl lanast. Alla petha droi'n fudur iawn.'

'Ond sut fedra i dalu fo i fewn iddyn nhw. Dydi'r fentar ddim yn gneud bancio ar-lein.'

'Ond mi fedar dderbyn pres, gallith. *Bank transfer.*' Ysgwyd ei ben yn ddifynadd. 'A'r munud daw y grant drwadd, fydda i'n aros am f'ad-daliad.'

'O, Ows, mae hynna mor ffeind. Wir – ond – '

'Os bydd o'n fwy na deufis, mi fydda i'n codi llog.'

'Llog?'

'Llog. Arnat ti. Mae hynna'n ddigon teg. 7.5%.'

Dwi'n dawal tra dwi'n trio cael hyn i 'mhen. A'i ddeall. A thrio gneud y sỳm – faint y mis fasa fo.

'Ond be dwi am ddeud wrth fy mhwyllgor am y pres yna ddaeth i mewn, ac wedyn aeth allan? A pam.'

'Dy broblem di ydi honno.'

'Ti'n meddwl gwnân nhw fadda i mi? Doedd yna ddim twyll, nac oedd, jest gwirion a di-ddallt oeddwn i. A byrbwyll. Rêl fi.'

'Os ti'n deud.' Does yna ddim gwên, ac mae o'n sefyll yn fanna a'i wyneb yn hollol fflat a difynegiant. Na, efo gwynab 'di cael digon. Digon o ddrama a phanics a fyny a lawr.

'Ydi cwmnïa sy wedi torri'n dal i weithio?'

'Nac 'dyn, debyg, mae'r aseda'n cael eu rhewi, dydyn. A'r eiddo 'di cael 'i feddiannu.'

Ac mae o jest yn mynd drwy fy meddwl i. Ond roedd sgaffold Mr Z yn dal i fyny yn Nhyddyn Betw ddoe. Doedd neb wedi 'meddiannu' hwnnw, dim eto beth bynnag. Na'r tarpolin glas.

'Wyt ti wedi trio ffonio Tan Gamp ne' be bynnag ddiawl ydi henwa nhw?'

Gwilydd mawr i mi orfod cyfadda: naddo. Dwi'n ysgwyd fy mhen. Dim ar ôl yr alwad feddw gachu rwtsh yna o gartra Ben Lloyd. Fedra i jest ddim hel nerth i neud. Ond dwi'n mynd i orfod gneud. Heddiw nesa. A'i neud o'n sobor achos alla i ddim fforddio sbri arall fel honna.

'Fydd rhaid i ti jest gafael yn glust y Zelensky 'na ne' be bynnag ydi'i enw fo a'i lusgo fo yna i orffan y job. Mae'r stwff yna, dydi? Es i heibio echdoe. A'i neud o am ddim i ti, 'de.'

'Ond mae o wedi cael ei dalu.'

'Ond mi fydd hwnnw wedi mynd, bydd, i dalu'r dyledwyr. Bimbo!'

'Bimbo! Ffyc sêcs. Ti'n well na hynna, Ows.'

Mae'r dyn yma fu mor ffeind ac amyneddgar a gofalus ohona i am mor hir wedi hitio wal. Ac mi ddigwyddodd mor sydyn – rhyw gyfuniad o elfenna'n dŵad at ei gilydd. Bobsi ar y sîn. Creisis canol oed ella. A finna wedyn yn 'i wthio fo dros y dibyn.

'Wna i symud allan.' I lle, sgin i'm affliw o syniad. Fydda i'n byw mewn bỳs-stop os medra i ffeindio un efo to.

Dydi o ddim yn gwrthwynebu.

'Does 'na ddim brys. Mewn rhyw dair neu bedair wsnos y bydd Rob yn ôl. Amsar i ti chwilota. Neu dos adra am dipyn. I Lys Hyfryd.'

'Na. Fedra i ddim mynd adra.'

Mae o'n ochneidio.

'Wel chdi wŷr, Tonwen.' Ac mae o'n swnio'i oed, yn swnio gymaint hŷn na fi, y dyn yng nghanol ei bumdega ag ydi o. Y dyn sy wedi mynd yn rhy hen i mi a'r holl helynt i 'nghanlyn i. Dwi'n gweld y rhycha ar 'i dalcan o, a'r patsh bach moel ar gefn 'i ben o. A fedra i ddim peidio meddwl, jest am eiliad, tybad faint haws iddo fo fydd byw efo stiwdant fel Bobsi. Boi y mae'i fam wirion o wedi'i folicodlan o fel tasa fo'n ganolbwynt y bydysawd am ddeunaw mlynadd. (Ac wedyn, unwaith mae o wedi gadael, wedi mynd off efo un dyn ar ôl y llall – in owt, in owt, in owt.) A byw heb gywely. Heb 'inci-doms'. Fydd hynna fawr o hwyl. Ond dwi'n ddigon graslon i beidio deud dim. Ac wedi'r cwbwl, mae gin i fwy na digon o broblema fy hun, does?

Mae'n strygl i godi ar 'n eistedd, swingio fy nghoesa dros ochor y gwely a gwthio'r mwng o'n llygada. Ond mae'n rhaid i mi neud siâp arni, rhag ofn iddo fo newid ei feddwl. Mae gobaith am led-achubiaeth yn rhy werthfawr i adael iddi basio.

'Mi a' i i nôl y manylion banc a'u rhoi nhw ar fwrdd y gegin i ti.'

'Dwi'n gwbod dy fanylion banc di.'

Dwi ddim yn atab. Fo sy'n iawn, wrth gwrs, mae o yn gwbod nhw.

Wrth i mi godi, dwi'n teimlo'r gwaed oedd wedi hel yn ystod 'y nhrwmgwsg i'n llifo ohona fi dros y cynfasa gola. Ac mae'r cochni yn llanast mawr hyd ei wely fo.

Rhaid i mi ista'n ôl i wrth i 'mhen i droi'n chwil.

Dydi o ddim yn trio fy nal i.

Ddalith o mona fi eto.

10

Mae'n ddrud ffonio'r rhifa 045 yma, dydi? Dwi'n aros i Ows adael cyn cychwyn arni. Ar ei ffôn tŷ fo. Mae ffôn, am ryw reswm, wedi'i gynnwys yn y rhent.

'Can I have the Welsh line, please? Y llinell Gymraeg.'

Pam dwi haws â siarad efo system otometed, dwi'm yn siŵr.

'No.'

'No, I don't want to do the chat.'

'Yes.'

'Two.'

'Nymbyr TWO!'

'NO!!'

'Diolch.'

'Helô. Dwi'n ffonio ar ran Menter Adfer Tyddyn Betw. Ydyn, mae'r manylion gin i. Rhif y cyfri? Rhoswch funud ... Dim, pedwar, chwech, wyth, dim, dim, pedwar, naw – be? Eisio gwybod os oes yna siec am dri deg mil wedi mynd drwy'r cyfri ydw i, plis.'

'Menter Adfer Tyddyn BETW. B.E.T.W. Na, dim Betws Bledrws! Gwynedd ...'

'Na, dim fi ydi'r Trysorydd. Ia, Les Moore. Ia. Na. Dydi o ddim ar gael. Mae o wedi mynd ar 'i wylia. Mae o'n diffodd y mobeil drwy'r adeg. Ia, niwsans. Ddeuda i wrtho fo.'

'Yndw, dwi'n llofnodi.' (Dwi'n griddfan yn fewnol wrth ddeud hyn.)

'*Security questions*, dwi'm yn cofio rhoi atebion i *security questions*, 'de. Ydach chi'n siŵr? O. Ocê. 'Dria i, 'de.'

'*First pet*?' Dwi'n clandro, Bwni Bwnsan 'ta Roli Poli'r gath 'ta Pero oedd y cynta? Dwi'n cael ail gynnig os dwi'n rong?

'Bwni Bwnsan.'

'Bwni. Ia bwni. Wedyn BWNsan. Ia.' Ffiw.

'Surname of first boyfriend.'

Pam ddiawl wnes i ddewis rhoi atab i'r cwestiwn yna? Fisitor oedd o. 'Runig beth gofia i ydi blas sos coch ar 'i wefusa fo. Oeddan ni 'di cael tsips ar lan môr. Matthew. Matthew be?

'Ymm ... Jenson? Jameson? James? Yyy? Sori, mae o'n bell yn ôl rŵan! Ia, dwi'n gwbod mai fi ddewisodd y cwestiwn. *Pass*.'

'*First car*? Car cynta? Reit! Ymm, car coch. Dau ddrws. Ford Fiesta. Na, na Ford Focus, gin 'n chwaer i oedd y Fiesta. Sori. Ia, FOCUS. Ga i ffonio Dad ac wedyn ffonio chi'n ôl? Kaa, ddeudoch chi? Wel, ddigon tebyg, dydi? Be ydi ots? Pam faswn i'n trio twyllo i fynd i'r cyfri? Dwi'm eisio tynnu pres ALLAN, jest eisio gweld os oes yna bres WEDI MYND ALLAN. Pam na newch chi'm derbyn yr atab? Dwi'm yn berson ceir, nacdw. Oes yna gwestiwn wrth gefn, jest rhag ofn? Na?'

'Wel, dwi'n meddwl bod hynna'n wirion. Mae o'n warthus, deud gwir. Am be 'dan ni'n talu i chi? Be ddigwyddodd i – *the customer is always right*? Ydach chi'n gwybod lle mae'r banc agosa ata i rŵan? Llandudno. Ia, Llandudno. Mae o bron i hannar can milltir i ffwr'. Fasa dim rhaid i ni fynd drwy hyn i gyd 'blaw bod chi – wel, nid chi ond eich bosys ar gyfloga anfarth – wedi cau bob banc stryd fawr. Fydd rhaid i ni feddwl o ddifri am symud cyfri banc y fentar ... Naddo tad, nesh i'm deud bod chi'n nytar. Fentar ddeudish i. FENTAR.'

A dyna ddiwadd yr alwad ffôn.

Roedd yna amsar pan faswn i wedi cael benthyg Audi Ows. Jest abowt. Odd angan gofyn yn neis iawn. Gaddo parcio mewn lle call. Talu a chadw'r dderbynneb. Cau ffenestri i top. Cloi. Tsiecio 'mod i wedi cloi. Gaddo peidio byta dim byd mwy na Polo mints ynddo fo. Peidio gadael dim byd yn golwg, bag neu gôt. Gaddo peidio rhoi 'nhroed i lawr wrth fynd rownd corneli.

Ia, dwn i'm pam o'n i'n traffarth, deud gwir.

Ar ôl gweld cyn lleiad o ddisl sy ar ôl yn 'y nghar i'n hun i bara nes ca i gyflog (os ca i gyflog), dwi'n penderfynu mynd i Port ar y bŷs. Achos fedra i jest ddim mo'i ffonio fo. Beryg na fasa fo'm yn atab y ffôn i mi yn un peth, ac mi fasa hynny'n anodd. Neu be tasa fo'n flin efo fi. Neu ella'n gas efo fi. Ella na fasa fo ddim yn gallu atab ffôn am 'i fod o ar ben to. Tebygol, os ydi o'n dal i weithio. Gobeithio 'de. A ... dwi'm yn grêt ar y ffôn, nacdw, fel dwi newydd brofi efo'r boi banc 'na.

Dwi'n dŵad odd' ar y bŷs yn Dremadog ac yn 'i chychwyn hi am ganol dre. Mae'n oer ac yn bygwth bwrw. Ddois i mewn ryw jacet dena ... y peth 'gosa at law ... Mae'n gamp cadw'r balans yn iawn rhwng sbio ar lawr i osgoi baw ci, sbio o 'mlaen rhag i mi gerddad ar 'y mhen i rywun, a sbio o 'nghwmpas i edrach wela i ddyn ar ben to. Ond rhaid bod lwc o 'mhlaid i bora 'ma, achos wrth basio stad fawr Y Ddôl ar y dde be wela i ond tryc Mr Z, ac wedyn iôrs trwli Mr Z ei hun. Ar ben to. A'i gefn ata i. Dwi'n gofio fo'n deud ei fod o wedi syrthio un waith, a brifo, felly dwi'm yn gweiddi. Ar ôl nesu, a'i wylio fo am dipyn, mor gartrefol ar ben y to, dwi'n penderfynu mynd i ista yn y tryc i aros amdano fo. Fedra i'm jest sefyll yn fanma fel lemon.

Dwi'n goro gwthio llwyth o focsys tsips gwag, papur fferins a chroen orenjis ar lawr i neud lle ar y sêt pasenjer. Mae'n gynnas braf yma, a dwi'n rhoi'r radio 'mlaen am diwns. Ar Country mae o'n gwrando! Canu Gwlad, pwy feddylia! Ac mae Zach Bryan, y Springsteen newydd, a'i lais crafog yn canu 'So let me go down the line, I wanna feel it all, joy pain and sky ...' Mae fel nyth yma, yn ddigon pell o' rwth yr holl gowdal i gyd. Dwi'm am feddwl am ddim byd 'ŵan ... dim oll. Mewn llai na tri munud, dwi'n chwyrnu cysgu ... 'My exes hate me and my friends all miss me, I wanna drown in rot-gut whiskey ...'

'O, sbiwch Sleeping Beauty yn 'y nhryc i. O lle doist ti?'

'Ies', roist ti fraw i mi rŵan! 'Di bod yn chwilio amdanat ti. Dŵad i mewn i gysgodi nes i, sori, oedd 'i'n rhynllyd allan.'

'Ti'n deud wrtha i. Sut wyt ti erbyn hyn? Ti 'di dŵad atat dy hun?'

Dwi'n cael edrychiad craff, ond dwi'm yn meddwl 'i fod yn disgwyl atab. Ar ôl neidio i mewn, mae o'n estyn ei focs bwyd o'r cefn. Hen dun bisgits mawr ydi o ac mae 'na ogla sosej cry'n dŵad ohono fo; mae 'na docyn o gyrcins a lwmp mawr o gaws glas. Bara. 'Gymi di rwbath i fyta? Gin i fflasg o de yn rwla 'ma ...'

Dwi'n llwgu erbyn hyn, heb fyta tamad ers ... pryd oedd hi ... bora ddoe. Y tost ddaeth yn ôl i fyny. Er bod y boi wedi bod ar ben to ers oria, dwi'n estyn am y frechdan fwya.

'Hei!'

Mae'r carbs, wrth i mi sglaffio'n ffordd drwyddi hi, yn rhoi nerth i mi fedru siarad. A llond fy ngheg ...

'Mae'r stori'n dew hyd y lle dy fod ti 'di torri.'

'Torri be?'

'Dy fusnas di, wedi torri. Yr hwch wedi mynd drwy'r siop.'

'Hwch?'

'Bancrypt. Wyt ti?'

'Ydw i be?'

'Yn bancrypt.'

Mae o'n stopio byta ac yn sbio arnaf fi.

'Pwy oedd yn deud?'

'Wel, Ows ddeudodd wrtha i. Criw'r Fuwch Goch am wn i. A'r Prins.'

Mae o'n ailddechra byta ac yn deud rhwng cegeidia: 'Siarad pyb. Stori goets fawr!'

'Wel, ydi'n wir? Mae gin i hawl i gael atab achos mae Menter Tyddyn Betw newydd roi siec i ti am dri deg mil o bunna. Be sy 'di digwydd i honno? Fedra i'm cael sens gin y banc.'

'Wel, mae hi wedi bod ar ei holidês i Blackpool efo Ronnie a Tata. Ond mae hi'n ôl rŵan.'

'Pwy ddiawl 'di Tata?'

'Nhad i, 'de, 'rhen foi. Stopion nhw yn Gaer ddoe i' thalu hi i mewn ar ôl i mi gael gafael arnyn nhw. Dau ben nionyn!' Mae'n stopio am funud i gael ei wynt ato. 'Sut mae storis felna'n mynd ar led? Ar 'y marw 'ŵan. Rhywun yn rwla isio rwbath i neud.'

'A be oedd y garafán flêr yna ... yn ganol cae? Pan es i draw efo'r siec. Ddyla bod chdi wedi bod yna'r diwrnod yna, dwi wedi bod yn meddwl yn ôl. Gadael y ddau yna ...'

'Fanna oedd *head office*.'

'O ddiawl.'

'*Decoy,* 'de! Roedd 'na ryw foi o Sir Fôn yn swnian isio'i bres ac yn bygwth gyrru beiliffs draw dwrnod hwnnw.'

'Ac oes gin ti ddyledion mawr?'

'Dim rŵan 'de.' Ac mae o'n chwerthin yn harti. 'Petha 'di altro'n sydyn. Na, Duw, adra fues i drw'r gaea'n edrach ar ôl yr hen ddyn 'cw, 'de. Chwarae *chess* a sbio ar ffilms cowbois. Fuodd o'n uffernol o sâl, gafodd o niwmonia ddwywaith a doedd hi'm ffit i mi ddŵad â fo efo fi yn y tryc 'ma i *sites.*'

'Ddyla bod chdi wedi mynd â fo am injection niwmonia. Hen foi felna.'

'Dylwn, Miss Bossy. Eniwe, fedrwn i neud dim. A ryw fygyrs yn hir yn talu. Ond fydd hi'n lot gwell rŵan fod Ronnie allan, fyddan nhw rêl bois.'

'Allan o lle?'

'Jêl.'

'BE?'

'Duw, do'dd o'm llawar o'm byd. Camfyhafings, ar sgêl bach, 'de, ond *serial offender,* dallt. Fuodd o'n anlwcus cael barnwr blin.'

'A be am y to?'

Mae o'n gwyro i edrach drwy'r ffenast ar yr estyniad y mae o wrthi'n gweithio arno fo.

'Hwn? Fydda i 'di gorffan hwn cyn pen deuddydd. Saff i ti.'

'Ac wedyn ddoi di'n syth i Dyddyn Betw?'

Mae o'n codi bawd ac yn stwffio tair gyrcin fawr i'w geg efo'i gilydd a dechra cnoi o'i hochor hi.

'Achos mae'n rhaid gorffan y job rŵan cyn Pasg, yr holl job. A fydd angen llwyth o lunia i brofi. Ac wedyn fydd rhaid i mi fynd â'r ffurflan i mewn i'r Cyngor i hawlio'r grant yn syth. Mae'n hollol ben-set.' Dwi'n edrach arno fo ac yn deud yn siriys, 'Mae'n job i'n dibynnu ar hynna, Mr Z. A gweddill 'y mywyd i, deud gwir.'

'No probs.' Mae o'n gwenu cyn ail-blymio i'r bocs bisgets i weld be sy 'na ar ôl. Dwi'n cael cynnig hanner Twix, ac yn 'i roi o i gyd yn fy ngheg yn gyfa.

'Aeth hi'n eitha agos at y creigia, ond, diolch i Dyddyn Betw, mae Józef Zadrozny Towyr Tan Gamp yn ôl, reit? Mae'r hen foi 'di gwella a fedra i fynd rownd pawb ma' arnyn nhw bres i mi gyda'r nosa rŵan i hel bob ceiniog. Dal pobol ar 'u swpar. A gweithio fflat-owt drwy'r ha.' Mae o wedi ffeindio'r fflasg. Gynno fo ddwy gwpan. 'Hapi-dês.'

Wedyn mae o fel tasa fo'n cysidro, yn stopio a'r gwpan de bach blastig hannar y ffordd at 'i geg. 'Ddeudist ti bo wbath yn rong efo gweddill dy fywyd di, 'fyd? Be sy'n matar?'

'Jest shit cyffredinol.' Pam dwi'n deud, dwn i'm. Mae'r boi 'ma'n gweithio i mi, mewn ffordd o siarad. Ond dwi 'di blino dal gwynab. Ac wedi blino bod yn ddewr. 'Dwi a 'mhartnar 'di gorffan, ac ella bo fi'n mynd i gael sac wsnos nesa.'

'Y boi 'na sy'n smwddio'i jîns ac yn syportio Everton?'

Dwi'n dal fy llaw i fyny. Cheith o ddim deud dim byd. Dim byd sâl am Ows. Pam wnes i agor 'y nheg? Jest nodio ydw i.

'A, amsar pell yn ôl rŵan, blynyddoedd, jest i ddeg mlynadd, gollish i'n chwaer. Oedd o'n sydyn. Esh i dramor am dipyn wedyn, Thailand, yn gneud dim byd a phan ddois i'n ôl, wel ... Esh i'n hollol, hollol off y rêls. Ac Ows achubodd fi adag hynny. Fo gafodd drefn arna fi. Ond wedyn doeddan ni byth yn siarad am y peth, doedd hynna ddim yn rhan o'r *deal*. Pen i lawr a cario 'mlaen oedd hi.'

'O, hogan ...'

'A weithia, mae hynna i gyd yn cripian i fyny arna fi. Pan dwi dan straen. Ac mae fel 'sa ryw ddrws du yn agor. Drws anga ydi o, ac mae hi, Leila Mair, mae hi yna. Wnes i drio cario 'mlaen heb alaru amdani hi ar y pryd, dyna be ydi o. Ac mae 'na euogrwydd, mae o'n gymhlath. Ond dyna be ddigwyddodd i mi wsnos dwaetha. Hynna.'

'Y bendar 'na?' Mae o'n chwibanu drwy'i ddannadd.

'Ia, fel oedd petha'n mynd o chwith, efo Ows a 'ngwaith i, mi oedd y drws yna'n agor yn lletach ac yn lletach ... fel safn ... mae o'n 'y nychryn i ...'

Mae o'n tynnu'i gap gwlân. Taflu ei ben ymlaen, dal ei wallt gola i gyd yn ei ddwrn, ei glymu efo lastig band a'i sodro'n ôl yn y cap. Ac mae'n siŵr ei fod o'n penderfynu, yn y weithred gyfarwydd yna, mai'r peth saffa i neud rŵan ydi newid trywydd y sgwrs.

'Ond pam fasat ti'n colli dy job? Y? Fedran nhw'm fforddio dy golli di, siŵr. Pwy gân nhw well na chdi?'

Dwi'n dal arna fy hun rhag sôn am y benthyciad diawdurdod. Mae hynny gam yn rhy bell. Yr unig atab dwi'n roi ydi sgrytio fy sgwydda. A rhythu ar ryw jac-do'n trio agor bag creision ar y pafin gyferbyn, trio cadw'r dagra yn fy llygada.

Mae o'n sbio ar 'i ffôn.

'Rhaid i mi fynd yn ôl, sti. Mae 'na ryw foi'n dŵad draw am dri i weld y job ma.' Mae o'n pasio'r bocs bisgets i mi, a'r fflasg. 'Aros hynny ti isio. Gawn ni siarad eto. Gaddo. Snŵs bach arall rŵan tra dwi'n rhoi trwyn ar y maen. Reit?'

Dwi'n nodio i gytuno.

'Ac awn ni am dro yli, wicénd 'ma, a siarad.'

Dwi'n nodio unwaith eto. Mae o'n mynd drwy'n meddwl i tybad fydd y ci mawr du a gwyn yna'n dŵad efo ni.

Ac wedyn fedra i ddim peidio gneud llun yn fy mhen o'r dro yna – fi a Mr Z a'r ci (ella). Fi a Józef. Ac (ella) y ci. Efo neu heb y ci, dwi'n lecio'r llun.

'A' i â chdi i fyny'r Roman Steps. Ti 'di gweld nhw?'

Dwi'n ysgwyd 'y mhen. Naddo, welish i rioed monyn nhw.

'A *jakós to będzie,* 'de Tonwen.'

Mae'n siŵr 'mod i'n edrach yn hollol ddi-ddallt arno fo. Ond lecio sŵn y geiria ydw i. Dwi'n cael 'n nhynnu at 'u dieithrwch a'u hegni nhw.

'*Jakós to będzie*?'

'Neith bob dim weithio allan yn y diwadd, gei di weld.'

11

Dwi'n anadlu'n rhwyddach erbyn gyda'r nos ar ôl y picnic a'r sgwrs yn y tryc. Dwi wedi dallt yn iawn, do. Dydi'r cwmni ddim wedi torri, felly dydi pres y siec ddim wedi syrthio i dwll du diwaelod. Mae hynny'n gysur anfarth. Ac unwaith y daw'r taliad grant 'na drwadd, mi fedra i dalu Ows yn ôl a chau'r llyfr ar y bennod anffodus yna yn 'y mywyd.

A dwi'n meddwl on ac off drwy'r dydd am y dyn wrthododd waith drwy'r gaea ac aros adra i edrach ar ôl ei dad oedd yn sâl – nes nad oedd yna ddim sentan ar ôl yn y pot. Llai na dim yn y pot. A pobol yn gweiddi eisio'u pres a beiliffs yn bygwth dod i'w gartra fo. Y dyn arhosodd adra'n nyrs, yn gwmpeini. Dwi'n meddwl am ddyn gwahanol. Am ddyn felna. Am ddyn sy ddim yn meddwl mai pres ydi'r peth pwysica mewn bywyd.

Er nad oes 'na fawr o sgwrs mae hi rywbath yn debyg i'r hen normal yn Rhos Helyg 'ma heno – Ows a fi'n cael bîns ar dost i swpar (fi ydi'r *chef*) ac yn ei fyta fo yn lownj ar 'n glinia. Dwi'n cario cania iddo fo'u hyfad wrth sbio ar *Match of the Day* ond dwi ar y te. Mi ddaw 'na decst gin Mariel yn deud bo rhyw Steff 'di cysylltu efo hi drwy Insta – yn gofyn fasa hi ffansi canu efo'i fand o! Roc 'n pop. Cyfyrs. Dwi'n gyrru bawd a swsys ac ebychnoda lu. Deud wrthi y gwela i hi wsnos nesa – ben-dant – i gael yr hanas i gyd. Ac wedyn dwi'n cysgu'n gadar wrth hannar gwylio Everton yn colli ac yn deffro'n sydyn, codi a sefyll yn y plât bîns oer nes bo gin i un droed orenj sleimi.

Ar ôl i mi olchi 'nhroed dan tap, dwi'n barod i gysgu eto a cael a chael ydi i gyrraedd 'y ngwely. Ac mae'n siŵr mai rywbryd ganol nos, pan dwi mewn trwmgwsg mawr, y mae 'na ryw shifft yn digwydd tu mewn imi, achos pan dwi'n deffro yn y bora dwi'n gwybod y bydda i'n mynd i Lys Hyfryd nes 'mlaen.

Mae'n hen, hen bryd i ni siarad.

Dim ond brecwast *continental* maen nhw'n neud ar ddydd Sul, felly mae o'n ddiwrnod ara deg. A dydi ddim yn brysur adag yma o'r flwyddyn, beth bynnag. Yfad coffi mae'r ddau pan dwi'n cyrraedd – Dad yn darllen papur wrth y bwrdd a Mam ar y soffa yn sgrolio drwy'i ffôn. Yn amlwg, dydyn nhw ddim yn 'y nisgwyl i. Ond mae Mam yn neidio ar ei thraed pan dwi'n cerddad drwy'r drws ac yn dŵad amdana i'n groeso i gyd:

'Wel dyma hi! Y ddafad golledig! Lle buost ti, cyw? Wyt ti'n iawn?' Mae'n fy nal i hyd braich i'n stydio fi'n iawn ac wedyn yn fy nhynnu fi ati.

'Coffi?' Mae Dad yn fwy digynnwrf, ar y gwynab beth bynnag. 'Golwg ddigon picwd arnat ti.' Mae o'n mynd ati i neud potiad arall o goffi ac yn estyn y bisgets jocled. Yn estyn fy mwg Cath Kidston i odd' ar y silff.

'Gorymatab 'ta be. 'Mond trip gwaith oedd o. I neud dipyn bach o ymchwil.' Dwi'n ista gyferbyn â Dad – ochor bella'r bwrdd. Fydda i angen sbês i'r hyn sydd i ddŵad.

'Wel, mi roedd o'n swnio'n reit ulw boenus yn dy gylch di. Mi alwodd ... meddwl ella basat ti yma. Ddeudist ti ddim wrtho fo lle oeddat ti'n mynd? A dim yn atab dy ffôn?'

'Na'n tecsts ninna. Dan echdoe.'

Mae'n amlwg nad ydi peth felly ddim yn gneud synnwyr i Dad. Peidio atab rhywun.

'O'n i angan amsar ar ben fy hun, i feddwl.'

'Wela i. Meddwl am be, dwa? Ydan ni'n cael gofyn?'

'Am Ben Lloyd y sadlar. A phetha erill. Bywyd.' Dwi'n cymryd gwynt mawr. '*Shitstuff*.'

'*Shit-stuff*? Be ydi peth felly?'

Does dim pwrpas hel dail. Sdrêt iddi:

'Mae Ows a fi wedi cytuno i wahanu. Dwi'n symud allan ddiwadd y mis. Ddylwn i fod wedi mynd ers talwm.'

Dwi'n 'u gweld nhw'n edrach ar ei gilydd a'u llygada nhw'n lledu cyn hoelio'u sylw'n ôl arna i. Dad ydi'r cynta i fedru hel digon o eiria at 'i gilydd i neud brawddeg:

'Oes 'na rywbath wedi digwydd 'lly?'

Ond dwi ddim yn mynd i ddechra trafod y berthynas yn fanwl efo nhw. Dydi hynny ddim am ddigwydd. Achos dwi'n gwybod be maen nhw'n feddwl, hyd yn oed tasa fo ddim yn cael ei roi mewn geiria, a fedrwn i jest ddim diodda unrhyw edliw. Dwi ddim yn ddigon cry jest rŵan i fedru handlo hynny. Felly dwi'm yn atab. Dwi'n stydio'r pot coffi, edrach ydi o wedi sefyll digon i mi gael tywallt. A dwi'n tynnu 'nghôt a'i rhoi hi ar gefn y setl. Maen nhwtha'n dallt y dalltings.

'Fydd Ows yn iawn? Cradur.'

'Duw, bydd. Mae Bobsi – y Robat, neu Rob fel ydi o rŵan – am fyw efo fo'r ha' 'ma, cadw cwmpeini iddo fo.' Mae hynna'n un ffordd o'i rhoi hi, am wn i, sydd ddim cweit yn wir nac yn gelwydd.

'O, mi fydd hynna'n braf iddyn nhw. Mae'n siŵr bod o wedi altro, dydi.' Mae Mam yn siarad am y dyn igian oed fel tasa fo rhyw hogyn bach. Dwi'n ama fod y ffaith na wnaethon nhw rioed gyfarfod Bobsi'n iawn wedi bod yn destun sawl sgwrs yn y gegin 'ma (Mam yn siarad a Dad yn gwrando). Tybad oeddan nhw'n hiraethu am berthynas efo'r peth agosa at ŵyr fasa gynnyn nhw byth, o bosib?

'Ellwch chi ffonio Ows i ofyn sut mae o ryw ben, os ydach chi eisio. Nes 'mlaen. Aros yn ffrindia. Mae hynna'n iawn 'fo fi.'

Dwi'n gweld Dad yn llygadu ei fêp wrth i'r sgwrs fynd braidd yn heriol iddo fo. Ond fo sy'n magu'r plwc i ofyn y cwestiwn sy bownd o fod ar flaen meddwl y ddau ohonyn nhw:

'A be amdanat ti?'

Ac yn dynn ar gwt hwnnw, 'Ddoi di adra?' gan Mam.

'Na, fasa hynna ddim yn gweithio, sti. Sortia i rywbath. A' i i chwilio ar ôl Pasg.'

'Ond efo'r job ran-amsar 'ma sgin ti rŵan. Fyddi di'n iawn efo rhent?' Maen nhw'n ofalus wrth natur ond nid yn gybyddlyd. 'Fedrwn ni helpu?'

'Dwi'n talu rhent rŵan. I Ows.'

Does yna neb yn deud dim ac mae'r tawelwch yn mynd yn hir. Dydyn nhw ddim angen geiria nac edrychiada i gysylltu efo'i gilydd ar ôl cyd-fyw ers deugain mlynadd, a dwi'n teimlo'r telepathi.

'Hwn ydi dy gartra di, cofia. Mae 'na ddrws agorad yma. Bob amsar.'

'Ond Mam, dwi yn 'y nhridega! Dwi angan ffeindio rywla fy hun.' Mae'n job cadw'r rhwystredigaeth o'n llais. Dwi'n codi rŵan ac yn mynd draw i ista efo hi, ar yr hen soffa sgwashi. 'A ti'n gwbod na dydi'm yn dda i mi fod yma. Mae dŵad yma– yn– '

Mae Mam yn ysgwyd ei phen yn egnïol. Dydi hi ddim am glywad hyn. Mae hi'n edrach i gyfeiriad Dad. Yn disgwyl iddo fo ddeud rhywbath. Ei hachub hi. Ond dwi'n mynnu mynd yn 'y mlaen.

'Leila Mair. Mae o 'di bod yn digwydd eto, dros y dyddia dwaetha ma, er bo fi ddim adra 'ma ... Mae hi'n gwbod lle ydw i, ac mae hi'n estyn allan amdana i ... am 'mod i'n cael amsar calad. Dwi'n 'i gweld hi, a dwi'n 'i theimlo hi, a'i harogli hi, mae hi reit wrth 'n ymyl i. Mae 'na ogla melys.'

'Iesu bach.' Mae Dad yn codi i estyn pacad o sigaréts 'argyfwng' o'r cwpwrdd ucha ar y wal, ac yn tanio, a thynnu.

'Moi ... paid â– '

'Tonwen,' medda fo a gymaint o hen flindar yn ei lais o. 'Mae 'di bod yn naw, jest i ddeg mlynadd. 'Dan ni i gyd yn hiraethu'n ofnadwy amdani. Ddown ni byth dros 'i cholli hi. Ond mae'n rhaid i ni drio byw'n bywyda ...'

'Gwrandwch.' Dwi'n torri ar 'i draws o. 'Rhaid i mi gael deud hyn rŵan. Dwi angan egluro ... Ista'n fanna, Dad.' Ac mae o'n ista yn ufudd ar y gadar 'gosa. 'Dwi angan mynd â chi'n ôl rŵan.'

'Yn ôl i lle?'

'I'r gorffennol. I be ddigwyddodd. Pan benderfynoch chi fynd ar y gwylia bach 'na – pryd fasa hi, diwadd mis Medi, dechra Hydref y flwyddyn ola 'na? Oeddach chi wedi cau'n gynnar, doeddach, achos mi oedd hi i mewn ac allan o'r sbyty, lot o apwyntiada, amball greisis, a sôn am ofal hosbis. Ond fanma oedd hi eisio bod. Ac roeddan ni wedi cytuno rhyngthan i neud ein gora i' chadw hi adra. Benderfynwyd cau am y tymor a fi ddaru ffonio pawb oedd 'di bwcio i ddeud wrthyn nhw. Ac mi oedd pawb mor glên, dallt yn iawn, siŵr, ac yn anfon eu cofion i chi, a'u cariad.

'Mi roedd hi wedi bod yn reit sefydlog, a roeddan ni'n gobeithio'n ddistaw bach y basa hi efo ni Dolig. Er nad oedd neb yn deud dim. Ac mi oedd yn amser da i chi fynd am ryw seibiant bach. Cyn i betha fynd ar i lawr.'

Dwi'n edrach i gyfeiriad Mam.

'Be oedd enw'r lle eto? Lle aethoch chi?'

'Lytham St Anne's.' Dad sy'n cofio.

'Ia. Oedd o'n le neis?'

Mae o'n codi'i sgwydda yn atab i gwestiwn mor wirion.

'Y dwrnod aethoch chi wnaeth hi ddim codi o'i gwely o gwbwl, na byta dim, er bod hynny'n digwydd yn reit amal erbyn hynny. Y dwrnod wedyn mi fuo'n gorfadd ar y soffa 'ma. Fuon ni'n gwylio cynhadledd y Toris, Cameron oedd y prif weinidog 'de, oedd o sbel cyn Brexit. Teimlo fel oes arall. Ond y trydydd dwrnod, mi fedrodd hi godi a gwisgo amdani'i hun. Ac mi landiodd yn fy llofft i tua naw, eisio mynd am dro.'

'Does dim angan i ti fynd drosto fo i ni, Tonwen. Mae o mor boenus, dydi. 'Dan ni'n gwbod be ddigwyddodd, sti.'

'Ond nac 'dach. Dim yn iawn. 'Dach chi ddim. A dwi angan i chi wybod.'

'Mi aeth hi'n gynt nag oedd neb wedi meddwl, ond – '

'Awn ni at y traeth, medda fi, a parcio. Picnic bach ... Ond o, na! Roedd hi wedi cael gymaint o amsar i feddwl, doedd. Oedd hi'n gwbod yn iawn lle oedd hi eisio mynd.'

'Roedd hi'n wsnos braf, a chynnas.' Dad sy'n cofio. 'Fues i'n 'drochi. Ha' bach Mihangel.'

'At Ffynnon Cybi oedd hi eisio mynd.' Dwi'n edrach ar Mam ac wedyn ar Dad. 'Ia. A na, do'n i ddim yn 'i weld o'n syniad da o gwbwl chwaith, ond doedd 'na ddim troi arni hi. O'n i'n gwbod na faswn i ddim yn gallu 'i chael hi i lawr yna yn y gadar olwyn. Mae o'n llwybr del, heibio'r coed derw 'na, ond yn anwastad dan draed, dydi. Ond mi oedd hi'n benderfynol o gerddad. A be fedrwn i neud?' Dwi'n clywad fy hun yn ochneidio. Mae'n anodd. Ond rhaid i mi fynd yn 'y mlaen. 'Felly, pacio bwyd bach, ryg, ffisig, morffin, ffôns. A ffwr' â ni.'

'Mi gymerodd hydoedd i ni gyrraedd i lawr yno. O'n i'n difaru cychwyn ond fedrwn i'm deud. O'n i'n hannar 'i chario hi ar adega. Ar ôl i ni gyrraedd o'r diwadd, ista o'n dwy ar y llechan hir 'na, yn sbio ar y dŵr. Hitha'n mynnu cael rhoid 'i dwylo ynddo fo, 'i thraed wedyn. Oedd hi eisio deud rhyw betha wrtha i, efo hynny o wynt oedd gynni ar ôl. Deud y basan ni wedi gallu gneud rhywbath da efo'n gilydd. Rhedag busnas. Y basa hi wedi dŵad adra o Lundan. Dilyn yn ych llwybra chi. Rhoi Llys Hyfryd ar y map!'

Mae Mam yn gafael yn fy llaw i.

'A finna'n cytuno. Be arall 'nawn i 'de? Ond ar ôl iddi hi fynd, fedrwn i ddim gneud hynna hebddi hi. Hi oedd y *magic ingredient*. A hi oedd y dalent fawr. Helpar o'n i yn y gegin.'

'Wel paid â teimlo'n euog am hynny. Does yna neb yn disgwyl i ti ...'

'Ro'n i'n gallu gweld 'i bod hi'n gwanio wrth siarad, ac ar ôl y strygl i gerddad i lawr, ac yn oeri. Lapio'r blancad amdani hi. Ro'n i'n poeni sut i'w chael hi'n ôl i'r car – teimlo'n anghyfrifol. Dyma fi'n penderfynu ffonio Mariel i ddŵad aton ni a'n helpu fi 'i chael hi'n ôl i fyny. Oedd hi'n oeri'n sydyn, fel mae hi diwadd ha', y gwres wedi mynd. Ond fedrwn i ddim cael signal ar y blydi ffôn. Benderfynish i redag i'r car i nôl 'i ffôn hi, neu drio ffonio efo'n ffôn i o fanno, yn nes i'r pentra. Fedrwn i'm cael neb i atab – Mariel, Anti Bet, Nain, neb ...'

'Pam na fasat ti'n ffonio syrjyri? Neu 999?'

Dwi'n anwybyddu'r cwestiwn cwbwl ynfyd yma.

'Pwy ddaeth heibio efo tractor ond Osian Tŷ Rhos. Stopio fo. Ac mi ddaeth i lawr efo fi i'w nôl hi. Rhedag yn 'i sgidia hoelion mawr a'r cerrig yn clecian. Roedd hi ar ei hochor ar y garrag fawr 'na pan gyrhaeddon ni, yn llonydd, a doedd hi ddim yn siarad. Rois i ddos o'r *oramorph* 'na iddi. Ac mi gariodd Osian hi'n ôl i'r car, yn 'i freichia, a dŵad efo ni adra, dilyn ni ar y tractor, a'n helpu fi i'w rhoi hi yn 'i gwely. Oedd yna ogla seilej mawr yma ar ôl iddo fo fynd. A– ' Dwi'n edrach i fyw llygad Mam, 'mi faswn i wedi ffonio'r syrjyri neu'r sbyty adag hynny, a mae'n siŵr y basan nhw wedi bod eisio mynd â hi i mewn ond roedd hi'n daer. "NA. NA."'

''Dan ni'n gwbod pa mor benderfynol oedd hi.' Dad sy'n deud yn gadarn. 'Dyna cadwodd hi i fynd.'

'Chawn i ddim. Ac allwn i ddim mynd yn groes iddi. Achos be arall fedrwn i neud iddi, na'i roid iddi hi?'

'Y nos Ferchar oedd hynny?'

'Ia, nos Ferchar.' Dwi'n rafu. Yn trio hel egni cyn deud: 'Dwi'n grediniol iddi gael trawiad yn ystod y nos.'

'Trawiad? Na! Sut ti'n gwbod?' Mae Dad wedi tanio ail smôc ac yn tynnu'n galad. 'Be – hartan? Pam ti'n deud hynna?'

'Am bo fi yn y gwely efo hi. Yn gafael amdani hi. Wedi bod yn trio'i chnesu hi. Pan ddigwyddodd o.'

'A wnest ti ddim galw ambiwlans.' Does yna ddim cyhuddo chwaith. Nodi ffaith mae o.

'Do, mi wnesh i, at y bora. Fel 'dach chi'n gwbod. A galw doctor allan. Ond ro'n i'n gwybod ei bod hi'n darfod yn 'y mreichia i. Ac mi arhosish i efo hi nes iddi beidio anadlu ... O'n i'n meddwl bod hynny'n bwysicach ... Paramedics landiodd gynta. Oeddan nhw yma mewn chwartar awr ar ôl i mi ffonio.' Dwi'n rafu chwanag yma, cymryd 'y ngwynt, ond wedyn dwi'n cael nerth i gario 'mlaen. Mae'r broses o ddeud wedi'n rhyddhau fi, rywsut, dwi'n teimlo'n ysgafnach. 'Roedd hi wedi marw erbyn hynny. Ond mi roedd hi'n rhy fregus i drio rhoi *resuscitation* iddi beth bynnag. Mi fasa'i chorff bach hi wedi chwalu. Ffonish i chi wedyn mewn ryw awr.' Dwi'n edrach arnyn nhw. 'Ond am 'i bod hi wedi bod mor wael, fuo yna ddim PM.'

'Wnaeth Doctor Gwynne, fo oedd yma 'de, wnaeth o ddim holi chdi?'

Dwi'n ysgwyd fy mhen.

'Dim bron. Deud fod pobol yn ei chyflwr hi'n mynd yn sydyn, weithia. Ond wnes i ddim sôn am yr owting i Ffynnon Cybi. Ddeudish i ddim 'mod i'n meddwl ei bod hi wedi cael trawiad.'

Ac mae'r ddau yn nodio arna fi, maen nhw'n dallt.

'Faswn i wedi cael jêl am beidio ffonio'n gynt? Os baswn i 'di deud?'

'Carchar? Paid â chyboli!'

'Roedd hi'n gwbod be oedd yn digwydd, chi, dwi'n meddwl. Ac roedd yn well gynni hi felna na mynd i'r pen, a be oedd o'i blaen hi. Ac o'n i'n dallt hynna, yn llwyr ond– wedyn ...'

'Wn i be wyt ti am ddeud.'

'Chawsoch chi ddim deud ta-ta wrthi.'

Mae Mam yn 'nhynnu fi'n nes ati hi. Mae yna ogla tost arni hi. 'Do'n i ddim eisio deud ta-ta wrthi. Ac mewn ryw ffordd ryfadd, ro'n i wedi bod yn deud ta-ta wrthi bob dydd ers i ni gael gwbod na fasa hi'm yn dŵad trwyddi.'

'Mmm.' Fedra i ddallt hynna'n iawn.

'Mewn ffordd, roedd o'n haws i mi felna, cofia.'

'Ac mi rwyt ti wedi cadw hynna ar hyd yr amsar.' Mae Dad wedi mynd at y ffenast ac yn sbio allan, 'ac yn dy gosbi dy hun.' Ysgwyd pen. Wfftio.

'Ro'n i'n teimlo, does 'na ddim ffordd hawdd i ddeud o, ond dwi 'di deud wrtha fi fy hun gymaint o weithia, mai fi lladdodd hi.'

'Paid â siarad felna, Tonwen. A paid â beio dy hun.'

'Ddyla hi ddim fod wedi gofyn hynna i ti. Eto, fedra i mo'i beio hitha, beth bach. I be 'de?'

'Ac wedyn, dwi'n teimlo fod yna ran ohoni hi sy'n dal i 'ngweld i, gweld gymaint o bôls-yp dwi wedi'i neud o 'mywyd ers hynny. A weithia, pan mae petha'n rîli blêr, 'i bod hi'n trio cyrraedd ataf fi.'

'Dos am therapi, wir Dduw. Siarad efo rhywun.'

'Dydi o ddim yn mynd i neud sens i chi, ond i mi mae'n teimlo fel bod hi'n trio gafael amdana fi, a 'nghofleidio fi. 'Nghysuro fi.'

'Dim dwy ochor dy bersonoliaeth di dy hun ydi hynna? Un yn gydwybod euog ac wedyn yr ochor ffeind sy'n dallt ac yn cydymdeimlo ar y llall?'

Dwi'n gweld Mam yn pwyso'n ôl ar y soffa, cau'i llygada, golwg wedi ymlâdd yn hollol arni. Ond mae hi'n dal i afael yn fy llaw i.

'Ti wedi dy gosbi dy hun, do. Byw efo hynna am flynyddoedd.'

'Cario hynna. Sentans. Mae eisio tynnu llinall rŵan, a symud ymlaen.' Mae yna egni yng ngeiria Dad sy'n rhoi gobaith bach i mi. 'Mi faswn i, neu dy fam, wedi gneud yr un peth yn dy sefyllfa di. Os ydi gwbod hynna'n rhyw help i ti. Yn basan, Iona?'

Mae'r gloch yn y cyntedd yn canu, ac mae o'n gofyn i Mam mewn llais gwahanol. Llais bob dydd, llais gwaith:

'Oedd y dyn Miller yna eisio talu?'

Mae Mam yn edrach arno am eiliad – dim ond ei llygaid hi sy'n symud – dim syniad be mae o'n ddeud wrthi. Wedyn mae hi'n ôl efo ni – yn nodio.

'Geith o aros dau funud.' Ac mae o'n mynd at ddrws y

gegin ac yn gweiddi: 'I'll be with you in five minutes, Mr Miller.'

Ond mae'r peth bach cyffredin bob dydd yna, cloch, llais diarth yn atab, wedi torri ar y gyffes. Mae Mam yn codi i roi dŵr yn teciall. Dwi inna'n defnyddio'r lle gwag lle oedd hi, dal yn gynnas, i orfadd yn ôl ar y soffa, cau'n llygada. Yn trio anadlu'n ara deg ac yn ddyfn. Yn meddwl – a dyheu yr eiliad honno – am jin mawr. Blue Sapphire. Y botal i gyd. Ond wedyn yn meddwl: na. O na. Ac yn creu darlun o fynd i redag mor bell ar hyd lonydd cefn Eifionydd 'ma nes bod 'y nghoesa fi'n gelan, gollwng fy hun i din clawdd. Awyr fawr las gola oer uwch fy mhen i. Lliw Blue Sapphire. Cymryd gwynt dyfn, chwilio am y penderfyniad 'na yng ngwaelod 'y mol ... i mi allu ailgychwyn ...

'Mae yna ryw ddyn,' medda Mam yn torri ar fy nhraws i. Mae hi'n siarad yn ei llais deud-stori pan oeddan ni'n fach, y llais bydd-popeth-yn-iawn. Ei llais amsar-gwely saff hi. Dwi'n ffeindio 'mod i'n gwrando arni â'n holl fod, yn anghofio bob dim arall wrth wrando: 'Ga i ddeud yn caf, Moi?' Mi wela i Dad yn ysgwyd pen i gytuno. 'Pete. Pete Jenkins. Mae o wedi bod yn aros yma sawl tro dros y ddwy neu dair blynedd ddiwetha ac yn chwilio am rywla i neud lle aros i gerddwyr a bacpacyrs. Lle i brynu. Ac mae dy dad a finna wedi bod yn meddwl o ddifri, ac am sôn efo chdi ... ella bod hi'n amsar i ni rafu. Fyddi di ddim eisio dŵad i'r busnas, na fyddi, a dwi'n dallt yn well pam rŵan. 'Ta ti awydd? Jest deud ...'

'Fi? Prin fedra i roi menyn ar frechdan, heb sôn am gadw gwesty.'

A 'dan ni'n tri yn chwerthin.

'Ia, 'dan ni ddim wedi dy weld di ers dipyn naddo, neu mi fasan ni 'di sôn wrthat ti cynt, sti. Doedd o'm yn rwbath i'w drafod mewn tecsts, nag oedd. Dydi o'm yn cynnig pres gwirion 'te, ond mi fasa'n well gynnon ni hynny na gweld y lle 'ma'n wag.'

'Gwerthu? A be fasach chi'n neud wedyn?'

'Riteirio i Griciath fatha pawb arall, oeddan ni'n feddwl.'

'Ac mae'n hen bryd clirio,' medda Dad. 'Mynd ati dros fisoedd y gaea, ar ôl y tymor yma rŵan. Dechra newydd. Trosglwyddo ddechra mis Mawrth nesa. Ella doi ditha yma atan ni amball bnawn.'

'Ella basa hynna'n help, sti, galon. A dwi ddim yn deud hynna jest er mwyn dy gael di yma efo ni. Er basa hynny mor braf. Ond mynd drwy stwff. Didoli. Taflu.' Mae Mam yn mynd draw at ei drôr Pethau Pwysig yn y dresal. 'Wnes i ddechra clirio mymryn wythnos dwaetha.' Agor y drôr. Chwilota drwyddi. Mae hi'n codi copi-bwc glas tywyll a'i ddangos i mi. 'Ei llyfr ryseitia hi, yli. Hwn oedd ganddi pan oedd hi'n gweithio yn y River Café. Cym di o.'

A dwi ar fy nhraed yn cythru amdano fo ac yn ei ddal o wrth 'y nhrwyn – yn chwilio amdani eto ac eto rhwng ei ddalenna stici.

12

Dwi wedi llwyddo i'n llusgo fy hun yn ôl i'r offis bach yn fy swyddfa am y tro cynta ac wedi nythu yn y cwb efo fflasgiad o goffi a dwy fflapjac. A'r ffurflan. Mae hyn yn gam cawr ymlaen. A dwi wedi cyrraedd y darn ynddi hi lle mae angan sgwennu disgrifiad o sut mae'r gwaith a ariannwyd wedi gyrru yn 'i flaen. Problemau. Heriau. Amserlen. Datrysiadau. Canlyniad. Gwersi a ddysgwyd. Y stwff yna i gyd. Lle i baragraff go-lew sy yna ond mi fedri di sgwennu mwy os ti eisio achos mae'r lle gwag yn ymestyn wrth i ti 'i lenwi fo (dwi'n gweithio ar y fersiwn electronig).

Ond ar hyn o bryd dwi ddim yn sgwennu ffec-ôl. Mae 'mysadd i'n gwrthod teipio. Does yna ddim geiria'n dŵad. Mae'r gwagle'n aros yn gwbwl wag. Achos, a deud gwir, lle dwi'n dechra? Mae'r holl beth wedi bod yn gymaint mwy na Cam 1 prosiect Menter Adfer Tyddyn Betw, dydi? Mae o wedi bod yn gam anfesuradwy yn fy mywyd i fy hun. Mae o wedi bod yn dwll chwaral o brofiad. A dwi'n dal wrthi'n gneud fy ngora i ymlafnio a thyrchu fy ffordd allan o'r ceudwll enbyd yna a rhoi fy hun i sefyll ar dir glas diogal. Mae 'ngwinadd rhacs i'n dyst i'r ymdrach.

Yn y diwadd, dwi'n mynd am y stwff swyddoglyd saff sy'n deud dim byd o bwys. 'Bu peth oedi cyn cychwyn ar y gwaith am resymau tu hwnt i'n rheolaeth ni.' Felly roedd hi, 'de? Gwir pob gair. Ac wedyn – 'Cawsom ein herio gan yr amserlen dynn'. Tyn? Fel staes asgwrn morfil o dynn. Mae'n rhaid cael – 'Ni fu'r tywydd o'n plaid ar adegau'. Dwi'n cymryd ein bod ni wedi cael dipyn go-lew o law dros y tair wythnos ddwaetha ond fod y tywydd wedi mynd dros 'y mhen i. Ac wedyn be am hon – 'Llwyddwyd i ddelio'n effeithiol â'r problemau logisteg (cael Now Grepach i symud ei jac codi baw) a'n galluogodd i symud ymlaen gyda'r gwaith'. Ac i gloi – 'Sefydlwyd perthynas waith foddhaol gyda'r contractwr'. Hmm. Wel, does 'na neb yn darllan y blydi petha 'ma, beth bynnag, faswn i'n gallu sgwennu 'mod i wedi dechra cynnal gwersi Salsa a Tai Chi yn y bwthyn a bod gynnon ni drwyddad i werthu alcohol a drygs ar benwsnosa, a fasa neb yn cysylltu'n ôl.

'Bore da, ydach chi'n fy nghlywed i?'

Mae yna ddrws a ffenast rhyngdda i a'r llyfrgell ei hun, ond mae llais mawr Sguthan yn treiddio drwy goedyn a gwydr. Mae ei chorff reit wrth y ffenast yn twllu'r lle.

'BORE DA!'

Dwi'n cymryd arna na dwi ddim yn clywad i ddechra.

'Bore da, Tonwen! Allwch chi agor y drws, os gwelwch yn dda?'

Dwi'n rhoi rhyw *wave* bach dila iddi hi, a trio edrach yn rîli prysur gan obeithio eith hi draw wedyn at y *cosy crime*. Ond wrth i mi ddal cip drwy gil fy llygad ar Jên y llyfrgellydd yn cychwyn draw i'n cyfeiriad ni, dwi'n meddwl ella y basa'n well i mi atab na'n bod ni'n dwy yn cael row gyhoeddus. Mae Jên yn dipyn o hen deip sy'n credu mewn cadw lefel y sŵn i lawr. Dwi'n agor y drws ac yn dechra symud petha odd' ar yr unig gadair sbâr i neud lle iddi gael eistadd.

'Dowch i mewn am funud. Mae bob dim yn iawn, diolch. Siort ora! A chitha?' Bod yn joli ydi'r dacteg ora.

'Dwi wedi bod yn meddwl ...' Dydi Miss Gweni Craddock ddim yn un am fân siarad.

'O? Am be felly, dwch?'

'Pan ddaethon ni draw i'r bwthyn, Tyddyn Betw, y dydd o'r blaen mi ddwedoch chi eich bod eisio gwybod be oedd enw canol Benjamin Lloyd.'

Does gin i ddim math o go' i mi ddeud hyn wrthi hi na'r genod y diwrnod hwnnw. (Fy nirgelwch bach i oedd hynny i fod.) Ond wedyn, mae 'na gymaint dwi ddim yn ei gofio, dwi ddim mewn sefyllfa i daeru efo hi.

'Do wir?' Well i mi ffugio diddordab rhesymol a rhoi'r argraff 'mod i'n ei chredu hi.

'Do, tad. Benjamin Z Lloyd.'

'Ia.' Dwi'n gwybod 'mod i'n swnio braidd yn dinfain achos ro'n i wedi edrach ymlaen at ffeindio hynna fy hun fel rhan o'n ymchwil. Ond rŵan dyma hi, Miss Craddock, ar y cês. Prin fod yna le i anadlu yn y cwb bach yma ers iddi hi gyrraedd, mae hi mor anfarth ac yn amsugno'r aer a'r egni i gyd. Ond fedra i ddim peidio sylwi ei bod hi'n edrach yn llawar iawn gwell nag oedd hi'r diwrnod y gweles i hi'n bwyta'r nicyrbocyr-glori yng nghaffi Cadwladers. Mae yna well lliw iddi a sglein ola yn 'i llygaid. Mae hi wedi hybu. 'Dwi wedi cael syniad.'

'O. Tewch.'

'Do. Wel, dwi wedi bod yn chwilota, ac wedi dysgu fod yna bron i bum cant o enwa bechgyn yn cychwyn efo Z. Pwy fasa'n meddwl, yntê? Pum cant.'

Dwi'n trio gneud gwynab trist rŵan, cystal â deud nad oedd yna ddim pwrpas iddi hi ddechra chwilio felly. Os oes yna bum cant.

'Pum cant. Wel wir.' Bechod garw ...

'A meddwl wnes i ... Tonwen, ydach chi efo fi?'

'Yndw, Miss Craddock. Yndw, tad.'

'Be am gael cystadleuaeth fawreddog – DYFALWCH ENW CANOL MR BENJAMIN LLOYD Y SADLER? Pawb i dalu pumpunt i gystadlu ...'

'Pumpunt?!'

'Ia, dydi o'n ddim byd y dyddia yma, chi. Pum can cynnig – wel, pedwar cant naw deg a dau. Ac wedyn cael andros o gyhoeddusrwydd i'r project. Codi swm taclus o arian, wel – dwy fil a hanner bron â bod, a bod yn benodol. A rhoi gwers farchogaeth yn wobr i'r enillydd!'

'Gwers farchogaeth?'

'Ia, neu sesiwn Therapi Ceffylau – mae hynny'n ffasiynol iawn y dyddia yma.'

Mae hi fwy *with it* na fi. Lle clywodd hi am hynna? (Laswn i ei drio fo fy hun.) Ac ydi, mae o'n syniad da, a dwi'n gorfod cyfadda hynny. Yn ddistaw bach i mi fy hun.

'O, does dim rhaid, chi. Mi ydach chi wedi rhoi'r ddau Texel yn barod. Hael iawn. Mi wna i ...'

'Ond mi faswn i wrth fy modd yn cael gneud hynna. Yn fy nefoedd! Dwi'n drefnwraig wrth reddf. Fasa dim rhaid i chi neud unrhyw beth o gwbwl.'

'Ond, mae yna un peth yn bod efo'r plan, does Miss Craddock? A derbyn 'i fod o'n syniad gwych!'

Mae'n rhaid i mi o leia drio rhoi sbocsan yn yr olwyn. Mae'r diawl yndda i'n mynnu 'mod i'n gneud.

'O, be felly?'

'Wel, dydan ni ddim yn gwybod be oedd enw canol Benjamin Lloyd, nac ydan!'

'Nac ydan, ddim eto! Ond dyna lle ydach chi'n dod i mewn, Tonwen. Y darpar guradur ac ymchwilydd! Amdani, yntê!'

Dwi'n rhoi rhyw wên bach wantan iddi. Ac wedyn

mae hi'n ychwanegu gan osod ei phawan enfawr o law dros fy llaw fach i a'i gwinadd cyrbibion:

'Dwi yn fwy na pharod i'ch cynorthwyo chi, Tonwen fach.'

13

Dydi ddim yn hawdd i mi wrthod lifft i ddynas sydd newydd roi dros ddwy fil o bunna yng nghoffra Menter Adfer Tyddyn Betw (ac fydd yn rhoi dros ddwy fil a hannar arall yn fuan). O gymharu ag elw'r ocsiwn, chwarae plant oedd gweddill têcins y ffair wanwyn– pres y raffl, y tombola, stondin blanhigion Meira Bryn Mawr, y bwrdd peintio gwyneba plantos a'r gornal goffi. Y stondin gacenna hefyd (yn cynnwys macarŵns wnaeth Dad a finna mor gariadus efo'n gilydd yn dilyn rysáit Leila – rhai blas coffi, caramel a chnau cyll). Rhyw ffarmwr o Werddon brynodd y defaid (wedi gweld hys-bys ar y sosials) ond pobol yr ardal yma roddodd bob sentan arall.

Cip ges i ar Tomi Evans ym mhen pella'r neuadd drwy ganol pawb. Ro'n i ar y bwrdd Dyfala Enw'r Orangwtang a fedrwn i'm gadael i fynd ato fo achos roedd gin i giw hir. Pan welodd o fi, mi gododd 'i gap stabal a'i osod o'n ôl ar 'i ben wedyn efo mymryn o dro. Dyna'r arwydd, dwi'n cymryd, 'i fod o wedi cael y siec roish i drwy'r drws. A'n bod ni'n dallt ein gilydd. Doedd gen i mo'r nerth i fynd i'r tŷ a siarad efo fo ar y pryd ond mi alwa i ryw dro'r haf 'ma. Dim ond dechra gneud iawn oedd fy llythyr i a'r ddwy botal Newcastle Brown Ale wrth y drws. Pan fyddan ni'n sefydlu Cyfeillion Tyddyn Betw, mi gaiff ei neud yn Aelod Anrhydeddus am Oes. Ac mi a' i â fo allan am swpar neis yn yr ha'. Heblaw amdano fo, fasa yna ddim to.

Lein Sguthan (rhaid i mi roi'r gora i hynna a'i galw hi'n

Goloman neu Durtur) ydi'i bod hi eisio mynd i Specsavers i gael trwsio'i sbectol. Ond thaflith hi ddim llwch i'n llygada fi. Na, y cyfla i dreulio pnawn yn mynd drwy hen bapura newydd lleol yn yr Archifdy – y rhai sy heb gael 'u digideiddio gan y Llyfrgell Genedlaethol – dyna ydi'r dynfa go iawn. Achos byth ers i'r holl fiwisg yna syrthio'n un gymanfa fawr o'r cwpwrdd wal yn Nhyddyn Betw, mae fel petai Ben Lloyd ei hun wedi dechra dŵad i'r amlwg.

'Dan ni wedi dechra gweld y cymeriad o fewn y crefftwr. Y peth yna oedd yn llenwi'i ben o, a'i glustia fo, tra bydda fo'n cyfrwya ac yn trwsio penffrwyni a stroduria. Be oedd yn gneud bywyd yn werth ei fyw. Caneuon y cyfnod. Tiwns! Hi sylwodd ar linall bensal o dan y lein tenor ar bob copi o gân. Mi ydan ni 'di bod yn dyfalu wedyn tybad oedd o'n cystadlu mewn steddfoda bach neu'n canu mewn côr. Be ddaeth i'r fei go iawn pan agorodd Durtur y cwpwrdd yna oedd y fflam oedd yn tanio Ben Lloyd, yr angerdd yna oedd yn gneud i'w galon o guro i gyfeiliant yr alaw. Y peth oedd yn rhoi lliw ac ystyr i'w fywyd moel a di-liw ar y gwynab. Ac mae'r gystadleuaeth *Dyfalwch Enw Canol Benjamin Z Lloyd* jest wedi rhoi rhyw chwistrelliad ychwanegol o egni i'r fentar a phum punnoedd yn cyrraedd y llyfrgell a chyfri banc y fentar yn ddyddiol.

Ond cyn mynd am yr Archifdy, mi awn ni â'r ffurflan hawlio grant Gwireddu'r Freuddwyd i mewn i Kelfin Strong a'r Bonwr Gwil Alwyn yn y Cyngor Sir. Mi allwn i fod jest wedi gyrru'r cwbwl dros y we, siŵr, ac mi wnâi hynny'n iawn gynnyn nhw. Ond ar ôl bob dim dwi angan y boddhad o roi'r ffurflan yna, a'r holl lunia o'r to hardd newydd, a'r copi o'r datganiada banc a'r holl job-lot yn 'u dwylo nhw. Rhoi caead ar y pisar. Ac iddyn nhw weld yn y fan a'r lle gymaint o ymdrech dwi wedi'i gneud i gyrraedd y dedlein. Ac i Gwil Alwyn sylweddoli 'mod i'n fwy na 'tebol i neud fy swydd fel Swyddog Adfer Menter Tyddyn Betw. Ac y bydda i'n mynd yn fy mlaen, os gwrandawa i ar Durtur a'i chyngor gyrfaol, i fod yn Guradur Achrededig Ardystiedig Graddedig o fewn y blynyddoedd nesa. Dipyn o lond ceg. Geiria swyddogol sy'n cuddio'r dynfa at waith fasa'n llonni 'nghalon fregus inna.

Mae yna waith cerddad ar hyd y coridora hir yn adeilad y Cyngor, ac mae hi'n brasgamu ar fy ôl i'n syndod o gyflym o gofio'r ddau ben-glin newydd. A'i bod hi'n cludo homar o friffces ar gyfer yr ymchwil. Ond o'r diwadd rydan ni'n cyrraedd y drws lle mae arwydd Grant Gwireddu'r Freuddwyd ac wedyn odano fo yr enwa – Y Bonwr Gwil Alwyn BDiv ac wedyn (yn lot llai) Mr Kelfin Strong. Clamp o gnoc a mewn â fi (a hitha wrth fy nghwt i, yn hollol ddiwahoddiad).

'Helô na?' Yn amlwg, dydyn nhw ddim yn disgwyl pobol ddiarth yn galw'r bora yma. Mae Kelfs wrthi'n pacio stwff odd' ar ei ddesg i focs cardbord a Gwil Alwyn yn sefyll o'i flaen o fel petai o ar ganol araith. Maen nhw'n edrach arna fi; dydyn nhw ddim petaen nhw'n cofio pwy ydw i. Dydi o ddim yn rejistro pwy ydi hon sydd newydd ruthro i mewn (wrth gwrs fasa dim disgwyl iddyn nhw nabod Durtur). A fedra i ddim peidio meddwl – ydw i wedi newid cymaint â hynna mewn amsar byr? 'Ta do'n i na fy mentar erioed yn ddim ond rhan bitw o'u rhaglen waith nhw ac islaw sylw?

'Tonwen Neli Tomos.' Enw llawn, 'de. 'Menter Adfer Tyddyn Betw? Dwi wedi dŵad â'r hawliad grant i mewn. Heddiw oedd y dyddiad cyflwyno dwaetha, 'te. Canol dydd.' Dwi'n pwyntio at y cloc; mae'n ddeg munud i hanner dydd. Ac yn cynnig yr amlen frown fawr i Gwil Alwyn. 'Yn amlwg,' dwi ddim eisio ymddangos fel rhywbath o oes yr arth a'r blaidd, 'dwi wedi e-bostio copi i chi hefyd efo'r atodiada i gyd. Ond jest rhag ofn y basa fo wedi mynd i'r spam neu rywbath. Dyma fi!'

A dwi'n rhoi ochenaid eitha dramatig o ryddhad, rhaid i mi gyfadda. Fi ydi'r unig un yn y stafall bach flêr yma sy'n gwbod faint o straen – naci, lladdfa, deud y gwir – fu cyrraedd y dedlein hon, yr holl enbydrwydd a phoen a fu fel 'mod i'n gallu sefyll yma rŵan, yn falch ohona fy hun, wedi cyrraedd y nod, bodloni'r holl ofynion a Gwireddu (rhan fychan o'r) Freuddwyd. Dydi Durtur ddim yn wirion nac yn ddall (ar ôl gweithio'r holl flynyddoedd efo myfyrwyr) ond os ydi hi wedi gweld ôl y straen, dydi ddim wedi cymryd arni o gwbwl.

Mae Kelfin a Gwil Alwyn yn sbio ar ei gilydd, ac wedyn arna i. Gwil Alwyn yn y diwadd sy'n estyn yn ddigon lletchwith am yr amlen.

'Diolch yn fawr, y Tonwen. Doedd 'na ddim brys chwaith rîli, erbyn hyn. Nac oedd, Kelfs?'

'Dim brys? Heddiw oedd y diwrnod, 'de? Dwi'n iawn, tydw? Mawrth un deg naw.'

'Ia,' mae Gwil yn cyfadda, gan droi i roi'r amlen ar ei ddesg. A dwi'n sylweddoli pam mai rhannu swyddfa mae o; dydi o ddim digon pwysig i gael un ei hun. 'Oeddan ni wedi meddwl deud, sti, fod yr amserlen wedi llithro.'

'Be mae hynna'n feddwl. Sori? Dwi'm yn dallt.'

'Wel,' daw Kelfin i'r adwy ar y pwynt yma. 'Rhwng un peth a llall mi benderfynwyd peidio dechra'r cynllun, yn offisial 'lly, dan mis Medi.'

'A be mae hynna'n feddwl?' Mi alla i glywed fy hun yn tynhau, ac mae o'n llifo drwadd i'n llais i. Ar ffurf gwich.

'Wel, jest na fydd yr hawliad yma ddim yn mynd i lawr i

Gaerdydd tan fis Medi, efo'r lleill. Ond, hei, fydd yn handi iawn ei gael o'n barod ar ffeil. Thanciw fawr.'

'Mis Medi?' Mis MEDI?' Dwi'n gwybod 'mod i'n gweiddi. A dwi wedi closio at Gwil Alwyn ac yn sefyll reit o'i flaen o, yn rhythu i'w llygada bach glas anghynnas o. 'Pryd ddigwyddodd hynna? Pam na wnaeth neb ddeud wrtha fi? Y?' Dwi'n troi at Kelfin sy'n lot talach na fi ac yn ei herio fo 'fyd. 'Dwi eisio atab. Rŵan. PRYD?'

'Hei, hold on, pwyll a pharch,' meddai Gwil Alwyn yn ei lais pwysig. 'Gynnon ni bolisi DIM GODDEF yn y Cyngor 'ma. Wnawn ni ddim godda ymddygiad bygythiol. Fydda i'n ffonio Seciwriti.'

'Gwrandwch,' medda fi heb gymryd bons o sylw o'i fygythiad o, 'mi roesoch chi'ch dau – ' a dwi'n procio un yn ei fol bach a'r llall yn ei fol dipyn mwy i ddangos na 'di ffwc ots gin i am seciwriti – 'lot *fawr* o bwysa arna fi, newydd ddechra'r job, a menter newydd sbon, i gael hwn i mewn o fewn amsar wel, gwallgo o dynn a deud gwir. Ac mae o wedi golygu lot fawr o waith a phwysa uffernol. A rŵan 'dach chi'n deud wrtha i fod hynna i gyd – I DDIM BYD? Y? Dwi'n disgwyl am atab gynnoch chi'ch dau. Ers faint ydach chi'n gwybod hynna?'

Maen nhw'n sbio ar ei gilydd fel dau lo.

'Wsnos a dipyn? Mi fasan ni wedi ffonio, neu yrru e-bost, ond 'dan ni wedi bod *mor* brysur efo petha erill, diwadd y flwyddyn ariannol a ballu. Ac mae Kelfin 'ma wedi cael job newydd. Efo Cyngor Môn. Mor prowd ohono fo. Dyrchafiad. Congrats mawr iddo fo, 'te.' Ac mae Gwil yn rhoi slap i Kelfin ar ei gefn nes fod ei fwstásh melyn o'n crynu. 'Fydd rhaid i chi'ch dwy ledis ein hesgusodi ni rŵan, os gwnewch chi, jest cychwyn i'r drincs ta-ta yn y

Castall oeddan ni. Gawn ni air eto, ar ôl y Pasg, Tonwen, pan fydd bob dim wedi tawelu.'

Ac wrth iddo godi'i jacet odd' ar gefn ei gadair yn barod i fynd am y drincs 'ma Gwil Alwyn yn stopio am funud o 'mlaen i ac yn deud, yn yr hen lais 'na ddefnyddiodd o o'r blaen, diwrnod y cwrs Newid Hinsawdd: 'Ac ar ddiwedd y dydd, jest gwaith ydi o, cofia hynny, Tonwen. Dim ond job bach ran-amser, yndê. Cadw 'im bach o bersbectif, ia?'

Mae Kelfin wedi cochi fel cimwch ond yn trio rhyw wenu a chodi'i sgwydda wrth ochorgamu heibio i mi a Durtur ac allan drwy'r drws ar ôl ei fòs.

A dwi'n dal i sefyll yna yn fy unfan, yn gynddeiriog ac yn hurt ac yn berwi o gynddaredd. Ond mi glywa i Durtur yn agor y drws gaeon nhw mor daclus ar eu hola ac yn gweiddi yn ei Chymraeg gora i lawr y coridor – yn ddigon uchal i bawb ar yr holl lawr glywad:

'Cwilydd arnoch chi'ch dau!'

Ac eiliad wedyn:

'Wancyrs!'

14

Heddiw oedd y dwrnod o'n i'n symud allan o dŷ Ows. I 'nghar (am rŵan). Doedd 'na ddim lle ynddo fo i bob dim felly mae'r rhan fwya o betha wedi mynd i sied Llys Hyfryd at yr injan dorri gwellt a'r droell, y gasgan, y corddwr ac ati. Wnaeth Mam a Dad ddim trio 'mherswadio i i symud adra atyn nhw wedyn – parch iddyn nhw am hynny – mae'r sgwrs honno drosodd go-iawn bellach. Ond mae gin i oriad i'r sied, ac mae 'na drydan ynddi. Gin i ryw fath o Plan B os eith hi'n big. Fi fuo'n rhaid gneud y cwbwl fy hun heddiw 'ma achos roedd Ows wedi mynd i Leeds i nôl Rob a'i betha. Ac mae'n siŵr bod hi'n well felna. Fo oedd wedi cynnig mynd er basa gas gynno fo gael llond ei Audi o geriach adolesent, drewllyd. Ond mi oedd o'n dal lot haws na bod yma, doedd. Mi gaethon ni *shepherd's pie* neithiwr ac un hŷg ola wrth waelod y grisia cyn mynd i glwydo ac mi gychwynnodd o am chwartar i bump i osgoi traffig. Dwi'n heipio fy hun i fyny i alw draw wsnos nesa efo'r goriada pan fydd y ddau ohonyn nhw yno – cnocio ac aros am banad, dim jyst eu postio nhw a gleuo hi o'na. Dwi'n gwbod y galla i neud o.

A synnu o'n i ar ôl cario bob dim allan i ffrynt Rhos Helyg cyn lleiad o stwff oedd gin i ar ôl blynyddoedd o gyd-fyw. Llyfra, ia. Gêr rhedag. Llwythi o sgidia! Pentyrra o ddillad. Sawl bacpac gwahanol seis. Y *collage* te parti. Pedwar sychwr gwallt, a lot o jangalŵns. Yr injan wnïo a 'masgiad tecstilia. Ond roedd gen i lai o ddodrafn ac o ddillad gwlâu a llestri a sosbenni – y petha domestig sy'n gneud cartra – nag oedd gin Ben Lloyd. A dim gymaint â hynny'n fwy na rhai o'r cryduriaid yn y sheltyr ar y prom yn Aberystwyth, deud gwir. A llai na dwi'i wedi weld gan drueinia'd sy'n ffoi a'u petha i gyd ar gefn trol neu ar ben car yn uffarn Gaza. O'n i wedi bod yn byw drwy'r adag, heb bo fi fy hun yn gwbod, fel trampas, yn barod i godi pac ar amrantiad a shyfflo 'mlaen i rywla arall.

Dim ond wythnos dwaetha roeddan ni'n symud yr holl drugaredda o Dyddyn Betw i Eich Meddygfa, ac mi ddyla hynna fod wedi bod yn ddigon o berfformans i roid fi off symud am byth. Fedra Wil Bryn Mawr na Now Grepach ddim dŵad i helpu'r diwrnod hwnnw, digwydd bod. Roedd prisia cwmnïa mudo'n wirion bost ac felly yn y diwadd mi dderbynish i gynnig yr hen Józef Zadrozny a Ronnie i symud y rhan fwya o'r petha yn y Land Rover. (Oedd ar y ffernols ffafr i mi ar ôl y bora hwnnw yn y garafán.) Pwy landiodd fel huddug i botas pan oeddan ni ar ganol llwytho ond ein Mentor Treftadaeth, Alan Moses. Newydd ymddeol oedd o o job uchal ac yn dal yn *keen*; smart hefyd efo hercan gwta, siwt ryw shêd o binc tywyll a sgidia lledr trwyn main. I'r llyfrgell roedd o wedi mynd gynta; mi anfonodd Jên o draw i Dyddyn Betw a gyrru tecst i minna 'run pryd yn deud 'i fod o ar ei ffordd draw. (Roedd o'n mynnu 'i fod o wedi ffonio fi wythnosa'n ôl i ddeud bod o'n dŵad, ond does gen i ddim math o go'. Pan oedd hi'n flêr oedd hynna, ella?)

Be oedd yn mynd drwy'i feddwl o, Duw a ŵyr, wrth weld Ronnie yn ei het borc pei a rolsan yn hongian o'i geg o a'r hen Józef bach yn ei gap clustia a'i fenig bysedd-allan yn cario'r arteffacta i gefn y Landy. Ac yn eu rhoi nhw i lawr ar y gwellt glas tamp tra oeddan nhw'n clandro sut i fynd ati i lwytho. Mi drodd o i ffwrdd ar un pwynt a gneud stumia fel tasa fo mewn poen annioddefol. Roedd y tŵls ac ati mewn bocsys plastig pwrpasol ond roeddan ni wedi goro defnyddio bocsys cardbord o Spar i gario sosbenni, brwsh llnau grât, trap llygod a ryw fanion. Welish i Ronnie'n taflu un o'r bocsys ysgafna i'w gydweithiwr efo 'Catch!' Mi driodd Alan gymryd y peth fel jôc, chwarae teg iddo fo, ond roedd o wrthi'n gneud nôts fel diawl yn rhyw lyfr bach, sylwish i.

Ar ôl pacio'r llwyth cynta, mi arhoson ni'n dau yn Eich Meddygfa am y lleill. Dim hanas o Ronnie a'r hen Józef, ninna'n aros ac aros. Mi ddiflannodd y ŵen; roedd Alan fel dyn ar binna – 'nôl a 'mlaen i'r drws ffrynt i sbio am y Land Rover. Roeddan nhw i fod i ddanfon y cargo gwerthfawr 'ar eu hunion heb oedi' i'r storfa newydd, medda fo wrtha fi'n sdowt. Finna'n cytuno gant y cant. Lle ar wynab y ddaear oeddan nhw? Wrth lwc mi ddaeth Liam, 'rhen goes, i'r adwy efo te a bisgedi a mwydro Alan druan am broblema staffio a chlefyda heintus. Ac mi landiodd y ddau ymhen hir a hwyr yn llyfu'u gwefla. Wedi 'picio' i Gynarfon am McDonald's, erbyn dallt. Ac mi gaethon ni ddadlwytho'n ddigon taclus wrth i'r mentor orfod brysio i ddal ei drên yn ôl i Lundan.

Mi ddaeth 'na adroddiad manwl ganddo fo wythnos wedyn efo rhesiad o argymhellion (36 ohonyn nhw) ac ro'n i'n cytuno efo bob un wan jac. Mi fydd y pwyllgor yn rhoi sêl bendith arnyn nhw'n fuan. I ddyn fel fo dreuliodd ddeng mlynadd ora 'i yrfa yn y Victoria and Albert Museum, mae'n siwr 'n bod ni'n edrach fel criw o *amateurs* seriys, doeddan. Ac eto, roedd o'n canmol yr ysbryd cymunedol a'r brwdfrydedd a'r 'angerdd' (dyna ydi *passion,* 'de) dros y fentar.

Yn amlwg ar ôl hynna i gyd, a'r mudo heddiw ddwaetha, faswn i ddim wedi dewis heno i gael cyfarfod 'arbennig' o bwyllgor Menter Adfer Tyddyn Betw. Ond yma ydw i, wedi cyrraedd y neuadd 'ma hydoedd o flaen pawb arall, wedi gosod y mygia'n un rhes a llenwi'r teciall. Dwi'n aros i gael gwbod fy ffawd.

O 'mlaen i mae'r agenda a dim ond un eitem arni hi:

1. Sefyllfa ariannol

Ymhen hir a hwyr mi glywa i'r drws allan yn agor, a dyma nhw'n dŵad.

Y cynta i mewn ydi'r Cynghorydd J Hwyrddydd Jones. Y rhai ola a fyddant flaena. Mae o 'mhell yn ei wythdega ac yn ara uwchben 'i draed, cradur – wedi bod mewn mwy o bwyllgora nag ambell ddiplomat. 'Dan ni ddim wedi'i weld o ers misoedd, felly mae'n siŵr 'i fod o'n barnu fod yr hyn sy gerbron heno yn fatar ofnadwy o bwysig. Dwi wedi clywad ei fod o'n rhoi'r gora iddi leni, a hen bryd hefyd medda rhai hyd y lle 'ma, i neud lle i waed ifanc. Er, ffêr-dŵs, mi wnaeth o ddiwrnod da o waith yn y gymuned 'ma yn ei ffordd bach ei hun, yn cynnwys ein helpu ni i brynu Tyddyn Betw. Ond mi fasa'n drueni cael clamp o sgandal reit ar y diwadd, basa, cyn iddyn nhw gyflwyno'r llun o Gwm Pennant iddo fo? Golwg ddigon blin dwi'n gael gan yr henwr 'fyd. A fedra i gymryd hynna. Mae'n siŵr y bydd fy nghroen i ar y parad. Debyg y bydd yna gerydd ffurfiol. Neu waeth. Ac ella y gwna i grio. (Ond mi dria i 'ngora glas i beidio, *obviously*.)

Wedyn dyma'r genod yn landio 'run pryd – Alison, Anwen Teleri, Meira Bryn Mawr a Gwyddfid yn sgwrsio fflat-owt efo'i gilydd. Mae hi'n noson braf allan ond maen nhw, sy wedi bod ym mhob pwyllgor, yn gwybod yn iawn pa mor oer ydi yn y neuadd 'ma ac wedi lapio mewn cotia tewion, sgarffia ac mae 'na un cap toslyn – fel tasan nhw'n disgwyl bod yma am oria. Dwi'n cael winc. A dwi'n cael bawd. A dwi'n cael, 'Iawn, To?' A dwi'n rhoi'r wên fwya sgin i yn ôl.

Tu ôl iddyn nhw, dyma Dwayne Rich yn dŵad, yn powlio'i feic, ac yn ei barcio fo reit o flaen y llwyfan. Mae o'n blincio fel tasa'r gola yn 'i ddallu fo, neu fel tasa fo ddim yn siŵr iawn lle mae o. Pryd fuodd o mewn stafall efo gola trydan ddwaetha? Tybad a fydd angan ei bleidlais o heno? A ffor' eith o?

Lle mae Les Moore? Fo fasa'r cynta fel arfar. Mi aeth o ohoni'n glir pan gyrhaeddodd o adra o'i drip yn y campar-fan a gweld y datganiad banc dwaetha. Draw â fo i'r llyfrgell ar 'i hyll a dechra rhuo uwch 'y mhen i; eisio atebion ac eisio nhw'r 'MUNUD!' hwnnw. Fuo rhaid i Jên ddŵad draw i'r cefn yn y diwadd a gofyn iddo gadw'i lais i lawr, bod yna blant bach o'r ysgol yno. Wyddwn i ddim fod gynno fo gymaint o dempar ond ro'n i wedi 'croesi'r lein', medda fo, ac wedi 'torri bob rheol yn y llyfr'. Ddeudodd o ddim pa lein chwaith na pa lyfr. Mi ddympiodd o'r holl stwff trysorydd, y copi-bwc a'r datganiada banc a bob dim ar fy nesg i cyn martsio allan efo clep ar y drws.

Ar ôl iddo fo fynd, o'n i'n synnu bo fi gystal. Wnes i orfadd o dan fy nesg am dipyn bach yn anadlu'n ara, wedyn godish i, gneud panad o de dail, ac ailddechra gweithio. Y peth nesa glywish i oedd 'i fod o wedi galw'r cyfarfod yma. Cyfarfod arbennig neu fel maen nhw'n deud yn Saesnag – *extraordinary.* Nes ati, dydi. Cyn diwadd heno mi fydd o neu fi wedi mynd, mae hynny'n saff, os nad y ddau ohonan ni. (Ac o leia, os mai fo aiff mi fasa gobaith i'r fentar gael trysorydd sy'n perthyn i'r 21ain ganrif. Dwi'n trio dal llygad Anwen Teleri sy'n gweithio i'r Principality yn dre.)

Miss Gweni Craddock (*aka* Durtur) sy'n mynd i fod yn y gadair.

Dacw'r pac-a-mac binc a'r sgidia maint deg yn dŵad yn bwyllog ond yn benderfynol drwy'r lobi rŵan.

Dwi'n croesi bodia 'nhraed.

15

Er mor llawn dop ydi'r car 'ma, a thrugaredda wedi'u pentyrru ar ben 'i gilydd, mae 'na ddigon o le ynddo fo i Leila a fi.

Ar ôl bod yn chwilio am fedd Ben Lloyd am ddyddia, yn crwydro mynwentydd yr ardal mewn haul a glaw, mi ddois i o hyd iddo fo yn y diwadd. Ym mynwant ryw hen gapal bach sy ddim yna bellach. Reit yn y pen draw, gyda'r clawdd, dan y coed ynn, yn un o'r beddi dwaetha i'w agor cyn i'r lle gael ei chwalu. Llechan las blaen a'r tywydd a glaw yn dripian o'r coed wedi gneud job dda o chwalu'r sgwennu'n llwyr bron. Fues i am hydoedd yn trio'i ddarllan o, ac un dasg i mi yr ha' 'ma fydd dŵad yma a pheintio dros y geiria gwan mewn aur. Mi fydd angen llaw grefftus i neud hynna, llaw gadarn. Ac mi fydd rhaid cael mynadd i ddilyn hynt y llythrenna mân yn union bob un:

Benjamin Lloyd
Tyddyn Betw
1876-1940
'Mi glywaf dyner lais'

Wrth i'r dydd mestyn a'r gwanwyn gael 'i draed dano ar ôl i ni droi clocia, dwi wedi dechra dŵad i lawr i fanma, i draeth pella'r dre, gyda'r nosa. Dwi ddim yn talu ond ddaw y warden traffig byth cyn bellad. Mae'n dèd heblaw am un hen foi yn mynd â'i gi am dro cyn clwydo a dau dînejyr yn snogio ac ati yn y sheltyr. Fydda i'n troi trwyn y car i wynebu'r dwyrain wrth barcio. Ga i weld yr haul yn codi wedyn. A dwi angan y gola 'na. Angan y sicrwydd yna. Mi ddaru gweld bedd Ben Lloyd yn yr hen fynwant bach ddisylw 'na fy hitio fi'n galad: meddwl am ei deulu fo a'i anwyliaid mor bell i ffwrdd, a neb i hiraethu amdano fo, neb i roid bloda. Neb i grio. Neb hyd yn oed yn malio digon i roi ei enw llawn cywir o ar ei garreg fedd o. Benjamin Zepheneiah Lloyd. A neb chwaith i glirio'r bwthyn ar ei ôl o, rhannu'i betha fo rhwng hwn a'r llall, cadw, twtio a thaflu. Anwylo'r co' amdano fo.

Erbyn heddiw mae 'na le i ddiolch am hynny. Dyna sut cafodd Tyddyn Betw ei gadw i ni'i achub o, yndê? A rhyfadd meddwl ond wrth i ni adfer y lle, mi fyddwn ni mewn ryw ffor' yn cofleidio Ben Lloyd; ni fydd ei deulu fo yn yr ardal yma, ei ffrindia fo. Mi fyddwn ni'n cadw'r co' amdano fo a'i grefft fel sadlar gwlad. Ac yn peri i bobol glywad ei lais tenor ysgafn o'n canu 'Home Sweet Home' a 'Calon Lân' eto wrth iddo fo blygu dros y bwrdd gwaith. Ella ei fod o – y dyn oedd o go-iawn – yn rhy bell yn ôl, allan o'n cyrraedd ni, heb adael llythyra na dyddiadur na dim, i ni allu'i nabod o mewn gwirionadd. Ond be wnawn ni ydi defnyddio'r darna bach, bach yna o'i fyw o – ei bwytha taclus, ei gasgliad caneuon, y ffedoga gwaith, ei lestri te fo, pedola, rhestr negas, y llun ohono fo'n llanc – y rheina a mwy i'w ail-greu o efo digon o le rhyngddyn nhw yn y gosodiad i bawb gael llenwi i mewn drosto fo'i hun.

Ac wedyn dyna Leila Mair. Mae meddwl amdani hi fel blasu *honeycomb* o siop india roc – melys, mor felys ond â chweng yn torri trwadd amball dro wrth iddo fo doddi dan dafod.

Yr ha' roedd hi'n un deg chwech oed mi fynnodd gael gadael adra yn lle gneud ei Lefel-A – heb hannar tyfu fyny.

A cyn bo fi wedi cael hannar digon o amsar efo hi. Ond doedd yna ddim modd 'i throi hi; dwi'n cofio Mam a Dad yn trio dal pen rheswm ar y pryd – ac yn methu. Mi gafodd neud fel oedd hi eisio yn y diwadd a byw-i-mewn yn rhyw hotels hyd y gogladd 'ma yn slafio am fawr mwy na'r tips fuo hi. Pwdina a bob dim melys oedd ei phetha hi. *Souffles*. Tartenni. Joclets. Cacenna. Malws melys. *Frangipane*. Mi fuo hi ar gyrsia lu i berffeithio gwahanol dechnega: dwi'n cofio 'The art of pastrymaking'. Dim ond hi dwi'n nabod fasa'n gneud ei *puff pastry*, a hyd yn oed ei *filo* ei hun. Ar Ddolig, roedd y mins peis yn nefolaidd.

Rhyw dair blynadd wedyn yr aeth hi i Lundan. Fanno oedd y lle i fod 'de – i gael perffeithio'i chrefft yng nghegina hotels mawr posh lle'r oedd pwdin reis neu bwdin bara'n betha trendi, dim yn bwdin tŷ Nain. Bob platiad yn *work of art*, sôs ffansi efo bob dim, a hwnnw ar hannar tro. Mi gafodd hi wireddu'i breuddwyd o weithio mewn bwyty Michelin. Mi enillodd hi wobr Cogydd-pestri y Flwyddyn yn 2019 am ddyfeisio pwdin y basa Mary Berry ei hun yn falch ohono fo. Yr Eryri Sublime Dream. Ia, wir! Ac mi ddoth hi â rhai o'r ffasiyna a'r *cuisines* ffansi yna adra efo hi i Lys Hyfryd pan aeth hi'n sâl. Mae Dad yn dal i neud cacan afal a'i phen i lawr – *tarte tatin*. Mi fydda hi Leila'n gorfadd ar y soffa ac yn gweiddi cyfarwyddiada arno fo. 'Siwgr brown gola, ddeudish i!'

Ar ôl i ni'i cholli hi, doedd gynnon ni ddim calon i ddim byd am yn hir. Ac yn sicr ddim i roi'r angerdd yna mewn mynwant. Mor ifanc. Gymaint o dalent. Mae blas rhai o'i choncoctions hi – yn *gateaux, madeleines, meringues, raspberry Charlotte, roulades* a'r gacan sunsur ora rioed – yn dal i dynnu glafoerion heno a dim ond brechdan stêl o Spar gin i i swpar. Roedd 'na ddyfodol mor felys o'i blaen hi. Leila Mair, y *pâtissier.* Ein seren *Bake Off* ni! Leila Mair, fy chwaer fawr i. Mi ddaliodd hi ati i addurno teisenna priodas a chreu cacenni pen blwydd hyd yn oed pan na alla hi prin sefyll ddim mwy. Ar 'y mhen blwydd ola cyn ei cholli hi, mi aeth hi i draffarth fawr i neud cacan siâp basgiad wnïo i mi – efo rîls ac eda bob lliw, nodwydda, gwniadur a sisyrna ynddi. Mi fuo wrthi dan berfeddion nos yn ei gorffan. Roedd hi'n lot rhy dlws i'w thorri a'i byta. Ond wrth gwrs, ei thorri a'i byta hi wnaethon ni.

Yn y diwadd, mi roeson ni hi i orffwys ar dir Hafod, cartra Nain a Taid, lle byddan ni'n mynd i aros yn genod. Wel, y rhan fwya ohoni hi. Mi ollyngon ni ddyrnaid bach ar hyd y Lôn Goed hefyd fel tasan ni'n taenu siwgwr mân ar ben teisan. Mae 'na friwsion dan y derw lle byddan ni'n arfar cychwyn cerddad i ben Garn Bentyrch ein dwy, ac ar y llwybr troed o Lanystumdwy dros y tir hallt corslyd at draeth Abercin. Ac yng nghilfacha'r castall mi wasgon ni'n tri y gweddill i bletiad cyndyn y pridd a'r cerrig cyn troi i wynebu'r môr. Mae hi yn yr holl lefydd yna, a mwy. Mae hi lond y cwmwd yma.

Ac mae hi efo fi. Mae hi wedi dŵad ata fi. Mae hi adra. Ac yn lle'i gwthio hi i ffwrdd, ei chadw draw, a'i gweld fel rhywbath i'w ofni, yn dangos 'mod i'n wan fel o'n i cynt, dwi wedi ei derbyn hi i mewn. Hi ydi 'nghryfdar i. Roedd hi'n rhy ifanc, yn rhy hardd, yn rhy grefftus i gael 'i gadael, i droi cefn arni hi. Mae hi wedi dŵad yma ata i rŵan tra ydw i yma ar ben fy hun, yn byw yn y car 'ma. Mae hi'n cadw cwmpeini i mi. Mae'n gefn i mi. Mae hi'n fy arfogi i at fyw eto. Hi ydi fy swcwr i.

Ac mae hi'n colli dipyn bach o'i lliw arna i, fesul diferyn lleia rioed, fel blas tyner pod fanila yn lledaenu drwy *crème* Chantilly.

Epilog

Dydi ddim yn hawdd pobi mewn carafán, yn arbennig un bach fatha Sgragan. Ond dros y misoedd dwaetha dwi wedi bod wrthi'n ddygn ac wedi perffeithio rysáit *choux pastry*. Rheoli'r gwres o dan y sosban a churo digon ar y gymysgadd nes 'i bod hi'n feddal ac ystwyth ydi'r peth pwysica. Dysgu peipio'n daclus. Wedyn cael gwres y popty'n union ar y rhif 6 (nwy potal, 'de!). Amseru. Peidio agor y drws. Wrth iddyn nhw goginio mae'r *eclairs* euraid yn chwyddo a gollwng stêm. Maen nhw'n anadlu, yn dod yn fyw. Wedyn ista efo panad fawr tra maen nhw'n crasu yn edrach allan ar Dyddyn Betw a'i do newydd sgleiniog.

Mae wedi bod yn handi iawn i mi fyw ar y safla a gweld y newidiada wrth i'r gwaith adnewyddu ddechra ar yr hen le bach. Dwi wedi cael llonydd; fasa neb o'r Cyngor yn meiddio codi twrw ar ôl yr holl firi fuo efo'r grant Gwireddu'r Freuddwyd. Yma y bydda i am dipyn, yn hel digon o bres i allu rhentu fflat cyn iddi ddechra oeri. Mae'r portalŵ yn y cefn yn champion i mi. Ac mi ga' i gawod yn y ganolfan hamdden ran amla ar ôl bod yn rhedag efo Beca. Weithia mi fydda i'n molchi drosta efo cadach gwlanan a dŵr cynnas yn ddesgil, yn union fel y bydda Ben Lloyd yn gneud.

Meira Bryn Mawr ddechreuodd ryw stŷnt yn y pwyllgor – pawb fynd â chacan yn eu tro a chodi dwybunt am damad ohoni – yr arian i fynd at y gronfa. Cychwyn wrth ein traed, neu'n hytrach ein cega. Fy nhro i ydi hi heno. A heddiw, dwi wedi rhagori ar f'ymdrechion blaenorol ac wedi gneud *croquembouche.* Byns *choux* bach crwn dela rioed, tebyg i *eclairs,* eu llenwi nhw efo hufan trwchus, ac adeiladu Tŵr Eiffel yn byramid mawr melys ohonyn nhw â jocled tywyll wedi'i doddi yn rhaeadru drosto fo. Mae o'n chydig bach o *pièce de résistance.* Dwi hyd yn oed wedi'i addurno fo efo llygad y dydd a sbrigyn o lafant o adra. Mae o'n ysblennydd ac mae'n bechod meddwl am 'i fyta fo. Ond ei fyta fo wnawn ni, wrth gwrs.

Cyn y pwyllgor mae gen i bnawn rhydd, ac mae'n codi'n braf. Mi glywa i'r corn yn canu, a dwi allan mewn chwinicad a'r goriad yn saff yn fy mhocad.

Erbyn i mi gerddad i lawr y lôn las mae o wedi symud drosodd i'r sêt bella, wedi tynnu'r feisor i lawr, taro'i sbectol haul ar ei drwyn, strejio a chroesi'i goesa'n gyfforddus braf. Mae'r haul yn taro'n aur ar ei wallt.

Dwi'n llamu i'r tryc a chlep ar y drws. 'Dan ni'n mynd i Cadwaladers am filcshêc banana.

Fi sy'n gyrru.

Ac mae'r tân yn ôl.

CEFNOGWCH EICH SIOP LYFRAU LEOL

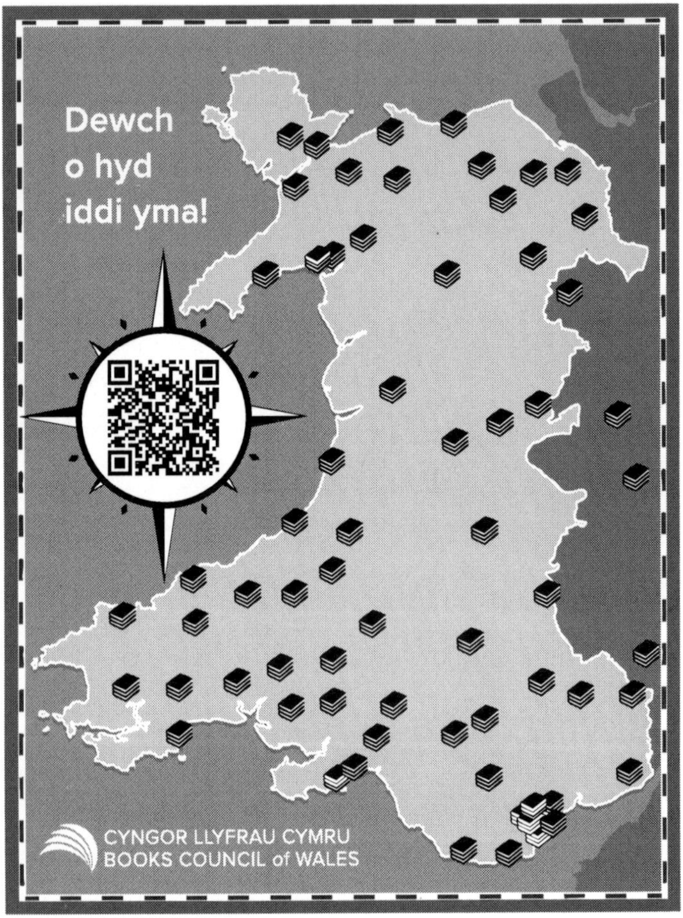